이 남자가 사는 법

Part I 암중암(暗中暗)

이 남자가 사는 법 5

엽태호 장편 소설

초판 1쇄 찍은 날 § 2005년 4월 30일
초판 1쇄 펴낸 날 § 2005년 5월 10일

지은이 § 엽태호
펴낸이 § 서경석

편집장 § 문혜영
편집책임 § 최하나
편집 § 장상수 · 이재권 · 한지윤

펴낸곳 § 도서출판 청어람
등록번호 § 제1081-1-89호
등록일자 § 1999. 5. 31
어람번호 § 제1-0595호

주소 § 경기도 부천시 원미구 심곡1동 350-1 남성B/D 3F (우) 420-011
전화 § 032-656-4452 팩스 § 032-656-4453
http://www.chungeoram.com
E-mail § eoram99@chollian.net

ISBN 89-5831-520-2 04810
ISBN 89-5831-368-4 (SET)

엽태호 장편소설

⑤

이 남자가 사는 법

Part I 암중암(暗中暗) – 완결

도서출판

청어람

Part I 암중암(暗中暗)

|목차|

■ 제1장

강자(强者)

강자
強者

운동장에서 공놀이를 하던 아이들의 시선이 한 소년에게 몰렸다. 무언의 압력을 받은 소년은 힐끔 공이 굴러간 자리를 쳐다보더니 울상을 지었다.

허리에 손을 척 올린 소녀가 소년에게 다가와 혀를 삐쭉 내밀었다.

"아휴! 바부팅이!"

소녀가 자신을 보란 듯이 턱을 치켜들고는 볼을 부풀렸다. 그리고는 앉은키가 자신의 키만한 사내가 있는 곳으로 당당히 걸어갔다.

"아저씨! 공 주세요."

김대경은 지저귀는 듯한 미성에 흐릿한 초점을 맞추었다.

"응?"

"공이요, 아저씨 발에 끼어 있는 거요."

소녀의 앙증맞은 손가락을 따라가자 주먹만한 공이 다리 사이에 놓여겨 있었다. 김대경은 별말없이 공을 집어 건네주었다.

소녀가 공을 받아 들고는 돌아 뛰어가자 아이들 사이에서 함성이 울렸다. 곰 같은 덩치에 무섭게 생긴 아저씨들이 잔뜩 분위기를 잡고 모여 있어서 다가갈 용기가 없었기 때문이다.

김대경이 있는 곳은 희망원이었다. 세 채의 건물이 모두 들어서 정상화된 이래로 원생 수만 오백여 명이 넘어갈 정도로 대규모가 되어 있었다.

그는 복잡한 일이 생겨 마음이 괴로울 때는 가끔 이곳을 찾곤 한다. 때 묻지 않은 아이들의 해맑은 모습을 보면 편해지는 것이다. 그리고 그 아이들을 보며 사는 이유를 찾으려 애쓰기도 한다. 어쩌면 손가락질받는 건달로서 자기 합리화를 시키는지도 모른다.

김대경은 파주 집에도, 박순혜에게도 가지 않았다. 김막동의 집에서 뜬눈으로 밤을 지새우고 이곳으로 바로 왔다. 희망원의 원장이자 마천기의 부인이 된 정명화의 성품을 잘 나타내어 주는 듯 정성스럽게 꾸며진 화단에서 점심 종소리가 울릴 때까지 앉아 있었다.

그는 아무런 생각도 하지 않았다. 아니, 떠오르지 않았다는 말이 옳을 것이다. 그저 멍하니 운동장을 뛰어노는 아이들을 바라보고 있었다.

아직 김태수의 시신을 보지도 않았다. 물론 이한성도 마찬가지였다. 박순혜와 이연화가 저택에 당도했다는 보고를 들었다. 그래도 그는 움직이지 않았다. 김막동이 나서서 상을 준비하고 있다는 말도 들었다. 이한성과 친분이 있는 원로들에게 연락을 취했고 그들이 움직이기 시작했다는 말을 들었어도 요지부동이었다.

김대경은 자격이 없다 여겼다. 형의 얼굴을 볼 자격이, 상주로서, 아니, 동생으로서…….

나삼식은 죽은 조민재의 동생이다. 그는 김태수를 김대경보다 먼저 알았다. 김태수가 불도저 형사로 이름을 날릴 때부터 인연이 있었다. 형사와 범죄자로 불편한 관계였지만 말이다.

하느님과 동기동창이 되어 있는 큰형님 김대경과 김태수의 사이를 누구보다 잘 안다. 김대경이 흑도에 발을 디딘 이유와 그렇게 될 수밖에 없었던 사정을.

"저……."

"내가 너희를 만나기 바로 전에."

무언가 말을 꺼내려던 나삼식이 입을 다물었다.

"고수부지에서 이렇게 하염없이 앉아 있었다."

"그러셨습니까?"

"그때도 꼬마 애가 나를 깨우더구나, 지금처럼. 그리고는 신림동으로 너희를 찾아갔지. 복덕방으로."

분위기만 조성하러 따라간 나삼식이었다. 한 방 맞고 기절한 기억이 생생했다.

"그렇게 인연이 되어서 너희들도 만나고 형도 만나고…….

"……."

"일산에 자리를 잡을 때는 재미있었지 않았냐?"

"예, 형님. 하루하루가 피 말리는 나날이었는데, 형님만 보고 따랐습니다. 형님이 계시면 이룰 수 있을 것이라는 믿음이 있었습니다."

"이루어? 뭘?"

나삼식은 바로 대답하지 못하고 우물거리다 머리를 긁적였다.

"양아치 생활에서 벗어나서 건달이 되는 거요."

"그래? 난 돈이 필요했다. 형을 그렇게 만든 놈들 복수도 하고 싶었고. 그런데… 내가 뭘 했지?"

"강철민을 잡으셨습니다. 놈들도 곧 잡을 겁니다."

정신없는 김대경을 대신해 김막동이 그 당시 운반책과 뺑소니를 치고 도망간 이들을 찾고 있었다.

"누굴 위해? 형을 위해? 나를 위해?"

김대경은 일을 하면서 카타르시스(catharsis)를 느꼈다. 한 단계 올라갈수록 그에 따른 성취감이 커졌으며 힘이 들수록 정복에서 얻어지는 쾌감이 상당했다. 어릴 적 억눌린 억압에 의해 마음에 쌓여 있던 울분이 상대적으로 정화가 되는 것이다. 항거하지 못하는 약자의 입장에서 강자를 극복해 나가는 그것이었다.

어느새 형을 위해 시작한 일이 자신을 위해서 하고 있었다. 김대경은 이율배반적인 행동이란 생각이 들었다. 형은 변명이다. 그런가? 모를 일이다.

탁탁탁!

가벼운 발걸음 소리가 들렸다. 곧이어 조그만 그림자가 다가왔다. 김대경은 멀뚱히 쭈뼛거리며 다가서는 소녀를 쳐다보았다. 조금 전에 공을 가져간 그 소녀였다.

신나게 뛰어놀아서 그런지 토실하게 살이 오른 볼이 발그레져 있었다. 소녀가 아까완 다르게 몸을 비비 꼬더니 덥석 안겨 들었다.

"아저씨가 큰아빠였어요?"

"응? 큰아빠?"

"우리 원장 엄마가 큰아빠래요."

환하게 웃은 소녀가 운동장 한편을 가리켰다. 점심 시간이라 노는 아이들을 데리러 온 정명화가 서 있었다. 그녀가 꾸벅 인사를 건네자 김대경이 일어서서는 목례로 답했다.

"우와! 정말 크다. 키다리 아빠네. 헤헤."

김대경이 피식 웃고는 허리 어름에도 오지 않는 소녀의 머리를 쓰다 듬어 주었다.

고개를 거의 젖히다시피 하며 김대경을 보던 소녀가 한 발 물러서서 는 배꼽에 양손을 올리고는 꾸벅 인사를 했다.

"큰아빠, 감사합니다."

"어? 어."

그리고는 무언가 할 말이 있는지 눈치를 보았다.

"말해 봐."

"저기요… 저기……."

"말해. 괜찮아."

"컴퓨터 한 대만 사주세요."

"컴퓨터?"

"예, 컴퓨터요."

"여기 없어?"

"있는데요, 언니들만 쓰고 우린 못 만지게 해요. 나 컴퓨터하고 싶은 데……."

연신 곁눈질을 하는 모습이 대답을 기다리는 듯했다.

"그래, 사주마."

"정말요? 감사합니다!"

김대경의 다리에 매달리다시피 안겨 든 소녀가 몇 번이나 당부를 하 곤 손을 흔들며 정명화에게로 뛰어갔다. 소녀가 다가오자 정명화가 허리를 숙여 소녀에게 말하는 것이 무슨 대화를 나누었는지 했는지 묻는 것 같았다. 소녀가 고개를 설레설레 젓는 모습이 보이고 김대경을 향해 손을 흔들었다.

엉겁결에 반쯤 팔을 올려 답을 한 김대경이 멋쩍게 웃었다.

"엄청나구나!"

공두열이 탄성을 내뱉었다. 펜션은 앙상한 뼈대만 남은 채 불타 사라졌고 잘 꾸며놓은 듯한 정원은 한바탕 전쟁을 치른 모습을 대변하듯 흉한 몰골이었다.

사건 현장을 미리 둘러보고 온 김택일이 고개를 내저었다.

"말도 마십시오. 전쟁터가 따로 없습니다. 산에 널린 시체가 자그마치 열 구도 넘습니다. 발견된 권총만 스무 자루입니다. 이거 군대를 동원해야 하지 않겠습니까?"

"나도 그러고 싶은 심정입니다. 정말 미친놈들이에요. 이 쌍놈의 새끼들이 눈에 뵈는 게 없나! 휴우! 목격자는요?"

"산속에 숨어 있는 한 놈을 찾았는데 제정신이 아닙니다. 반쯤 맛이 가서… 글쎄, 귀신이 했답니다."

공두열이 뚱한 표정으로 김택일을 바라보았다.

"요즘 귀신은 총을 쏩니까? 허, 참!"

"그러게 말입니다. 정신 감정부터 먼저 받아봐야 하겠습니다."

입맛을 다신 김택일이 말을 이었다.

"횡설수설합니다. 귀신이 다 죽였답니다. 그놈이 심장을 빼내서 씹어 먹었다고도 하는데요."

"신원 조회는 해봤습니까?"

"이번엔 중국 놈입니다."

"허허, 저번엔 쪽발이더니, 이제는 떼놈이네요."

혀를 찬 공두열에게 김택일이 말을 이었다.

"강가에는 폭파된 보트도 한 척 있었습니다. 그곳의 시체는 일본인과 중국인입니다."

"후우우! 거참, 야쿠자와 삼합회의 싸움이란 말씀입니까?"

"국내 조직도 끼어 있습니다."

"복잡하군요."

팔짱을 끼고 바쁘게 움직이는 감식반의 행동에 시선을 보내던 공두열이 한숨을 푹 쉬었다.

"일단, 목격자를 최대한 잡아두세요. 그놈이 중국 대사관에 넘어가기 전까지 사건 전말을 캐야 합니다."

"저도 그러고 싶습니다만, 상태가 영⋯⋯."

"하세요."

의미없이 한 지점을 뚫어지게 쳐다보던 공두열이 몸을 돌리려 할 때 한 사내가 다급히 뛰어왔다.

"검사님!"

"무슨 일인가요? 전 형사."

"지방 조직들이 대거 서울로 올라오고 있답니다."

"어디에서요?"

답을 하는 전찬우는 눈을 빛냈다.

"전국적입니다. 크게 한판하려나 본데요."

공두열이 잠시 멈칫하더니 김택일을 보았다.

"뭔가 큰일이 벌어졌긴 한데, 일단 기동대에 비상을 걸고 수사관 여러분들은 뒤를 쫓으세요."

"전쟁일까요?"

전찬우의 말에 대꾸도 하지 않은 공두열은 무언가 깊은 생각에 빠져 있었다. 기록될 만한 사건 후에 대대적인 조직들의 움직임, 큰 변동이 있는 것이다.

"흠! 조금만 지나면 알 일, 그보다 김 수사관님, 목격자에게 김대경 사진을 보여줘 봐요."

"예, 알겠습니다."

"김대경의 소재는 파악했습니까?"

김택일이 고개를 저었다.

"그놈 회사로 연락을 취해놓기는 했습니다."

"직접 가세요. 찾으면 임의 동행 형식으로 데려오시고요."

허리를 수그리고 손가락으로 땅을 헤집은 공두열이 찌그러진 탄두를 꺼내 들었다.

"내일 신문엔 뭐라 날까 벌써부터 궁금하군요."

경찰 제지선 밖에서 하이에나처럼 눈을 빛내며 기웃거리는 기자들의 모습이 들어왔다.

지방 조직들의 이동하는 이유를 공두열은 너무도 쉽게 알아내었다. 주먹계 원로의 장례식, 그것도 서울을 양분한 양대 거두의 합동 장례식이었다.

지난밤부터 먹구름이 몰려들기 시작하더니 새벽엔 가랑비를 뿌렸다. 만연한 봄이 왔건만 비와 함께 찾아온 꽃샘추위가 옷깃을 여미게 만들었다. 빗발이 제법 굵어진 오전, 국도 변에서 멀찍이 떨어진 농로에 제법 연식이 오래된 차 한 대가 덩그러니 놓여 있었다.

안과 밖의 온도차가 꽤나 나는지 차창에 뿌연 김이 서렸다. 창을 조금 열자 습기찬 바람과 함께 비가 휘몰아 들어왔다. 입맛을 다신 김택일이 창을 닫고는 뒹굴어 다니는 휴지로 김을 닦았다.

"와! 대단하네. 도대체 몇 명이나 오는 거야?"

눈에서 망원경을 떼지 않고 투덜거리던 전찬우가 무릎 위에 놓인 수첩 위에 확인한 차량 번호를 빠르게 적었다.

"깡패새끼들이 어떻게 하나같이 고급 차야. 어휴! 형사 생활 10년 만에 겨우 단칸방 마련했는데… 씨불!"

"시끄러, 임마. 난 아직도 10년 전 그 전세방에 산다."

"자랑이유. 형수님이 퍽도 좋아하겠수. 아! 진짜 이참에 이 짓 때려치우고……."

"왜? 깡패하게? 좋은 생각이다. 내 필히 잡아 넣어주마."

슬쩍 김택일을 곁눈질한 전찬우가 콧방귀를 뀌었다.

"난 못 잡을 거유. 내가 경찰은 훤하거든."

"나도 깡패는 훤하다. 누가 이기나 해볼래?"

"진짜 한번 해볼라우?"

피식 웃은 김택일이 전찬우의 뒤통수를 냅다 후려쳤다.

딱!

"아앗! 왜 머리를 치고 그래요. 안 그래도 머리가 돌아가지 않아서 죽겠는데."

"널 데리고 있던 성일이가 위장병이 생겼다더니 이제야 이유를 알겠다."

전찬우는 이번에 특수반이 조직되면서 강남서에서 차출되어 온 인원이었다.

"지병이유, 지병."

입술을 삐죽 내민 전찬우는 다시 끝없이 이어지는 차량 행렬로 눈을 돌렸다.

김택일이 불편한 자리 탓을 하며 잠복으로 굳은 어깨를 풀었다.

"얼마나 쫓았다고?"

"3년이요. 솔직히 그만두려고도 수십 번은 생각했는데, 들인 공이 아까워서 손을 떼지 못하겠더라고요."

"손을 왜 떼?"

전찬우가 노트에 차량 번호를 적으며 말을 이었다.

"태경회 두목이 맘에 들었거든요. 별로 잡아넣고 싶은 마음이 없어요. 재들은 그 바닥에서 평판이 상당히 좋아요. 그래도 어쩌겠어요, 깡패는 깡패인데. 테헤란로 마약 사건 아시죠? 그때 일을 벌인 게 태경회예요."

"호오! 정말?"

"쳇! 알면서 모른 척하기는. 심중만 있어서 그렇지. 그거 아세요? 마약반에선 김대경에게 호감을 보이는 거. 웬만한 일은 눈감아줄 분위기라고요. 동기한테 들은 얘기인데요, 작년엔 마약 사건이 셋에 하나는 줄었다가 올해 들어 대폭 증가했다네요."

"왜?"

힐끔 김택일을 쳐다본 전찬우가 고개를 저었다.

"아이, 진짜 아시면서 귀찮게 자꾸 물으시네."

"왜 그러냐니까?"

"싸움박질하느라 통제력을 잃은 거죠."

이번에 김택일이 고개를 저었다.

"글쎄, 전쟁 자금을 마련하려고 더 푼 게 아닐까?"

"그럴 수도요. 저놈들 세상은 요지경 속이니 애미 애비도 모르는 일이죠. 그래도 태경이 일산에 들어와서 그 동네가 깨끗해진 것은 맞는 말이에요. 그곳 경찰서장이 진급한다고 하던데……."

뒷말을 흐린 전찬우가 망원경을 내려놓고 김택일을 쳐다보았다.

"저 새끼들, 이리로 오는데요."

김택일도 회색 승용차 한 대가 다가오는 모습을 보았다. 그들은 서로 마주 보면서 어깨를 으쓱할 뿐이었다. 대담하게 경찰이 잠복한 곳으로 찾아올 줄은 생각지도 못한 일이다.

제법 단련이 잘되어 보이는 사내가 곧 차창으로 다가왔다.

"안녕하십니까?"

전찬우가 떨떠름하게 대답했다.

"안녕하슈."

"고생들이 많으십니다, 날도 꾸리한데."

"날 아슈?"

"하하, 한 집 건너 한 집이 친척인 우리나라인데 어딘가 인연이 있겠죠. 밤새 고생하셨습니다. 그만 들어가시죠. 상갓집은 떠들썩해야 한다지 않습니까?"

조금은 당황한 듯한 시선을 교차한 그들은 이제는 피식 웃었다. 김택일이 물었다.

"누가 보냈어?"

"사장님들이 모셔오라 합디다, 별로 내키지는 않지만."

"그건 나도 마찬가지야. 그래도 초대를 받았으니 앞장서."

사내가 비웃음을 띠우는 듯하더니 얼굴을 차에 바짝 붙였다.

"안에 금배지 다신 분들이 곳곳에서 번쩍이고 있으니까 소란 피울 생각은 마쇼."

거들먹거리는 듯한 사내의 말에 콧방귀를 뀐 전찬우가 고개를 삐딱하게 기울이며 사내를 쏘아보았다.

"너, 뒤질래?"

툭!

"입어라."

김대경이 초췌한 안색의 사내에게 상복을 집어 던지며 말했다. 눈이 풀린 사내는 멍하니 누리끼리한 삼베옷을 쳐다만 보고 있었다.

"강준영!"

으르렁거리듯 말하자 강준영이 살짝 고개를 돌리는 것으로 반응을 보였다.

"이미 죽은 놈이군. 너 같은 놈을 위해 목숨을 버린 동생들이 한심하다."

전장을 정리하던 부하들이 다 죽어가는 요시다와 강준영을 강가에서 발견해 데려왔다. 강준영은 거물이다. 김대경이 돌아와 내릴 처분을 기다렸다. 칼을 물릴 줄 알았는데, 상복이라니⋯⋯.

삼 일 만에 나타난 김대경은 뜻밖의 명령을 내렸다. 이한성의 빈소 옆에 강철민의 자리를 만들라는 것. 한 시대를 풍미했던 선배에 대한 예우였다.

그런데 몇 가지 문제가 생겼다. 이한성이야 신분이 서너 개쯤 되고 유명 인사가 아니었기에 별반 언론의 주목을 받지 않았지만 강철민은 달랐다. 은퇴했다고는 하나 대기업 반열에 오른 기업체의 총회장이다.

거기에다 장남인 강기영은 급매로 재산을 처분하고 외국으로 도피를 하였다. 언론의 시선이 쏠릴 수밖에 없는 상황이었다. 강철민의 사망을 확인해 줄 가족이라곤 강준영밖에 없었다. 강철민과 연고도 없는 김대경이 상주라고 나설 수는 없는 노릇이었다.

"입어. 네가 패배자는 건 여기에 오는 사람들은 다 안다. 넌 잠깐 나가서 경찰들 눈가림만 하고 오면 돼. 두 어른은 내가 모시는 것이니. 그리고 너 같은 놈은, 너희 형제들은 상주 자격도 없어. 큰놈은 짐 싸서 도망이나 치고 둘째 놈은 아버지를 버리고 저만 살자고……."

"그, 그만!"

"지금 네놈 상태를 말해 줄까? 네게 남은 것이라고는 요시다 한 명이다. 그리고 일도그룹은 공중 분해되기 일보 직전, 너에게 남은 건… 없다!"

약육강식의 세계에서 패배자가 살아 있다면 그에게는 지친 심신밖에 남지 않는다. 강준영은 정신을 차렸을 때부터 알고 있었지만 스스로 부인하고 있었다. 그러나 든든한 바람막이 되어주었던 강철민이 없다는 사실만을 되새길 뿐이었다.

김대경은 그러한 사실을 일깨워 주고 있었다. 그가 싸늘하게 쳐다보았다.

"강준영, 살고 싶나?"

순간 강준영의 눈이 흔들렸다.

"그럼 개처럼 핥고 꼬리를 흔들어라."

의아함이 분노로 바뀌었다. 흑룡회가 등을 돌리지 않았더라면 반대의 상황이 되어 있을 것이다.

"운 좋은 애송이 놈! 콧대가 하늘을 찌르는구나! 구차하게 살고 싶은 생각은 없다. 죽여라! 더욱이 네놈 따위에게 목숨을 구걸할 내가 아니다!"

김대경의 얼굴에 흰 줄이 그어졌다. 강준영은 그 모습에서 섬뜩함을 느꼈다. 곧이어 온몸에 난 터럭을 일어서게 만드는 칙칙한 기운이 옭매여 왔다.

"그래? 걱정하지 마, 죽여줄게."

김대경의 기운을 받는 시간이 흐를수록 강준영의 이마엔 식은땀이 방울져 흐르고 침 삼키는 소리가 천둥소리처럼 들렸다.

꾸울걱!

정적을 깨는 소리에 김대경이 헛웃음을 지었다.

"훗! 몸은 그렇지 않은가 보군. 옷을 입고 상을 치러라. 비록 적이었지만 강철민 회장님은 우리 회장님과 함께 한 시대를 대표하던 어른이시다. 난 그분이 이름 모를 야산에 묻히길 원하지 않는다. 네놈이 나서지 않겠다면 내 식대로 처리하겠다."

몸을 돌린 김대경이 멈칫했다.

"네 목숨은 그 다음에 거두어가겠다. 장례식 도중에 도망칠 수 있으면 도망쳐. 너 같은 말종이 아버님의 마지막 모습을 지킨다는 것 자체가 우습다."

비웃음을 흘리며 멀어져 가는 김대경에게서 강준영은 시선을 떼지 않았다. 꽉 깨문 입술 사이로 붉은 액체가 흘러나왔다.

"어디에서 오셨습니까?"

작은 키에 땅땅한 체구의 사내가 전통 한옥 양식으로 만들어진 대문을 넘으려 하자 일단의 경비들이 앞을 막아섰다.

가슴을 쫙 편 사내가 당당하게 말했다.

"난 인천에서 온 심경민이라 합니다."

경비들이 못 알아듣는 듯하자 심경민이 말을 붙였다.

"연안부두의 코난이오."

"코난? 죄송하지만 일반 조문객은 받지 않습니다."

정중히 거절을 했지만 경비들은 심경민의 앞을 막아서서는 턱을 치켜 올렸다.

그러자 당황한 심경민이 재빨리 말했다.

"하하, 내가 연안부두파의 코난 심경민이란……."

"코난이고 뭐고 초대받지 못하신 분들은 들어가실 수 없습니다. 죄송하지만 저희 대회장님께서는 친인 분들만 모시고 조촐히 상을 치르고자 하십니다."

"아니, 이보시오. 안에 저 많은 사람들은 다 뭐요?"

심경민에게 한 발 다가선 사내가 눈을 부라렸다.

"이 새끼가 손바닥만한 촌구석에서 어깨에 힘 좀 주고 다녔나 본데, 자리를 보고 발을 뻗어라, 인천 앞바다에 수장당하고 싶지 않으면. 알간? 코난? 새끼, 난 마징가야, 임마! 존만한 새끼가 어디서 얼굴을 디밀어. 여긴 너 같은 피라미가 낄 데가 아니다. 좋은 말 할 때 꺼져."

소문은 빠르다. 양대 거목의 장례식에 참가해 새로운 신성이 된 김대경에게 얼굴 도장을 찍으려는 어중이떠중이들이 몰려들었다. 격이 맞지 않는 인물들을 들일 수는 없다. 김대경은 조용히 간소하게 치르기를 원하고 있었다.

그러나 김대경이 그리 원해도 수녀들의 입장은 좀 달랐다. 장례식

자리가 후계자로 첫선을 보이는 자리이기도 했다. 죽은 사람은 죽은 사람이고 앞으로 서울을 점령한 태경회의 행보가 시작되는 시점이었다.

한 무리의 사내들이 몰려오자 경비는 심경민을 옆으로 제쳤다.

"어디서 오셨습니까?"

"세룡이오."

한마디였다. 그 한마디에 경비들의 태도가 180도 바뀌었다. 허리를 접어 인사를 건넨 경비들 중 한 명이 나섰다.

"이렇게 찾아주셔서 감사합니다. 제가 안내하겠습니다. 이리로 오시죠."

사내들이 막 안으로 들려 하자 심경민이 다급히 30대 초반 정도로 보이는 사내에게 다가갔다.

"아이고! 도련님, 안녕하십니까? 저 코난입니다. 코난요."

종필용이 발걸음을 멈추고 심경민을 돌아보았다. 어디선가 본 기억이 있었다.

"그때 연안부두에서 대회장님과 도련님이⋯⋯."

"아아! 자네도 왔나? 같이 들어가지."

"감사합니다."

어떻게든 얼굴 도장을 찍어야 하는 심경민이었다.

뭐 마려운 강아지마냥 종필용의 뒤를 쫄쫄 따라가는 심경민을 보며 경비 사내들이 쓴웃음을 지었다. 저들도 필사적인 것이다. 그런 모습을 보며 어깨에 힘이 들어갔다. 이제 서울은 한성회도 일도연합도 아니라 태경회다.

금테 안경 속에서 날카롭게 빛나는 눈을 김대경은 직시했다. 그가 손에 든 서류를 밀어놓았다.

"이게 뭡니까?"

"남이섬에서 북한강 상류로 올라가는 펜션에서 있었던 대규모 살인 사건에 대한 자료입니다."

"그런데요?"

"그 시간에 어디에서 무엇을 하셨습니까?"

공두열의 질문에 김대경은 나삼식을 보았다.

"그 시각 회장님께서는 사업차 접대를 하시고 계셨습니다."

김대경이 공두열을 보며 말했다.

"그랬다는군요."

"어디서 말이오?"

이번에도 나삼식이 대신 대답했다.

"월광이라는 일산에 있는 클럽입니다. 그때 회장님을 모시던 아이가 수빈이란 아이였고, 접대를 한 이들은 경기 지역 건설 협회 이사님들이 었습니다. 증인을 대라면 수십 명도 가능합니다. 지금 불러올까요?"

공두열은 담담했다. 김대경의 위치라면 수백의 증인도 만들어낼 수 있을 것이다. 오늘 그가 찾은 것은 그 사건을 추궁하기 위해서만은 아니었다.

"일도그룹의 총회장님이 갑자기 별세를 하셨더군요. 깜짝 놀랐습니다."

"저도 그렇습니다."

"그런데 왜 여기서 장례를 치르는지 이해가 가질 않는군요. 장남 강기영은 도망치듯 뉴질랜드행 비행기를 타고 말입니다. 김대경 씨는 그쪽과 연고가 없는 걸로 압니다만."

김대경이 공두열을 마주 보았다.

"당신, 지금 나를 심문하는 겁니까?"

"그렇게 들으셨습니까? 그냥 물어보는 겁니다."

"불쾌하군요."

"험험!"

헛기침으로 공두열의 시선을 돌린 신동인이 끼어들었다.

"회장님, 대답하지 않으셔도 괜찮습니다. 그리고 공 검사."

"말씀하시지요."

"오늘은 상을 치르는 날이오. 너무 무례한 것 아닌가?"

"그렇긴 합니다만, 오늘이 아니면 시간이 없을 것 같아서요. 저희 검찰에서는 이한성 씨와 강철민 씨의 시체를 인계할 것을 요청합니다."

부검을 하겠다는 말이다. 의사의 사망 진단서에는 자연사라 되어 있지만 지나가던 개도 웃을 일이다. 그런 종이 쪼가리를 믿을 바보는 없다.

"거부합니다. 저희 할아버님의 임종은 제가 지켰습니다. 그리고 정식으로 법원 명령서를 받아오셔도 마찬가지입니다."

잠자코 있던 이연화가 나섰다. 그녀가 유일한 혈육이다. 그녀가 싫다고 하는데 아무런 증거도 없이 강제로 가져갈 수는 없었다. 공두열도 더는 뭐라 할 수 없었다. 하지만 강철민은 달랐다. 이중에는 그와 혈연 관계는 단 한 명도 없었다.

"강철민 씨의 자제인 강기영 씨와 강준영 씨는 연락이 두절되었습니다. 그래서."

김대경이 말을 잘랐다.

"두 회장님들께선 둘도 없는 친구 사이셨고, 저는⋯ 손주사위로서 두 분을 모시는 겁니다. 그리고 이 회장님은 제가 부탁을 받았습니다."

"누가 말입니까? 아직 법원 명령장을 받지 못했지만 강철민 씨의 시신은 저희가 인계할 것입니다. 시신의 훼손을 막자는 목적으로 오늘 찾아온 것입니다. 아시겠습니까?"

"맘대로 해보시오, 우리도 대응을 할 터이니."

"제가 부탁한 겁니다."

불쑥 다른 목소리가 끼어들었는데, 상복을 차려입은 강준영이 문가에 서 있었다. 공두열은 앓는 소리를 내고는 고개를 저었다.

선별적으로 조문객을 받았음에도 대궐 같은 한옥엔 빈자리를 찾을 수 없었다. 사열하듯 정문에 늘어서 있는 근조화환에는 한두 번씩은 들어보았을 이름들이 적혀 있었다.

어깨를 쭉 펴고 당당하게 들어온 김택일과 전찬우는 한쪽 구석에 자리를 하고는 그 존재감을 잃어갔다. 일개 형사의 명함을 내밀 자리가 아니었다.

전찬우가 주변머리가 썰렁한 사람을 보며 외쳤다.

"저 사람은?"

"여당 정책위원장이구만."

그와 함께 담소를 나누고 있는 사람은.

"허어! 저분은……."

"경찰청장을 지내신 분이네요."

마치 상류층의 사교장이라도 되는 듯 유명 인사들이 서로 인사를 나누고 있는 모습이 곳곳에서 보였다. 정, 재계 인사는 물론 현, 전직 국회의원에 고위 공무원까지, 전찬우는 메모를 하던 수첩을 집어 던지고 싶은 심정이었다.

김택일이 전찬우의 어깨에 손을 얹고는 한곳을 지목했다.

"저 혈색 좋은 노인네가 누구인지 아는가?"

"모르겠습니다만."

"옛적 종로의 마지막 주먹이야. 지금은 한국 무술가 협회 이사장이라고 하던데."

"무술가 협회요? 처음 듣는 곳인데요."

"협회야 몇 명만 모여 등록만 하면 되는 거니 타이틀이 중요한 게 아니고, 여하튼 주먹계의 대원로란 말이야. 고적한이라고 알지?"

"전전대 총리요?"

"그래. 그 사람과 막역한 사이라고 알려져 있지. 잘 봐두라고, 여기 온 사람들을. 함부로 건드렸다가 옷 벗은 친구들이 수두룩하니까. 자네나 나나 옛말대로 전화 한 통이면 한적한 시골 마을로 날아갈 거야."

하지만 전찬우의 반응은 달랐다.

"일할 맛이 나는데요. 저 정도는 돼야 은팔찌를 채우는 맛이 나지요."

"특제 은팔찌가 아닌 이상 함부로 꺼내 들지 마라. 다친다."

말을 하는 와중에 입구가 소란스러워졌다.

"저기 막 들어오는 사람들 있지. 가운데 넉넉한 사람, 저 사람이 여치 종세윤이야."

전찬우가 눈을 끔벅이며 사람 좋은 얼굴을 한 종세윤을 쳐다보았다.

"우리 옆집 아저씨 같은데……."

"주먹계의 신사란 별명이 있지. 저치는 격투가 협회장이라든가. 하

여튼 이름도 잘 붙여요. 좀 전에 전라도 연합회도 보이더니 여차라. 경
상도 재건회만 오면 주먹계 거물들은 다 모이는구나."

입이 타는지 음료수를 들이킨 전찬우가 갑자기 침울한 얼굴로 김택
일을 보았다.

"휴우! 정말 거물이 되었네요."

"응?"

"태경회 말이에요. 대충 금배지 단 것들이 이십여 명은 왔다 간 것
같고, 거기에… 근조화환 보셨죠? 웬만한 기업체 이름은 다 올라와 있
던데요."

"그럴 수밖에. 김대경의 배경이 막강하거든. 얼핏 들었는데 큰손의
지원도 받는단다."

처음 접하는 정보였다. 그러나 큰손의 지원을 받는 조직들은 많았기
에 별반 이상할 것도 없었다.

"오늘 이 자리를 잘 생각해 보라고. 조문객들의 면면을 말이야. 보
통 큰손이 아니야. 게다가 한성과 일도의 전쟁을 모르는 사람이 없었
어. 그런데 말이야, 결론은 어때?"

"태경회가 살아남았으니 그들이 이겼나 보죠."

"그것뿐인가? 서울을 일통했지. 대한민국 인구의 사분의 일이 모인
이곳을 말이야. 경제적 가치로 따지면 더 되고. 게다가 합동 장례식이
야, 이한성과 강철민의. 김대경은 그 두 거물의 공공연한 후계자를 자
처하고 나섰단 말이지. 이제 20대 중반의 어린놈이."

"흐음! 그런데요, 어떻게 그 둘이 같이 죽었을까요? 김대경이 그
둘을 다 죽이고 올라선 것일까요? 선배님 말씀처럼 그 둘이 전쟁을
벌였다는 건 다 알지요. 그럼 양패구상을 해서 김대경이 어부지리를

얻었다?"

김택일이 눈을 똥그랗게 뜨고는 전찬우를 바라보다가 고개를 저었다.

"너, 공부 좀 했나 보다. 양패구상? 어부지리? 그건 말이야……."

공두열이 별채에서 나오는 모습을 보고는 김택일이 뒷말을 흐렸다. 그리고는 벌떡 일어서서 손짓을 해 보였다. 놀란 공두열이 멈칫했다가 그들에게로 다가왔다.

"여긴 어떻게?"

"아! 초대를 받았습니다."

몸을 틀어 김대경이 있는 곳을 바라본 공두열이 엷은 한숨을 쉬고는 앉았다. 만만치 않을 거란 예상을 했는데 그 이상이었다.

김택일이 조심스레 물었다.

"어떻게 되셨습니까?"

"술들 하셨습니까?"

"아니오, 근무 시간이라."

"전 한잔 마셔야 되겠습니다."

단숨에 잔을 비운 공두열이 허탈하게 웃었다.

"너무 쉽게 생각했었나 봅니다."

"무슨?"

"알 수가 없습니다. 분명 목숨을 걸고 싸우던 사이인데 어찌 하룻밤 사이에……. 제가 안에서 누굴 만났는지 아십니까?"

"……."

"강준영입니다. 그도 상주가 되어 나타났더군요. 김대경과 함께요. 믿기십니까?"

입을 반쯤 벌린 김택일이 흘리는 듯한 말로 물었다.

"그럼 강철민과 이한성은?"

"모르겠습니다. 누가 죽인 거죠? 그 둘이 손을 잡고 손부와 친부를 살해했을까요? 남이섬은 외국 조직들 간의 싸움이었을까요?"

공두열은 하나씩 풀려 나가던 실타래가 한순간 뒤죽박죽이 되는 기분이었다. 지금 강준영이 상복을 입고 나타나서는 안 된다. 그는 숨어서 복수의 칼을 갈고 있어야 했다.

공두열이 고개를 저으며 연신 쓰디쓴 소주를 들이켰다.

"그놈은 어떻습니까?"

"누굴? 아! 여전합니다. 김대경 사진을 보면 발작을 합니다."

"증인으로는……."

김택일이 절레절레 고개를 저었다. 미친 사람을 법정에 세울 수는 없었다.

"어어, 어어어! 엇!"

입을 떡 벌린 전찬우가 어버거리며 손짓을 했다. 무언가에 크게 놀란 모습이었다. 그의 손을 따라 고개를 돌린 공두열 또한 굳어버렸다. 전혀 예상치 못한 인물의 등장이었다. 80여 세의 나이가 믿기지 않을 정도로 정정한 노신사, 아니, 꼬장꼬장한 이미지가 더욱 어울리는 노인, 대건그룹의 총회장 이창민이 들어서고 있었다.

찰칵! 찰칵!

"오호! 특종이다. 이창민이라니!"

고성능 줌렌즈를 조절하며 차 안에서 한 사내가 연신 카메라 셔터를 눌러대고 있었다. 현역에서 은퇴한 지 10년이 넘었다고 알려진 이한성이지만, 조폭들의 대부로 서울의 암흑가를 실질적으로 지배하는 양대 세력 중 하나라는 것을 이쪽과 연관이 있는 사람들이면 다 알고 있었다.

그런 주먹들과 대한민국 제일 갑부의 친분 관계는 이목을 끌기에 충분했다. 재력과 폭력이 만나면 숱한 상상력을 이끌어낼 수 있다. 그의 머리 속엔 조폭들을 거느린 이창민의 모습이 그려지고 있었다.

"언제부터였을까? 구사대 시절부터겠지. 대건그룹 노조가 약한 이유가 여기에 있었어. 주주 사원제니, 제일의 복지니 뭐니 눈가림을 해도 진실은 이거였군. 흐흐흐."

대건인들의 애사심은 정평이 나 있었다. 하지만 강성노조가 주류를 이루는 노동계에서 대건 노조는 너무 앞질러 가고 있었다.

노동운동의 중심인 노총은 약자의 집단이 아니었다. 이미 기득권 세력화되어 이익 집단을 형성했다. 매년 정기적으로 띠를 두르고 파업을 선도하는 이들의 연봉은 평균 근로자의 연봉을 훨씬 상회하는 수준이다.

그중에서도 대건 근로자의 평균 연봉이 국내 기업 중 최고인 것은 그의 기억 속에서 이미 사라지고 없었다.

"폭력단을 계열사처럼 거느린 재벌 총수라… 기가 막힌 타이틀이구나."

진실이 어쨌든 후에 드러날 일이고, 이창민이 이 자리에 나타났다는 점이 중요했다. 비록 오보가 되어 징계를 먹게 되더라도 얻는 게 더 많다. 전국이 흔들거릴 정도로 커다란 공갈탄을 터뜨린 국회의원도 고개를 쳐들고 활보하고 다닌다. 데스크에서 지면화를 반대해도 넘길 곳은 많다. 이룬 게 많을수록 적 또한 많아지는 것이다.

똑똑똑!

"아저씨, 뭐 하시나?"

갑작스런 노크 소리에 고개를 돌리자 창을 다 가린 덩치가 징그럽게 웃고 있었다.

"나, 난 기자요."

"그러쇼? 대단한 양반이구만. 그런데 어쩌나 여긴 사유지야. 함부로 셔터질을 해댈 곳이 아니란 말이지. 잠깐 나와 보실까?"

"내가 한 시간에 버는 돈이 얼마인 줄 아느냐?"

이한성의 분소 뒤, 별채에 마련된 김태수의 영정에 조의를 표한 이창민이 대뜸 내뱉은 첫마디였다.

"모스크바대학에서는 나에 대해 연구하는 과목도 있다. 뭐, 자랑은 아니지만 내가 그만큼 대단한 사람이란 말이지."

이창민은 전혀 조문객같이 행동하지 않았다. 고인의 명복을 빈다는 말을 끝으로 위로의 말을 단 한 마디도 전하지 않았다.

사랑방으로 자리를 옮긴 이창민이 밖으로 시선을 주었다.

"나를 보곤 십 년 전에 잃어버린 어미를 반기듯이 하는 놈들이 수두룩하더구나. 그 정도면 내가 이곳에 온 이유가 충분히 충당된 듯싶다. 넌 내가 너를 위로해 주러 왔다고 생각하느냐?"

"아닙니다. 어르신이 오실 장소가 아닙니다."

"오늘내일 하는 노인네가 나보다 한참은 어린것들 장례식에 오는 것도 웃기는 일이지."

김대경을 찬찬히 훑어본 이창민이 미소를 지었다.

"지혜가 과잉 반응을 보인 것 같구나. 털어내었느냐?"

"어느 정도는."

고개를 끄덕인 이창민이 불쑥 손을 내밀었다.

"얼굴값을 지불해라."

"예?"

"때가 되면 우리 집 앞에 줄서는 인간들이다, 저치들은. 내 얼굴 한 번 비추어주었으니 일하기가 한결 수월해질 거다. 그만큼 난 체면을 떨어뜨린 것이고."

권력은 보이는 것이 아니다. 힘이 있는 곳에 자연발생적으로 따라다닌다. 무언가 얻어먹겠다고 하이에나처럼 권력자들 주변에 모여드는 이들은 촉각을 곤두세우고 있다. 권력자가 재채기만 해도 온갖 약을 싸 짊어지고 뛰어오는 형국이다.

"러시아에 대해 아는 게 있느냐?"

"이름 정도만 압니다."

"재미있는 나라다. 너 같은 녀석들의 왕국이지. 러시아에 진출한 우리도 그놈들에게 보호비를 낸다. 우리뿐만이 아니라 열에 아홉은 레드 마피아에게 보호비를 내고 있지. 나머지 하나도 따지고 보면 관부 마피아의 보호를 받으니 러시아에서 장사를 하려면 모두 마피아에게 돈을 내야 한다. 난 말이다, 그 돈 아까워."

씨익 웃어 보인 이창민이 자리에서 일어섰다.

"내가 만주에서 돈을 벌 때 삼합회 놈들하고 악착같이 싸웠다. 너에게만 말해 주마. 나도 아편 장사를 해봤었다. 삼합회 놈들에게 사들여 쪽발이에게 팔았었지. 이런, 또 말이 샜구나."

김대경에게 허리를 숙이라는 모양새로 팔을 휘저은 이창민이 그의 어깨에 손을 얹었다.

"넌 아직 젊고 할 일이 많다. 인생을 사는 재미가 역경을 헤치며 가는 것 아니겠느냐. 머무를 틈이 없다. 네가 오늘 흔들리는 모습을 보였다면 난 널 버렸을지도 모른다."

어깨를 툭툭 친 이창민이 발걸음을 옮겼다.

"기대에 따라주어서 기쁘구나."

달랑! 딸랑!

"이제 가면 언제 오나, 기약없는 길이로세……."

"어허야~! 디이야~!"

상여에 앞선 요령꾼의 종소리와 상엿소리에 맞추어 검정 양복을 입고 팔에 흰 띠를 두른 건장한 사내들이 입을 맞추었다. 상여를 둘러맨 상여꾼이 삼십여 명은 되어 보였다. 게다가 뒤를 따르는 조객 행렬은 오백 명이 넘었다. 승자인 한성회의 위세를 보여주고 있었다.

발인(發靷) 절차에 이은 상여 행렬이 고즈넉한 마을을 깨웠다. 이한성은 서울 토박이였다. 구파발의 99칸 한옥 집이 그의 본가였으며, 근처 북한산의 한 자락에 선산이 있었다. 운구는 전통적인 양식을 따라 상여로 옮겨졌다.

상주는 김대경과 이연화로 강준영의 모습은 보이지 않았다. 강철민의 장지(葬地)는 충청도에 있었기에 저택을 나와 갈라진 것이다. 강준영을 따르는 감시조는 없었다. 그가 검찰로 달려갈 수도 있는 일이었지만 김대경은 내버려 두라는 말 한마디로 부하들의 걱정을 일축했다.

상여 행렬 속엔 오십여 명의 간부급들만이 참여했으며 나머지 사람들은 조문객들이었다. 이 행렬에 참가할 자격이 있다는 것 자체만으로도 어깨를 펼 일이었기에 생각보다 긴 행렬을 이루었다.

두어 시간여를 걸어 장지에 도착하자 하관(下棺)을 하고 상주인 김대경이 관 위에 흙을 뿌렸다.

김대경은 굳은 얼굴로 시커먼 관을 바라보았다.

'묘한 인연입니다. 아직은 당신을 할아버지로 받아들이지 못했지만, 앙금은 없는 듯합니다. 좋은 곳으로 가시기를……'

평지에 볼록한 봉분이 만들어지고 곧이어 위령제가 시작되었다.

일행의 뒤편에서 거인의 마지막 모습을 담담히 보고 있던 50대 중반의 사내가 입을 열었다.

"자네… 저 친구를 어떻게 보나?"

비슷한 연령대로 보이는 사내가 그를 바라보았다.

"선배는 어떻게 보오?"

"이 큰 서울을 맡기에는 너무 어린 듯하네만."

"후후, 부산 바닥이 지겨워졌소? 오염된 공기는 노년에 별로 좋지 않을 듯싶은데."

희미하게 웃은 하영일이 말을 받았다.

"바다 내음이 좋기는 하지만… 나이가 들면 갱년기가 찾아오거든. 새로운 무언가를 원하기도 한다네."

조소를 흘린 최국한이 말꼬리를 늘였다.

"큭큭, 그 나이는 지난 것 같소. 나라면 모를까."

"조만간 서울 바닥에서 전라도 깽깽이들을 많이 볼 수 있을 것 같군."

"뭘 새삼스럽게. 지금도 많죠. 물론 경상도 보리 문딩이들도."

서로를 보며 비릿한 웃음을 지은 그들은 동시에 시선을 김대경에게로 옮겼다. 저놈은 운 좋은 애송이일 뿐이다.

"애송이야… 그렇지 않나?"

경부고속도로를 달리고 있는 고급 세단 안에서 하영일이 뜬금없이 물었다.

"이 바닥 물을 먹은 지 몇 년 되지도 않았심더. 이한성이 눈에 들어 왕창 큰 놈이지라예. 그래도 한 가닥 한다고 하던데예."

"그렇겠지. 뭔가 있으니 자리를 차고앉은 게 아니겠나? 그보다 어떻게 보이더냐?"

씨익 미소를 지은 사내가 힘있게 대답했다.

"오더만 내리시라예."

하영일은 그 미소에 담겨진 속뜻을 이해했다. 그가 장례식에 참석한 이유 중 가장 큰 것이 현재 태경회의 전력을 파악하는 것이다. 두 거물의 죽음으로 어느 정도는 예상할 수 있었다. 또한 야쿠자와 삼합회의 개입. 그만큼 치열하게 싸웠다는 것이다.

직접 눈으로 확인했다. 얼굴을 알고 있는 간부급 중에 보이지 않는 이들이 많았다. 소모가 된 것이다. 서울이라는 커다란 먹잇감을 어울리지 않은 살쾡이가 물고 있는 모양새였다.

혼란은 기회요, 힘 빠진 맹수를 쉽게 만들 틈을 줄 사냥꾼은 없다. 하영일은 자신을 노련한 사냥꾼이라 생각했다.

"슬슬 애들을 올려서 반응을 봐라. 깽깽이 놈들도 눈독을 들이는 것 같으니 서둘러라."

"하모예."

그들과 말투만 달랐지 똑같은 대화가 호남고속도로에서도 벌어지고 있었다.

휘이잉!

습기를 머금은 바람을 타고 흰 가루가 분분히 흩날렸다. 거칠게 자란 수염이 더욱 강력한 인상을 풍기는 사내가 손바닥 위에 쌓여진 골분을 안타까운 눈으로 쳐다보고 있었다.

"형……."

손가락 사이를 타고 흐르는 부드러운 가루가 빠져나가자 마음이 한없이 공허해짐을 느꼈다. 무게조차 느끼지 못할 정도로 가벼운 가루였다. 하나 그 가루가 가진 의미는 그렇지 않았다. 한때는 삶의 이유였으며 존재의 가치였다. 든든한 후원자가 되어주었던, 이 세상 무엇보다도 큰 존재가 한 줌의 가루가 되었다.

아무런 혈연도 없는 사이였다. 하지만 세상 누구보다도 가까운 관계였다. 한평생에서 일 년 남짓한 기간은 짧을 수도 있다. 그에 반해 그에게 받은 것은 남은 평생을 다해도 갚지 못할 귀한 것이었다.

사소한 동정으로 시작했을 수도 있다. 그렇지만 주는 사람과 받는 사람은 다르다. 작은 친절이 한 사람의 인생을 바꾸어놓을 수 있다.

김대경이 그랬다. 비록 흑도의 길에 들어섰을지라도 김태수 앞에서만큼은 부끄러운 모습을 보이기 싫었다. 남이 손가락질을 하더라도 그는 언제나 떳떳했다. 사회의 도덕적 기준이 질타를 하는 일이라도 자신에게는 올바른 일이다.

김대경은 출렁이는 푸른 강물에 점점이 백색을 칠했다. 한평생을 같이할 수 있을 거란 생각은 하지 않았지만 이별은 언제나 가슴 아프다. 문득 하늘을 올려보았다. 그의 심정을 대변하듯 우중충한 날씨였다. 언제 맑은 하늘을 보았는지 기억도 나지 않는다. 아니, 무엇에 그리 쫓기듯이 살았는지 하늘을 올려다본 적이 없는 듯했다.

정감이 가는, 그러나 꽤나 험악한 김태수의 얼굴이 지나갔다. 미소가 지어졌다. 드럼통 같은 몸매에 눈을 부라리는 조민재가 언제 그랬냐는 듯이 쫄랑거리며 쫓아오는 모습도 스쳐 갔다. 칼날을 맞으면서도 웃는 사내들의 모습이, 구원을 요청하는 애절한 눈빛이 하늘에 수놓아졌다.

"잘들 있나?"

그럴 것이다. 그래야만 했다. 그래야 조금이나마 마음이 편해지므로.

김대경은 한 움큼 가루를 손에 쥐고는 빈 상자를 강에 띄웠다. 그 상자에 약한 마음과 슬픔을 싣고서……. 이젠 홀로 서기를 할 때이다.

하염없이 흘러가는 상자를 바라보다 벌떡 몸을 일으켰다. 그리곤 좀 전과는 다르게 매서운 살기를 토했다.

"죽인다!"

그의 앞에는 이글거리는 푸른 광망을 토해내는 장발이 흰 이를 드러내며 웃고 있었다.

"너만은 결단코!"

김대경이 살기 가득한 미소로 답했다. 그는 면도(緬刀)를 꺼내 들고는 날이 시퍼렇게 벼려진 칼날을 골분을 쥐고 있는 손으로 잡았다.

스으윽!

주먹 사이에서 날카로운 칼날이 조금씩 모습을 보이기 시작하더니 흰 가루가 붉게 물들어갔다.

"내 몸속에 녹아든 형은 언제나 함께할 것이다."

김대경이 이를 악물었다.

"내 피가 한 방울이라도 남아 있는 한 잊지 않을 것이다."

뚝뚝뚝!

붉은 피가 푸른 강물을 붉게 물들였다가 흔적도 없이 사라졌다. 하지만 강은 그 붉은 피를 기억할 것이다.

■ 제2장

원근(遠近)

원근
遠近

근 열흘가량을 비워두었던 파주 저택에 온기가 돌기 시작했다. 김대경은 박순혜의 만류에도 불구하고 다시 파주로 돌아왔다. 슬픔은 피한다고 잊혀지는 것이 아니다.

홀로 서기로 마음을 먹은 김대경은 아련한 가슴앓이를 불러일으키는 곳이긴 하지만 곧 떨칠 수 있을 거라 여겼다. 침실을 김태수가 머물던 방으로 옮겼으며 예전과 변함없는 행동을 보였다.

하지만 벽에 난 총탄 자국을 어루만지며 뼈를 깎는 고통의 시간을 보낸다는 것은 아무도 몰랐다.

화창한 5월의 푸른 물결이 뒤덮는 어느 날, 김대경은 모든 것을 털어버린 듯 말끔하게 면도를 하고 간부회의를 주관하였다. 감정에 휩쓸리지 않는 방법 중의 하나는 어딘가에 집중을 하는 것이다. 내부의 혼란을 밖으로 쏟아내는 아주 평범한 진리였다.

공백의 시간이 길어질수록 딴마음이 드는 게 인지상정이다. 수많은 피를 흘리고 이룬 결과를 헛되이 할 수는 없는 노릇이다. 게다가 이창민의 말처럼 그는 할 일이 많이 남아 있었다.

김대경은 더욱 침중하게 가라앉은 눈초리로 좌중을 훑었다. 새로운 얼굴이 몇이 보였고, 그중 특이한 점은 한자리를 강준영이 차지하고 있다는 점이었다.

김대경이 메마른 눈빛으로 강준영을 보았다.

"상은 잘 치렀나?"

"예, 회장님."

공손하진 않았지만 예의에 어긋나지도 않는 태도였다.

"그 요시다란 친구."

"박명환입니다."

보이지 않을 정도로 고개를 끄덕인 김대경이 말을 이었다.

"오늘 중으로 올 거다. 데리고 와보도록."

부하들의 반대에도 무릅쓰고 김대경은 강준영을 받아들였다. 공통의 적, 흑룡회가 있었기 때문이고, 김대경에게 강준영은 야쿠자에 대한 정보통이었다.

강준영은 속내를 알 수 없는 김대경을 빤히 주시하였다. 화근이 될 적대 조직의 수뇌를 살려놓는 경우는 얻을 것이 남아 있는 경우밖에 없었다.

하지만 김대경은 그런 내색을 전혀 비추지 않았다. 현실적으로 일도그룹은 이미 넘어갔다고 봐야 한다. 최고 경영자의 부재로 주주들 사이에서 임시 주주총회 이야기가 나돌고 있었다. 한성회는 이미 대주주였고 총회꾼 하나만 내세워도 별 무리 없이 경영권을 차지할 수 있었다.

흑도 계통의 사업권은 그보다 먼저 넘어갔다. 아니, 사장단들이 태경의 그늘로 먼저 들어갔다. 태생이 무력으로 이루어진 사업이기에 당연한 일이다. 그들도 수많은 날파리가 꼬이는 것보다는 튼튼한 뒷배를 먼저 바랐다.

그럼 숨겨진 재산, 고개를 저을 일이다. 그룹을 살리기 위해 대다수는 담보로 잡혀 있던가 처분을 하였다. 아주 남은 게 없진 않지만 미미한 액수일 뿐이었다. 그런 강준영의 예상을 김대경은 한마디로 일축했다.

'왜 살려주냐고? 넌… 거울이야, 나를 보는. 그리고… 단련의 도구이기도 하지. 어릴 적엔 난 24시간을 긴장 속에서 살았어. 언제 어디서 무엇이 튀어나올지 몰랐거든. 조금이라도 느슨해지면 삼 일 밤을 피똥을 싸면서 앓아 누었지. 후후, 내 옆에서 힘을 키워라, 날 죽일 수 있을 때까지. 무슨 짓을 해도 상관없으니까. 당하면 내가 방심한 탓이고. 그 전까지는 이빨을 감춰라. 함부로 누런 이를 드러내면 모두 뽑아버릴 거야. 그럼 게임을 시작해 볼까. 아아! 한 가지, 밥값은 해야겠지?'

'변태새끼!'

승리의 쾌감을 옆에 놓고 즐기겠다는 거다. 자신은 패배자의 산 중인이니까.

'개자식, 네놈이 원하는 대로 해주마! 잘근잘근 씹어 먹어줄 테다.'

이를 악물었을 때 자신을 부르는 소리가 들렸다.

"이봐!"

"예? 예!"

김대경의 시선이 부딪쳐 왔다.

"더 쉬고 싶나?"

"아닙니다."

"네놈이 흑룡회와 스기하라조는 잘 알 테니 잔당을 찾아. 그리고 스미요시가이에서 화해를 요청해 온 적이 있다는 것을 알아두도록. 쪽발이들은 너희와 흑룡회가 손잡고 자신들을 쳤다고 생각할 수도 있거든. 네 낯짝을 들고 다니지 말란 말이다. 그놈들이 널 잡아 죽일지도 모르니까."

김대경이 김지혜에게 시선을 돌리고는 살짝 고개를 숙였다.

"경황 중이라 제대로 인사도 못 드렸습니다. 큰 도움을 주셨다고 들었습니다. 감사합니다."

입을 살짝 가리고 웃은 김지혜가 눈웃음을 지었다.

"아니에요. 저희 도움이 없었어도 별 탈 없었을 거라고 하더군요. 제가 봤어야 하는 건데 아쉽네요."

김대경은 남이섬 혈투로 혈귀라는 새로운 별명을 얻었다. 그 장면을 목격한 이들은 며칠 동안을 밥을 먹지 못했다는 소문이 돌았다.

"한 번 더 부탁을 드리겠습니다. 탕하이둥을 찾아주십시오."

강준영에게 장발의 이름을 알았다. 하지만 더 이상의 정보는 없었다.

김지혜는 담담한 김대경의 음성과는 달리 오싹한 기분이 들었다. 혈귀라는 별명이 어느 정도 이해가 되는 듯싶었다.

'오우! 짜릿한데.'

"호호호, 저에게 맡겨주세요."

"임 실장이 도움을 드릴 겁니다."

고개를 저은 김지혜의 시선이 무표정한 함예신을 훑고 지나갔다. 순간 함예신이 경기를 일으킨 것처럼 움찔했다.

"함 부장님을 붙여주세요. 겉 궁합은 잘 맞는 것 같은데 속궁합은……."

김지혜의 야릇한 시선을 함예신이 싸늘히 마주했다. 하지만 곧 시선을 회피했다. 요상한 여인네였다.

김대경의 눈짓을 받은 임승호가 자리에서 일어섰다. 좌중에 가벼운 목례를 건넨 그는 회의 시작 전에 나누어 준 보고서를 들었다. 원체 서류와는 담을 쌓은 이들이기에 그 보고서를 보는 사람은 몇 되지 않았지만.

"몇 달 동안 외환으로 인해 건설, 유통, 금융 사업을 막론하고 위축되었습니다. 하지만 시간이 해결해 줄 문제라 크게 염려하실 정도는 아닙니다."

그의 시선이 빠르게 강준영을 훑고 지나갔다. 서로의 사업장에 타격을 주었기 때문이다.

"가장 우선적인 문제는 회사를 안정화시킬 현금의 유통에 있습니다. 고(故) 회장님의 사업체를 인수하고 정상적인 궤도에 올리는 시기까지 들어가는 비용이 만만치 않습니다. 사원들의 급료와……."

"애들 급료라니, 몇 달 굶어도 안 죽어."

오지훈의 퉁명스런 말이었다. 한때는 형님들이 주는 용돈이 수입원인 동생들이었다. 옛적 막내들은 신문 배달 아르바이트보다 못한 수입이었다.

"그렇습니다. 그 일은 각 사장님들에게 맡기……."

"아니."

김대경이 말을 자르고 들어왔다.

"우선 지급해, 금고를 털어서라도."

딴청을 피운 오지훈이 고개를 갸우뚱하며 물었다.

"그런데 왜 돈이 없다는 거야?"

승자는 태경회다. 각 하부 조직에서 돈을 바리바리 싸들고 인사를 와야 정상이다. 이해할 수 없는 일이었다.

임승호가 대답했다.

"회장님의 지시로 상납금을 받는 것을 미루었습니다. 우리가 해온 방식과 많이 다르기 때문에 당분간 시간을 두었고, 또한 타격이 제법 커서 장악력이 많이 떨어져 있는 부분도 있기에 정비를 할 시간이 필요합니다."

오지훈의 굵은 눈썹이 꿈틀거렸다. 서울의 패자에게 반기를 든 것들이 있다는 소리로 들렸기 때문이다. 사실 전쟁을 통해 입은 피해가 상당하기도 했다. 한성의 전력 중에서 정덕문 패가 오 할 정도를 차지하고 있었다. 일도와의 전쟁과 내분 아닌 내분으로 전성기의 반도 안 되는 전력이었다.

김대경이 강준영을 받아들임으로써 일도의 잔여 병력을 흡수할 여지를 남겼다고는 하지만 당장 전력에 보탬이 되지는 않았다.

"그리고 비자금 명목으로 상당액을 마련했기에 조금 벅찬 감이 있습니다."

인사를 다녀야 할 곳이 많다는 말이었다. 이전 일도와의 일전 때도 그랬지만 서울 평정을 하면서도 약간의 잡음이 날 수밖에 없다. 그것을 무마시킬 입막음이 필요했다.

돈은 혈액과 같다. 조직이라는 몸을 움직이기 위해서는 현금이 끊임없이 돌아야 한다. 한곳에서 흐름이 막히게 되면 그 부분의 세포들은 고사를 하게 되며 고름이 터진다.

임승호가 자금 문제를 거론했지만 걱정하는 간부들은 임승호밖에 없었다. 회의에 참석한 간부들은 김대경의 어머니가 누구인 줄 안다. 김대경은 그럴 생각이 전혀 없지만 말이다.

몇 가지 일반적인 회사 운영에 대한 논의가 오가고 정색한 임승호가 김지혜를 쳐다보았다. 지금까지의 사항은 들어도 상관없지만 이젠 그만 나가달라는 의미였다. 지금부터는 가족 간의 회의였다. 김지혜는 이방인일 뿐이다.

방긋 웃어 보인 그녀가 나가고 임승호가 무겁게 입을 열었다.

"지방 조직들이 하부 조직들에게 물밑 작업을 벌이고 있습니다. 이미 아지트를 마련하고 확대를 꾀하고 있습니다."

눈을 반개한 김대경이 물었다.

"언제부터?"

"전쟁이 벌어진 틈을 타 조금씩 진출한 듯합니다. 얼마 전부터는 드러내 놓고 활보하고 다닙니다."

김대경이 김막동을 보았다. 김막동이 입을 열었다.

"우리들의 반응을 살피려는 겁니다. 싹은 밟아줄 필요가 있습니다. 비록 전력이 다소 감소했다고는 하나 외국 조직과도 이미 전쟁을 경험한 동생들입니다. 문제없습니다."

대다수의 간부들이 고개를 끄덕였다. 남이섬에선 전원 총으로 무장을 하고 전쟁을 치렀다. 극한까지 맛을 본 것이다. 무서울 것도, 두려울 것도 없었다.

이번엔 김대경이 강준영을 보았다. 다소 놀란 듯이 한쪽 볼을 씰룩거린 강준영이 말했다.

"서울 상경은 모든 조직의 최종 목표입니다. 그만큼 먹을 것이 많다는 말이고, 지난 20여 년을 일도와 한성이 지배했습니다. 반대로 말하면 지방 조직들은 그동안 상당한 준비를 했다고 볼 수 있습니다. 지금은 그들의… 흠! 적의 도발에 대응할 단계가 아닙니다."

적이라고 말을 바꾸자 김대경이 슬쩍 웃었다. 적응이 빠른 것일 수도 있고 단단히 맘을 먹었을 수도 있다. 적절한 수련 상대를 만난 듯했다. 게다가 능력도 있었다.

"지금은 우리의 전력을 보충하는 일이 시급합니다."

오지훈이 못마땅한 듯이 말을 잘랐다.

"왜? 네놈 떨거지들을 끌어들이려고?"

그를 일별한 강준영이 말을 이었다.

"그렇게라도 해야 할 시점입니다. 일손이 부족하다는 것은 모두 아실 겁니다. 실력자 하나 키우려면 상당한 시간과 돈이 들어갑니다. 저는 그런 이유로 제가 이 자리에 있다고 생각합니다. 새가슴으로 골목대장을 하려면 그리하던가요."

"이놈이!"

오지훈이 눈을 부라리며 반쯤 몸을 일으켰지만 김대경의 일성에 주춤 물러섰다.

"천기."

"예! 형님."

"전에 지시한 사항은 어느 정도 진척이 되었나?"

"쓸 만한 아이들을 선별해서 힘을 실어주고 있습니다. 원래 기반이 있었던 아이들이라 생각보다 빠르게 성장하고 있습니다."

허리를 편 김대경이 목소리에 힘을 주었다.

"먼저 흐트러진 체계를 잡는다. 한성회 쪽은."

김대경이 회의가 시작할 때부터 꾹 입을 다물고 잡아먹을 듯 강준영을 쏘아보고 있는 안성태에게 시선을 옮겼다.

"안 사장의 도움을 받도록 하고 일도 쪽은 강… 강 이사가 알아서 하도록. 양쪽 조율은 막동이가 맡는다. 그리고 천기와 한만이는 지방 출장을 준비해라. 그리고 지훈이는 부천 식구들을 데리고 서울을 한 바퀴 돌아야겠다. 적당히, 알았지?"

"흐흐흐. 그럼요, 형님."

"그 대신, 강 이사의 말대로 지방 조직들의 도발엔 대응하지 말아라. 함 부장."

"예, 형님."

함예신은 남이섬 이후 김대경을 형님으로 불렀는데 제법 자연스러웠다.

"너와 난 돈 좀 벌러 가야겠다."

"예?"

"승호가 배고프다고 손을 벌리지 않나?"

그의 시선이 임승호를 거쳐 강준영에게 머물렀다. 강준영은 무슨 뜻인지 알아듣지 못했다.

비딱하게 다리를 꼬고 앉은 오지훈이 굵은 허벅지를 포개는 것이 불편한지 몸을 비틀었다. 그리고는 시계를 한 번 쳐다보면서 다리를 풀었다. 오후 3시 5분이 막 지난 시간이었다.

그의 시선이 굳게 닫혀 있는 연회장 문으로 향했다. 날카로운 눈빛을 발하는 부하들이 300여 평 규모의 연회장을 빙 두르듯이 서 있었는데 흐트러진 자세를 보이는 이가 하나도 없었다.

꿀꺽!

십여 명의 시선이 한 점으로 모였다가 사내가 시치미를 떼자 곧 원래의 위치로 돌아갔다. 그들이 눈동자가 모인 곳에는 불편한 얼굴의 오지훈이 있었다.

종로에 위치한 르네상스호텔 연회장 안으로 주말에는 호화 결혼식이 열리는 곳이다. 오늘 이곳은 화사한 하객들 대신 험상궂은 사내들이 들어차 있었다.

끼이익!

조금은 귀에 거슬리는 소리가 들리더니 연회장 문이 열리며 두 명의 사내가 헐레벌떡 뛰어들어 왔다. 사내들을 일별한 오지훈이 입을 열었다.

"이제 다 온 건가요?"

"예, 그렇습니다."

벌떡 일어나 커다란 목소리로 대답하는 사내를 오지훈이 쓰윽 쳐다보았다. 꽤나 단단한 몸집이었다. 큼지막한 콧대가 휘어진 모습이 한 인상을 더하는 사내였다.

"자네가……."

"권혁상입니다."

오지훈이 권혁상을 보며 피식 웃었다.

"알지. 100억짜리 몸에 100원짜리 머리라던가?"

"큭큭큭."

머리만 조금 받쳐 주었다면 벌써 한자리를 차지하고도 남을 실력을 가진 권혁상이었다. 단순, 무식, 과격이 그를 대표하는 말이었고 술과 여자밖에 관심사가 없었다. 오지훈은 그를 보면서 신경식을 떠올렸다. 돌격대의 선봉장을 맡으면 딱 어울릴 인물이었다.

"죄송합니다. 차가 막혀 조금 늦었습니다. 그리고 여기."

늦게 온 사내들이 들고 온 서류 가방을 탁자 위로 올렸다.

"급하게 마련하느라 얼마 되지 않습니다. 차후에 정식으로 인사를 드리겠습니다."

오지훈이 뒤편에는 대여섯 개의 가방이 보였는데, 소집한 종로 지역 지역구 보스들이 성의로 보낸 상납금이었다.

"얼마요?"

"1억입니다. 요즘 경기가 불황이라……."

"아아! 됐고."

말을 끊으며 사내들을 훑어본 오지훈이 입꼬리를 말아 올리며 웃고 는 권혁상을 쳐다보았다.

"자네는 왜 돈을 가져오지 않았나?"

"가져오지 말라고 하시지 않았습니까? 오늘 거 뭐시냐? 정, 정."

"후후, 그랬지. 그런데 저치들은 왜 말을 듣지 않았을까? 그것도 늦게 오면서 말이야."

꺼벙한 얼굴로 머리를 긁적이는 권혁상이 두 사내를 쳐다보았다.

"왜 그랬어?"

"큭! 하하하! 100원짜리 머리라더니. 큭큭큭!"

웃으며 오지훈이 뒤편으로 손을 내밀자 종씨라는 이유 하나만으로 직계 동생이 되어버린 오함마가 장갑을 건네주었다.

덜컥!

의자를 밀어버리고 일어선 오지훈이 싸늘하게 웃으며 장갑을 끼었다. 어리둥절한 표정으로 멀뚱히 서 있는 사내들에게로 다가가면서 그의 웃음이 더욱 짙어졌다.

"존만한 새끼들이 3시까지 오라고 하면."

오지훈의 상체가 살짝 숙여진다 싶더니 머리 뒤에서부터 세찬 바람과 함께 주먹이 날았다.

빠악!

얼굴에 격한 충격을 받은 한 사내가 벌러덩 나자빠졌다.

"씹질을 하고 있어도 좆을 빼고 와야지."

반대편 손이 깜짝 놀란 다른 사내의 머리카락을 움켜잡고는 확 끌어내렸다. 그 순간 몸을 띄운 오지훈의 무릎이 사내의 얼굴을 마중했다.

뻑!

"크헉!"

얼굴을 부여잡은 손가락 사이로 붉은 피가 보였다. 사내의 머리카락을 놓지 않은 오지훈이 고개를 흔들어 목을 풀었다.

"내가 오라고 하면 말이야, 오줌을 싸고 있어도 자르고 와야 하는 거야. 알았어?"

"예! 예! 회장님, 죄송……."

오지훈이 머리카락을 쥔 손에 힘을 주자 사내의 얼굴이 돌아갔다. 그의 옆얼굴이 내려다보는 오지훈의 시선에 들어왔다. 어깨를 으쓱한 오지훈이 방아 찍듯이 주먹을 내려쳤다.

빠악!

사내의 얼굴이 핑글 반대 방향으로 돌아가며 사내가 죽은 듯이 뻗었다.

"이 씨발놈아! 누가 회장이야! 회장님은 한 분이야!"

머리카락을 놓은 그의 손에 한 움큼의 터럭이 뽑혀 있었다. 그가 손을 털며 고개를 돌리자 질겁한 보스들이 시선을 회피했다.

"너희들도 잘 들어! 회장님은 한 분이야. 알겠어?!"

"예! 옛!"

피 묻은 장갑을 던져 버린 오지훈이 자리에 앉아 담배를 물었다.

"권혁상이."

"옛! 사장님."

"형님이라고 불러."

"감사합니다, 형님!"

"저 새끼들 네 밑으로 데려가서 다시 교육시켜."

권혁상이 널브러져 있는 사내들을 한 번 보고는 우물쭈물 대답을 하지 못했다. 자신과 비슷한 규모의 조직을 가진 보스들이었다. 전쟁을 치르라는 말과 다를 바 없었다.

"야! 백 원!"

"예? 옛!"

"회장님은 한 분이고 서울의 조직은 태경회 하나다. 무슨 말인지 알아들어?"

권혁상이 눈만 껌벅거리자 오지훈이 이마에 주름을 만들었다.

"이 똘빡새끼."

한숨을 푹 쉰 오지훈이 버럭 소리쳤다.

"유민재!"

고개를 쳐들고 당당히 지역 보스들을 내려보던 유민재가 오지훈의 옆에 시립하고는 허리를 꺾었다.

"설명해."

"예, 형님."

허리를 편 유민재가 보스들 하나하나와 눈을 맞추었다. 얼마 전 부천의 소구역에서 밥그릇 싸움을 하던 그가 아니다. 지금은 서울 중심가의 보스들을 아래로 보며 서 있었다.

"이 새끼가 돌았나? 뭐 해, 임마."

"아! 예."

자신의 로망을 방해받긴 했으나 그 상대가 오지훈이었다. 목소리를 고른 유민재가 입을 열었다.

"한성과 우리는 운영 방식을 달리합니다. 종로 일대는 정덕문이 관리를 하였지만 이제부터는 위에서부터 직접 관리합니다. 오직 김대경 회장님의 명령만 듣는다는 뜻입니다. 여러분이 관리하던 영업장은 큰 변동이 없을 겁니다, 오늘과 같은 불상사가 생기지 않는 한은. 여러분들이 상납, 죄송합니다. 수입금을 송금하는, 수익을 분배하는 방식 또한 달라집니다."

유민재는 부천에서 임승호가 했던 말을 되풀이하고 있었다. 하부 조직에 대한 직접적인 영향력의 증대를 넘어서 관리까지 하겠다는 의미로 보스들의 얼굴이 굳어져 가고 있었다. 자신들의 수입이 줄어들게 되는 것이다. 그 대신 부하들은 안정적인 급료를 받을 수 있다고는 하지만. 전엔 일정액을 윗선에 상납하고 나머지는 자신들의 소관이었다.

임승호와 유민재는 이 방식을 진보된 퇴보라고 불렀다. 가지가 많은 나무는 바람을 많이 탄다. 폭력의 하청으로 한 건을 올리고 하부 조직과 연결 고리를 끊어 피해를 최소화하던 방식에서 직접 자잘한 조직을 운영하게 되므로 그만큼 위험이 도처에 존재한다.

그 대신 강력한 중앙 집권력을 얻을 수 있는 이점도 있다. 방대한 조직의 힘이 피라미드식으로 정점, 김대경에게로 모여드는 것이다.

"당장은 여러 사장들의 수입이 줄어들 수도 있지만 장기적으로 보면 큰 이득이 될 겁니다. 또한 안정적인 체계를 잡을 수 있어 사소한 다툼이 줄어들 것이고, 무엇보다 태경이라는 커다란 그늘이 여러분을 보살펴 줄 겁니다. 그리고 혹시 여기에 계신 분들 중에서 우리 오지훈 사장님의 위치에 오를 수 있는 분이 나올 수도 있습니다."

"새끼, 쓸데없는 소리 하고 있어. 다 알아들었나?"

"예!"

"당분간 여기 있는 이 친구가 이 동네에 남아 있을 것이다. 조영이 나와라."

광대뼈가 두드러진 사내로 강인한 인상이었다.

"이 친구를 아는 사람도 있는 것 같군. 전에 서울역 일대를 맡고 계시던 홍두식 회장님의 사람으로 함조영이라 한다. 북파특공대 출신이니까 허튼수작 부리는 놈들은 밤에 조심해라. 쥐도 새도 모르게 모가지를 따는 친구니까. 큭큭큭."

열중쉬어 자세로 서 있는 함조영은 시선이 쏠렸지만 아무런 반응도 없었고 그 누구와도 눈을 마주치지 않았다.

"서열은 여러분과 똑같은 과장급 대우다. 우리 대리급 애들이 대엿 명의 동생들을 데리고 있으니까 너희들한테는 후한 대우야. 백 원!"

"예!"

"한 달에 얼마 버나?"

"글쎄요. 매달 달라서 많이 벌면 한 5백, 실적이 적은 달은 2, 3백 정도."

"애들은?"

"쩝! 그저 그렇습니다."

"이젠 달라질 거다. 네가 저놈들 구역을 맡고 조영이를 도와라. 말을 듣지 않는 것은 알아서 처리하고 나중에 보고해도 된다."

눈을 치켜뜬 권혁상이 어깨를 부풀렸다. 드디어 자신에게도 큰물에서 놀 수 있는 기회가 찾아온 것이다.

정색을 한 오지훈이 인쇄된 사진 한 장을 들어올렸다.

"이 사진 속에 놈은 짱깨새끼로 탕하이등이라 한다. 전 조직이 나서서 찾고 있다. 이놈을 찾은 사람은 그날로 세상에 태어난 걸 감사할 거다. 일단 조직에서 10억의 현상금을 걸었다. 그보다 회장님의 신임을 얻을 수 있다. 최우선적으로 이놈을 찾아라."

지역 보스들이 어떤 행동은 취할지는 알 바가 아니다. 힘은 태경회가 가지고 있었고 이들은 따라야 한다. 이것만이 변함없다. 조직 간의 상하에서 타협은 없다. 오지훈은 자리에서 일어섰다. 이젠 청량리로 가야 할 시간이다.

"미친 새끼들. 밥숟가락을 놓으라는 말이잖아. 씨발, 미치겠네."

이십여 명의 부하를 거느린 뚝섬파 보스 사도림이 듣기에는 하부 조직의 잔돈푼까지 가져가겠다는 소리로밖에 들리지 않았다. 더군다나 쏠쏠한 용돈벌이인 청부 폭력까지 손을 떼라니, 굶어 죽으라는 말이었다.

태경회의 기둥 중 하나인 오지훈을 만나고 돌아가는 차 안이었다. 이름도 듣지 못한 유민재라는 애송이가 하는 말을 요약하면 깡패 짓을 하지 말라는 말과 크게 다르지 않았다.

물장사와 여자 장사, 그리고 용역이 조직의 주 수입원이다. 이중에서 물장사는 거대 조직들이 도맡아하고 있었는데, 이중 지역에 관한 부분을 넘기겠다는 점에는 만세를 불렀다. 그러나 여자들의 고용 계약을 새로 작성을 하고 청부 폭력을 허용하지 않는다는 점은 납득하지 못할 사항이었다.

"씨발, 좆도, 성인 나왔네. 뭘 먹고살라는 거야."

반발을 하기에는 태경회원들의 분위기가 살벌했고 조직원 한 명 한 명의 수준이 달랐다. 그들이 말하는 대리급이 부하들을 데리고 쳐들어오면 반 시간도 못 되어 박살이 난다는 것을 그도 뻔히 알고 있었다.

저들은 밥 먹는 시간을 제하면 오직 칼질만 해대는 놈들이었고, 자신의 부하들은 돼지 사료에 팅팅 부은 라면을 먹으면서 살을 찌운 허풍선이었다. 괜스레 화가 치민 사도림은 앞좌석에 앉은 부하의 뒤통수를 냅다 후려쳤다.

"어휴! 씨발놈아! 목에 살 좀 봐라, 살. 이게 몇 겹이야? 뒤룩뒤룩 살만 쪄가지고. 운동 좀 해!"

"에이, 또 왜 그래요? 살찌우랄 때는 언제고."

"이 새끼가!"

씨름 선수 같은 몸집에 한 성격할 것 같은 인상, 거기에 살벌한 문신이면 일반인들은 바로 꼬리를 내린다. 하지만 같은 물을 먹는 이들은 콧방귀를 뀐다. 허우대 따위에 주눅 들지 않는다. 두터운 뱃살은 움직이는 데 방해만 될 뿐, 철판을 깐 것과는 다르다는 점을 알기 때문이다.

돈 자랑하는 미친놈들이 오입질하는 곳을 지키면서 올라온 자리였다. 술값이 없다고 배 째라 하는 새끼들 집구석까지 찾아가 마누라를 윽박질러서 돈을 받으면서 꾸역꾸역 버티고 버텨 조그만 조직의 보스가 되었다.

그런데 그동안 노고에 대한 대가를 받을 만하니까 이상한 놈들이 나타나서 버는 돈을 다 가져다 바치고 주는 돈이나 먹고살란다. 부하들 월급까지 자신들이 책임을 져야 한다나. 미친놈들. 아직 타고 다니는 외제 차 할부 값도 다 넣지 못했는데. 이제 겨우 파릇한 예쁜이 집 하나 얻어주었을 뿐인데.

"아! 씨발. 야! 뚱띠이!"

"예, 형님."

"스포츠센터 작업하던 거 중단하고 애들 불러들여!"

갑자기 땅값이 올라 졸부가 된 한 촌놈이 뚝섬에 새로 짓는 아파트 단지 안에 스포츠센터랍시고 개장을 했다. 사도림은 그곳 영업권을 헐값에 사들이기 위해 다방면으로 작업을 하던 중이었다. 도장만 받으면 15억짜리 센터가 그의 것이나 다름이 없었다.

"거의 다 됐는데요. 그놈 할망구가 거품 물고 뒤로 넘어갔다고 하던데."

"시끄러, 임마!"

습관적으로 손을 치켜든 사도림이 한숨을 푹 쉬고는 손을 내렸다. 전국구에서도 이름이 꽤나 알려진 사내가 감시로 남아 있었다. 새로 바뀐 서울의 주인은 그 힘을 구석구석까지 뻗고 있었다. 약쟁이 뒤를 봐주던 일도 당분간은 중단해야 될 듯싶었다.

그때 망가진 기분과는 다르게 흥겨운 뽕짝 소리가 울렸다.

"누구야!"

대뜸 핸드폰에 소리를 빽 지른 사도림이 금방 태도를 달리해 사근사근한 목소리로 바뀌었다.

"어이구, 행님이 여긴 어쩐 일인교?"

통화 시간이 길어질수록 목소리를 낮아졌고 사도림은 친근감을 더했다. 전화를 끊을 때에는 환해진 얼굴이었다.

"뚱띠야, 작업 계속해라. 흐흐흐. 새끼들, 주겄어."

"후우웁! 공기 좋다!"

눈을 동그랗게 뜬 사내가 백한만을 이상한 눈으로 쳐다보았다.

"성님, 사투리 고쳤소?"

"이거 왜 이래, 임마. 내가 서울특별시 시민 된 지가 언젠데 아직도 사투리를 쓰겄냐."

"에이, 아이구만. 아직 남아 있네."

"안 쓴 데니까… 흐음! 고향에 내려와서 그래, 임마. 아따, 근디 정말 공기 좋다. 그런데 이 동네는 왜 이리 변한 게 없냐."

하늘 높은 줄 모르고 솟아 있는 마천루 사이에 있다가 휑한 동네에 오니 썰렁한 기분이 들었다. 주위를 훑어보는 백한만의 눈에 5층 이상이 넘어가는 건물이 거의 보이지 않았다. 낮은 구릉에 높은 건물이 한 채 보이자 이채를 발했다,

"저긴 뭐 하는 데냐?"

"어디요? 저거요? 핵교잖아요, 대학교. 성님은 졸업한 지 얼마나 되었다고 모교도 몰라본다요."

"으잉? 저게 우리 학교였냐? 으음! 그런 거 같기도 하고… 내가 원체 학교를 나간 일이 없어서."

"맨날 냄비들 자취방에 있었으니 언제 핵교를 갔것어. 그러니 짤렸지. 흐미."

백한만의 미소가 짙어지자 사내가 기겁을 하고는 멀찍이 떨어졌다.

그는 백한만의 대학 후배로 그의 성격을 잘 아는 것이다.

"좋은 말 할 때 대갈빡 디밀어! 괜히 한 대 더 터지지 말고."

사내의 머리에서 종소리를 만들어낸 백한만이 널찍이 뚫린 대로에 시선을 옮기고는 푹신한 등받이에 상체를 묻었다.

"애들은 얼마나 모았어?"

"여기 송정리를 비롯해서 외곽은 거의 터를 잡았어라. 근디 광주 놈들 텃밭은 힘들어서리."

지방은 서울과 달라서 변두리라고 하면 거의 수익 구조를 잡기가 힘들다. 지방 도시들의 번화가는 몇 군데 없을뿐더러 대부분 도심에 있었으며 외곽에는 썰렁한 논밖에 없다. 읍 단위에도 빠지지 않고 조직이 있긴 한데 조직이라고 부르기조차 민망할 수준이 많았다.

"지금은 기다려. 애들 단련이나 시켜놓고 있는 편이 낫다. 괜히 까불거리다 국제파 놈들한테 거덜나지 말고."

광주는 전남의 중심 도시이자 굴뚝 산업이 활성화되지 못한 전라도에서 그나마 인구 밀도가 높은 축에 낀다. 한때 대한민국의 5대 도시에 들어가던 목포도 지금은 열 손가락 밖으로 밀려난 지 오래였다.

전라도의 흑도는 광주, 목포, 전주, 익산 등의 세가 크다. 따라서 전라도 주먹들의 친목 단체인 전라도 연합회는 이들로 이루어져 있었다. 서울의 많은 조직들도 뿌리는 전라도에 두고 있긴 했지만, 그렇게 따지면 대부분의 서울 사람들은 지방 사람들이다. 동향 출신에게 대우해 주긴 해도 밥그릇을 넘겨줄 만큼 아량이 넓은 이들은 몇 없다.

광주는 무등산파와 국제파가 거의 양분하고 있었고 군소 조직이 몇 개 있었지만, 그 규모는 비할 바가 아니었다. 그 조직의 보스는 지역 유지로 지역 사회에 영향력을 행사하고 있었다.

송정리시장 앞에 당도한 백한만은 도상수의 안내를 받아 횟집으로 들어갔다. 횟집은 30여 평 규모의 홀과 내실로 구분되어 있었다. 주인이 부지런한 사람인 듯 수십 켤레의 신발들이 가지런히 정돈되어 있는 내실로 향했다.

백한만이 척 들어서자 십여 명의 사내들이 일사불란하게 일어서서 허리를 접었다.

"형님! 안녕하십니까?"

"그려그려. 허벌라게 반갑구마잉."

끄덕거리며 미소 지은 백한만이 상석에 앉았다. 그가 식탁 끝에서부터 면면히 사내들을 둘러보았다. 반수 정도는 안면이 있었고 나머지는 초면이었다.

"오랜만이여. 근디 느그들은?"

백한만과 시선이 마주친 사내가 재빨리 대답했다.

"진주에서 올라왔습니다. 방지염입니다."

도상수가 거들고 나섰다.

"배포가 맞는 놈이라 제가 불렀어라."

악수를 건넨 백한만이 반짝이는 흰 이를 드러내며 반겨주었고, 순간 멍해진 도상수가 얼른 고개를 돌렸다. 붉어진 얼굴을 감추어야 했기 때문이었다.

'뭔 놈의 새끼가 저리 요상하게 웃는다냐?'

그의 반응과는 상관없이 백한만이 좌중을 보며 말했다.

"열심히 운동들 하고 있었나?"

"그럼요, 성님. 도축장을 차려도 될 만큼 칼질을 했당게요. 집에 가면 도야지 피 냄새가 진동을 혀요."

이들은 서울 평정을 위해 만들어놓은 숨겨진 힘이었다. 광주는 백한만의 고향으로 그는 학창 시절 전국체전에 나가 태권도 미들급 금메달을 딸 만큼 실력자였다. 부상만 입지 않았다면 올림픽 금메달리스트에 올라 있을지도 모른다.

왁자지껄 떠들어대는 후배들에게 미소를 보낸 백한만이 입을 열었다.

"조용!"

찬물을 끼얹은 듯 순식간에 조용해졌다. 운동 선수 간의 기강은 치를 떨 만큼 세다. 그 이유 때문에 백한만이 암흑가로 흘러들었지만.

"너희들… 조금 더 여기에 있어야 되겠다."

시선이 백한만의 입으로 모였다. 그들은 자신들을 서울로 데려가려고 백한만이 내려온 줄 알고 있었다. 서울 평정 소식을 들었다.

"회장님께 드릴 선물을 마련해서 올라간다, 나도 같이. 그 선물은… 무등산!"

눈에 띄게 사내들이 표정이 경직되었다. 광주를 선물한다는 말과 진배없었다. 자신들만의 전력으론 불가능한 일이다. 태경이 발 벗고 도와주면 모를까.

그들의 반응을 본 백한만이 친위대에서 오랜만에 돌아온 심복 김주영에게 눈짓을 보냈다.

고개를 끄덕인 김주영이 들고 온 헝겊 가방을 식탁에 올려놓더니 지퍼를 열었다. 그리고는 막 찍어낸 듯한 빳빳한 만 원권 뭉치를 한편에 쌓아 올렸다.

탁! 탁! 탁!

푸른 뭉칫돈의 높이가 높아질수록 여기저기서 마른침을 삼키는 소리가 터져 나왔다. 그와 동시에 조금 전의 불안한 듯한 태도가 싹 가셨다. 자금만 있으면 얼마든지 사람은 모을 수 있다. 개개인의 실력은 자신감이 넘치는 그들이었다.

백한만이 사내들의 태도에 만족한 듯 웃었다. 일부러 현금을 가져온 이유가 이것이었다. 액수가 같더라도 수표 한 장은 현실감이 떨어진다. 여러 사람들이 모여 있는 곳에서 부피의 압박을 전해주는 것이 효과가 훨씬 좋다.

"운영 자금이다. 회장님이 내려주시는 거니까 감사히 받도록 하고, 너희들은 다른 것에는 신경 쓰지 말고 몸을 가다듬어라."

"예! 형님!"

"자자! 잔들 채워!"

잔뜩 들뜬 분위기에서 사내들이 팔이 빠져라 잔을 높이 들었다.

"우린 서울도 잡았다. 너흰 우리 식구다. 그럼 너흰 무엇을 해야 하나?"

"광주를 잡습니다!"

"뭐라고?"

"무등산 괭이를 잡습니다!"

지방에 히든 패를 숨겨놓은 것은 서울 평정을 위한 노림수였다. 제법 살을 찌워 한 방을 준비했던 것인데, 처음 계획과는 달리 여분의 힘으로 남게 되자 계획을 변경했다. 지방 조직들의 서울 진출을 견제할 용도로 사용하게 된 것이다.

방법은 태경회라는 좋은 본보기가 있었다. 그 당시는 혼자의 힘이었지만 지금은 중앙 무대에서 지원을 한다. 현장 인력들의 사기가 하늘 높은 줄 모르고 치솟고 있었다.

서울에서 시작된 불씨는 바람을 타고 전국으로 퍼져 가고 있었다.

감시카메라에 찍힌 사진을 유심히 바라보던 김대경이 고개를 저었다. 머리카락이 조금 짧아지고 얼굴 음영에 변화를 주었을 뿐인데 전혀 다른 사람처럼 보였다. 김대경도 사진만 가지고는 같은 인물이라고는 생각하지 못할 정도였다.

"힘들겠어."

강준영에게 얻은 정보도 단편적인 것들밖에 없었다. 그가 접촉했던 대상이 주로 우번구여였고 탕하이둥은 전면에 나서지 않아 몇 번 얼굴을 본 정도라고 했다.

하나 얻은 소득이라면 탕하이둥은 흑룡회원들과 어울리지 않고 혼자서 움직였다는 점이다. 이는 청청과 라일락처럼 독자적으로 활동을 하는 프리랜서든지, 다른 단체에서 지원을 나왔다는 것을 의미한다.

사진을 한편으로 밀어놓은 김대경이 주목하고 있는 임승호와 오두칠에게 시선을 옮겼다. 그들은 조직이 달랐을 뿐 활동 영역이 같았고 이제 임승호는 정보 계통에서 손을 떼고 전반적인 조직의 운영을, 오두칠은 조직의 정보를 총괄하게 되었다.

이한성의 친위대는 세분화되어 흡수되었는데, 김대경의 친위 조직은 세 분류로 호위팀, 감찰팀, 정보팀으로 나누어졌다. 호위대는 나삼식이, 감찰은 함예신이, 정보는 오두칠이 맡았다.

함예신은 감찰대를 별동대 형식으로 운영하였고, 나삼식과 오두칠은 비서실 소속이다. 김막동이 대표하는 사장단을 제한다면 임승호와 더불어 이들이 김대경의 직속으로 최측근이었다.

"중국 대사관 앞에서 찾았다고?"

임승호가 고개를 끄덕이며 설명을 덧붙였다.

"김지혜에게서 얻은 정보입니다. 그쪽은 국정원 창구를 통했답니다. 미국 측의 협조 요청으로 한 인물을 감시하던 중에 우연찮게 잡혔다고 했습니다."

"우연이라……."

"저희가 알아본 바로는 탕하이둥이란 이름은 없었습니다. 그놈은 대사관에서 쥔짜우잉이란 이름으로 알려져 있고 외교관 신분을 가지고 있습니다. 하는 일은 비밀에 붙여져 알 수가 없었습니다."

이름은 중요하지 않다. 그를 찾기만 하면 된다.

"대사관 주변에 애들을 풀어놓았습니다. 공항과 항만으로는 아직 빠져나가지 않은 것으로……."

그가 다시 나타날지는 미지수였다. 또한 정상적인 출구를 통하기만 한다고도 볼 수 없었다.

김대경이 오두칠에게 말했다.

"밀입국 조직을 훑어봐."

"예, 이미 지시를 내려놓았습니다."

"그리고… 외교관 신분이라……."

"흑룡회의 로비력이면 그 정도는 가능합니다."

임승호가 반대 의사를 표했다.

"제 생각은 다릅니다. 청청이나 함 부장의 의견도 그렇고, 이놈은 전문적인 훈련을 받은 티가 역력합니다. 저도 무술이라면 제법 어깨에 힘을 줄 정도인데, 형님께는 상대도 되지 않았습니다. 그놈은… 죄송하지만 형님께서 직접 손을 섞어보셔서 더 잘 아실 테고."

"태사조님이 그러시더라, 군부로 흘러들어 간 무술을 사용했다고."

"그렇습니다. 고도화된 살인 무술에 외교관 신분, 아무래도 중국 정부 조직의 히트팀인 것 같습니다. 대건 사람들에게 들었는데, 중국은 정부가 직접 나서 산업 기술을 빼간답니다. 우린 그놈을 대건연구소에서 처음 부딪쳤습니다."

오두칠이 고개를 끄덕이며 임승호를 다시 보았다. 태경회가 이만큼 강해진 데는 김대경뿐만이 아니라 그의 주변에 포진한 인재들이 있었기 때문이다.

돈 때문에 시작한 일이지만 임승호는 일산 시절과는 또 달랐다. 일을 하면서 재미와 가치를 찾으면서 드러나지 않은 능력을 이끌어낼 수 있다. 그는 폭력배라는 생각을 지우기 시작했다.

생각을 정리한 김대경이 담담히 말했다.

"승호는 오 부장에게 인수인계하고 사업 확대에 힘을 써."

김대경은 하부 조직의 상납금이나 받으면서 물러나 있을 생각이 없었다. 그는 하고 싶은 일도 많고 추진력도 갖춘 피가 뜨거운 사람이었다.

"예, 형님. 요즘 있는 자원을 활용할 사업을 몇 가지 구상하고 있습니다."

"그래, 자금도 마련되니까 바로 시작할 수 있도록 준비하고… 오… 두칠이라고 부르겠다."

"예, 형님."

"두칠이는 대건 쪽과 접촉을 자주 가져라. 정부 조직이 개입되어 있을 확률이 높은 것 같으니 우리 힘만으로 힘들다. 최우선적으로 중국 놈이고, 다음이 지방 조직이다."

"예!"

잠시 말을 멈춘 김대경이 사진에 시선을 주었다.

"이 우선순위는 내가 죽는 날까지 변하지 않는다."

오두칠은 성의껏 인사를 건네고 방을 나섰다. 마음에 드는 사람이었다. 이한성이 그를 점찍은 이유를 알 듯싶었다. 김대경은 먼저 부하들의 조언을 빠짐없이 듣는다. 그리고 적절히 조율을 해 명쾌한 명령을 내린다. 문득 어디서가 본 듯한 한 구절의 말이 떠올랐다.

'남자가 여자를 만나면 사랑이 생기고, 남자가 진짜 남자를 만나면 감동이 생긴다. 그 감동은 뜨거운 피를 데우며 다시 힘으로 바뀐다.'

모정

母情

 평범한 스타일의 디자인이어서 이목을 끌지 않았지만 차에 관심이 많은 사람이라면 바쁜 걸음을 잠시 멈추고 감탄을 하며 요모조모 뜯어볼 대형차가 한적한 마을에 빠져나오고 있었다.

뒷자리의 한가로운 정경을 바라보고 있는 귀부인에게서는 차와 어울리는 단아하면서도 어딘지 모르게 고귀함이 풍겨 나오고 있었다. 오랜만에 차려입고 나서는 박순혜였다.

운전대를 잡고 있는 사내는 이 분위기와는 전혀 어울리지 않을 것 같은 폭주 티코, 판정수였고, 조수석에는 사내라면 한 번씩 돌아보게 만들 미인이 자리했는데 몰라보게 달라진 청청이었다.

박순혜가 엷은 한숨을 쉬고는 입을 열었다.

"미정아."

"예, 어머니."

"조 사장한테 일을 서두르라고 전해라."

일도그룹의 처분에 관해서 지시를 내려놓았었다. 그녀가 보유한 주식은 20퍼센트에 상당했고 위임장을 받아놓은 주주 몫까지 합하면 이미 일도는 그녀의 수중으로 들어왔다고 봐도 무리가 없었다. 단지 주주총회라는 요식적인 행위만이 남아 있을 뿐이었다.

잠시 대답을 미룬 박미정이 조심스럽게 말을 꺼냈다.

"어머니, 제 생각에는 일도를 처분하는 편이 낫습니다. 그룹을 정상화시키기 위해서 들어가는 돈도 막대하고 워낙 방만한 운영을 해서, 특히 주력 사업군인 건설 쪽은 회계사들이 두 손 두 발 다 든 정도예요."

일도그룹은 빛 좋은 개살구보다 못했다. 회사를 비자금과 리베이트, 돈세탁의 창구로 이용해 왔다고 해도 과언이 아니었고, 화장할 분(粉)자를 써서 보기 좋게 꾸민다는 의미의 분식(粉飾)회계는 그 도를 넘어섰다.

"그룹을 분해해서 차라리 새로 창립을 하는 편이……."

"아니다. 경영권 인수를 서두르라고 해라. 일도는 돈 문제만이 아니야. 정치권과 협상할 카드로 이용할 수가 있어."

그룹에 속한 정사원만 수천 명이었고 건설과 유통이 주력 업종이었기에 이해관계자들이 무시 못할 수(數)였다. 그보다 검은 리베이트로 이루어진 집단이므로 누르면 터지는 파급 효과가 대단했다.

그룹이 와해되면 사회적 이슈로 떠오르게 된다. 언론의 집중 조명을 받게 될 것이고 그룹 와해의 인과관계를 파헤치기 시작할 것이다.

조용히 지나가길 바라는 권력자들이 도처에 있었고 그와 반대로 정치 공세의 좋은 무기로 사용하는 이들도 있을 것이다. 어느 쪽이 힘이 더 막강하냐는 차후의 문제고 박순혜 일가에게는 일도가 필요했다.

박순혜는 김대경을 통해 한남동 계열과의 관계를 알았다. 정치권을 좌우하는 계파는 크게 세 줄기로 갈라진다. 80년대 이전부터 이어져 온 연희동, 80년부터 90년대 중반까지 권력의 실세였고 현재도 가장 큰 힘을 구사하는 한남동, 그 후 집권 세력인 현 정권의 실세들이다.

아이러니하게도 현 집권 세력이 가장 세가 약했는데 집권 기간이 짧아 기반이 미약했고 금단의 사탕을 맛본 어린아이처럼 제 욕심만 챙기면서 내부 분열로 인해 단합된 힘을 발휘하지 못했다.

연희동과 한남동은 그 줄기를 같이하지만 똥 묻은 개가 겨 묻은 개 나무란다는 형세로 한남동 일파가 떨어져 나와 새로운 집단을 형성했다.

세 개의 집단은 서로 다르다며 떠들어대지만, 그 나물에 그 밥이라는 것이 박순혜의 생각이었다. 정치권에 흘러들어 가는 돈을 세탁하는 곳 중의 하나가 사채 시장이다. 그녀는 그곳의 흐름을 누구보다도 잘 파악하고 있는 전주(錢主)였다.

민주주의 총본산이라며 턱을 치켜드는 미국도 압력 집단에 의해 휘둘리는 면이 있었다. 합리적인 서양인이라는 말대로 그 대가를 확실히 챙긴다. 또한 그들의 표방하는 세련된 민주주의이기에 웬만해선 드러나지 않을 뿐이다.

무언가에 대해 욕망을 가지지 않는 사람은 산 사람이 아니다. 후세로부터 추앙받는 성자도 해탈에 대한 욕망으로 고뇌를 했다. 그 대상이 무어냐일 뿐 인간은 크게 다르지 않다.

권력자, 위정자가 추구하는 욕망이 도덕적인 기준에서 양지에 속하기를 국민들은 원하고 선택을 하는 것이다. 그러나 밝음이 있으면 어둠이 있듯이 권력자들의 추악한 욕망은 언제든지 생겨나게 된다. 손만 뻗으면 닿을 수 있는 가까운 곳에 있기에, 깨끗한 물에서는 고기가 살수 없다.

"명의는 변경했니?"

"예, 모두 아드님으로 해놓았습니다. 저… 그런데 왜 아직도 어머니의 호적으로 옮기지 않는 거예요?"

박순혜의 얼굴에 그늘이 졌다. 그녀는 김대경에게 손을 씻을 것을 종용했을 뿐만 아니라 쉬고 싶다며 곁에서 도와달라는 말도 수차례 했었다.

하지만 김대경은 언제나 고개를 저었다. 아직 할 일이 남아 있다는 것이 첫 번째 이유였고, 자신은 그곳에서 빛을 보았다는 의미를 전했다. 다 큰 아들에게 뜻을 꺾으라고만은 할 수 없었다. 거기에 김대경이라는 이름은 단순히 글자 석 자의 의미만을 가지고 있지 않다고 했다. 그 이름으로 사는 것은 무언가 내포된 뜻이 있다고 했는데, 박순혜는 선문답하는 기분이 들어 더 이상 묻지를 않았다.

가끔 아들에게서 알 수 없는 거리감이 느껴지곤 했는데, 이런 이유 때문인가 하는 생각이 들었다. 언제 한번 태사조라는 분을 꼭 뵈어야겠다고 생각했다.

"청아."

"예, 여사님."

"대호는 어디에 있니?"

"죄송합니다. 저도 연락을 받지 못했습니다. 전 회장님의 사업을 정리하느라 바쁘시다고, 그 밖에는……."

박순혜가 김대경의 얼굴을 본 것은 장례식장이 마지막이었다. 근 보름이 지났다. 한 번도 집에 찾아오지 않았고 파주에서만 지냈다. 참으로 불쌍한 아이였다. 외롭기도 할 테고. 다시 한 번 한숨을 뱉은 박순혜는 가슴이 아려왔다. 20여 년 만에 찾은 아들은 너무 특별났다. 사랑을 받은 사람이 베풀 줄 안다. 자신의 책임이 더욱 컸다.

그래도 거리를 두고 다가오지 않는 아들이 야속했다.

"아이구! 여사님이 직접 찾아오시다니 송구스럽습니다."

반색을 하며 박순혜를 맞은 화색 좋은 초로의 사내는 국내에서 손꼽히는 로펌의 대표이사 안수운이었다. 그가 직접 접대하는 인물은 몇 되지 않는데, 그중에서도 회의 도중에 뛰어나올 손님은 거의 없었다. 대기업의 사주가 찾아와도 이렇게까지 극진한 대접을 하지 않는다. 하긴 박순혜는 앉아서 손을 벌리러 오는 사주들을 맞는 인물이니 그럴 만도 했다.

"너무 과하십니다, 안 변호사님."

"하하하, 과하다니요. 제가 찾아뵈어야 했는데, 이렇게 어려운 발걸음을 해주셔서 감사드립니다. 자자, 이리 앉으시지요. 여사님을 위해 제가 특별이 현지에서 공수해 온 차가 있습니다."

아침 이슬을 머금은 차 잎이 어쩌구저쩌구하며 한참을 떠들어댔고 박순혜는 그저 미소로 답했다.

"좋군요."

"하하하, 수고한 보람을 느낍니다."

"요즘 사업은 어떠세요?"

"뭐, 다 그렇지요. 저희야 여사님이 보살펴 주셔서 나은 편입니다. 경기가 다시 살아난다고 하니 더 좋아지겠지요."

통상적인 대화가 몇 마디 오가고는 박순혜가 핸드백에서 한 장의 서류를 꺼내 내밀었다.

"제 아들입니다."

상당히 놀라 굳어졌던 안수운이 얼굴 근육을 무너뜨리고 환한 미소를 지었다.

"와우! 축하드립니다. 드디어 찾으셨군요."

유럽에서 공부를 오래 했다고 하더니 감정 표현을 숨기지 않는 사내였다. 그 점이 신임을 얻은 면도 있었다.

"그래서 유언을 몇 가지 수정할 것이 있어서요."

"하하, 당연히 그러셔야지요. 뭐라 축하의 말을 건네야 할지."

"변호사님의 얼굴만 봐도 충분해요."

김대경을 찾았을 때부터 조금씩 생각을 해왔고, 이한성이 죽자 결심을 한 것이다. 아직 50대 중반의 나이지만 한 치 앞도 모르는 것이 인생이다.

서류는 호적에 박순혜의 아들로 최대호가 올라가 있다는 내용을 표시하고 있었다. 김대경은 지금의 이름을 버리지 않고 쓰고 있지만 또 다른 최대호라는 자신이 존재하고 있는 것이다.

박순혜는 한시도 아들이 죽었다고 생각한 적이 없었다. 그래서 말소된 아들의 신분을 힘이 생긴 후에 살려놓았다. 그녀가 사용하는 가명이 대여섯 개는 된다. 말이 가명이지 신분 조회를 하면 확실한 대한민국 국민이다. 이 정도의 일은 그녀에게 어려운 일이 아니었다.

"녹음 준비가 되었습니다. 그럼 어떻게 변경을 하실 건지 말씀하십시오. 서류로도 작성토록 하겠습니다."

"예… 복지 단체에 기부하는 금액은 그대로 두겠어요. 그 외에 모든 것은 아들 앞으로 해주세요."

안수운은 마른침을 삼켰다. 수혜자로 지정된 이들은 모르고 있지만 이 한마디로 그들은 수십 억의 기부금이 사라졌다. 박순혜는 사후 소액 채무자의 채권은 소멸토록 했으며 각각 복지단체 등과 장학금, 사회발전 기금 등으로 어마어마한 돈을 내놓았었다.

그가 유언장을 관리하는 사람이라 해도 전 재산의 정확한 내역은 모르고 있었다. 자신이 관리하는 금액은 일부분에 지나지 않았다. 수십 개의 비밀 계좌와 금고, 해외 은행 등 비밀리에 자금을 관리해 줄 곳은 많았다. 지금 녹음하고 있는 내용은 드러난 일부분의 유산일 뿐이었다.

지금 이 순간에도 그녀의 자금으로 재산을 불리고 있는 전문가들이 숱하다. 돈은 친구들을 불러 모으는 마력이 있기에 불어나면 불어나지 커다란 실수를 하기 전에는 줄지를 않는다.

로펌을 나온 박순혜는 종로의 사무실로 향했다. 그녀가 당도하자 곧 허름한 사무실로 한 뭉치의 서류를 들고서 세 명이 들어왔다. 그녀가 운영하는 재무팀 중의 팀장들이었다.

증권가를 주무르는 큰손의 투자단은 대기업의 경제연구소를 방불케 한다. 상장, 비상장 회사를 막론하고 열 개 안팎의 기업을 한 명의 연구원이 맡는다. 대략 천 개 정도의 기업을 전문가 집단이 연구하며 투자 결정을 한다.

박순혜의 재무팀도 개개인이 유수한 대학을 졸업하고 현장에서 잔뼈가 굵은 베테랑들이었다. 최고 연봉을 받는 수석 팀장은 홍콩 증권가의 백만 달러 연봉 제의를 거절하고 박순혜의 밑으로 들어왔다.

박순혜가 거느린 조직을 보면 유동, 고정 자산 등에 투자하여 자금을 운용하는 재무팀과 사채, 즉 채권팀으로 나누어져 있다. 조폭이 개입된 사채업자들은 담보만 확실하다면 돈을 내주어 수단과 방법을 가리지 않고 원금과 이자를 회수하지만 박순혜의 방식은 그 기업의 비전과 채산성을 분석하여 대출을 결정한다. 단기적으로 보면 전자가 많은 수익을 남긴다. 그러나 결과는 그녀의 위치가 말해 준다.

여기엔 정확한 정보 분석과 예측이 필요하기에 초기에 숱한 위기를 맞았지만 인재 확보를 위한 과감한 투자와 보이지 않는 조력에 힘입어 성공을 거두었다. 금융 위기라는 시대 상황이 그녀의 손을 들어주기도 했다. 거품으로 부풀려진 기업들은 퇴보를 해도 단단한 기업들은 살아남아 그녀의 재산을 부풀려 주었다.

박순혜가 사내들의 흐트러진 옷매무새에 미소를 지어 보내주었다.

"고생들이 많네요."

이들의 수장인 듯한 40대 중반의 사내가 말했다.

"아닙니다, 여사님. 저희를 믿어주시니 힘이 나서 일하는 것도 즐겁습니다. 전의 손실을 이번엔 만회할 수 있을 것 같습니다. 곧 곡물시장에 큰 변동이 있을 겁니다."

"좋은 경험을 했다 생각하세요. 예측이 항상 정확할 수는 없지요. 생각지도 못한 외부 요인은 언제든 존재해요. 그보다 뽑아왔나요?"

수석 팀장이 두툼한 서류 뭉치를 한편에 내려놓고는 얇은 서류를 내밀었다.

"총 스물두 개 기업입니다. 보유한 자체 기술력과 재무 구조가 건실한 기업들인데 시기를 잘 맞추지 못해 고전을 하고 있습니다."

"좋은 제품도 유행을 타지 못하면 빛을 발하지 못하죠. 고객의 트렌드가 하룻밤만 지나면 바뀌는 세상이에요. 재무 구조가 빈약한 중소기업이 소비자의 입맛을 맞추기에는 현실적으로 무리가 있죠. 생각보다 많은데요. 접촉은 해보았나요?"

"대부분이 경영권만 보장해 달라는 조건이었습니다. 아무래도 자식같이 키워온 회사와 기술력이니 그 장성한 모습을 보고 싶겠죠."

"어려운 조건이 아니군요. 인수를 서두르도록 하세요."

"모두를 말입니까?"

고개를 저은 박순혜가 찬찬히 보고서를 훑어보며 말했다.

"우선순위로 열 개 사 정도를 정하고… 동종 계통이면 좋을 것 같군요. 특화시키는 것이, 열 과목에서 수위권에 있는 것보다는 한 과목이라도 일등이 낫지요."

"예, 잘 알겠습니다. 우리의 우수한 중소기업을 노리고 요즘에 M&A 집단이, 특히 중국하고 일본에서 많이 들어오고 있습니다. 그 점이 오히려 협상에 유리하게 작용합니다."

"적정한 가격으로 매수를 하도록 하세요."

"예, 그리하겠습니다."

사내들이 물러가자 박순혜가 보고서를 들었다. 이 서류가 김대경을, 아니, 최대호를 양지로 끌어 올려줄 것이다. 그녀는 차근차근 준비를 하고 있었다. 어둠 속에 살고 있는 아들을 원하는 부모는 없다.

묘하게도 그 시각, 김대경은 중소기업인 대양 일렉트릭 사장실에 앉아 있었다. 엔지니어처럼 보이는 사장 박여철이 잔뜩 긴장했다. 안면이 있는 함예신과 같이 온 사내를 처음 보았을 때 부하려니 했는데 더 젊은 그를 함예신이 깍듯이 모시고 있었다.

젊은 사내가 별 표정 없는 얼굴로 말했다.

"편히 앉으세요."

"아! 예, 사채로 심하게 고생을 했더니, 이렇게 만나는 게 두려워서. 알고 계시죠? 여기 계신 함 사장님이 도움을 주셔서."

일단의 건장한 사내들이 사장실로 우르르 몰려들었을 때 박여철은 하늘이 무너지는 느낌이었다. 이놈들도 똑같은 놈들이었다. 깡패를 앞세운 사채업자들을 몰아내더니 드디어 본색을 드러낸 것이었다. 젊은 우두머리에게서 무슨 말이 나올지 두려웠다. 그나마 친절을 베풀었던 함예신에게 기대 볼 수밖에 없었다.

"오늘은 채권자로 온 게 아닙니다. 제가 사장님께 부탁을 드리기 위해 왔습니다."

젊은 우두머리의 말에 안도의 한숨을 쉬었다. 회사를 집어삼키러 온 모양은 아니었다. 하지만 피를 토하는 심정으로 폭력 앞에 맥없이 도장을 찍을 뻔한 기억이 아직도 생생했다.

"요즘 사정이 많이 좋아지고 있습니다. 회사도 정상화가 되고 있고."

"박 사장님, 회장님 말씀을 끝까지 들어보시죠."

"아! 예, 소, 송구합니다."

자라목이 되어버린 박여철을 보며 김대경은 씁쓸한 느낌이었다. 저이의 행동이 일반인들이 그네들을 대하는 보편적인 반응이었다. 김대경도 사회생활이 넓어져 여러 사람들을 대하다 보니 일반인과 건달과의 구분이 생겼다.

어찌 보면 자신들은 별난 인종들이었다. 기본적인 테두리를 벗어난 일을 서슴없이 저지른다. 교도소를 국립호텔이라 부르며 들락거리면서 전과를 훈장과 같이 생각한다. 사회의 틀을 벗어나지 않고는 살아

갈 수는 없는 것인가? 어머니를 만나고부터 생겨난 의문이었다. 김대경은 그 답을 찾고 있다.

"부탁이기도 하면서 거래입니다. 함 부장, 대양의 채무액이 얼마지?"

"25억입니다."

'도둑놈들, 원금은 10억도 되지 않는데……'

배보다 배꼽이 더 컸다. 박여철이 상식을 뛰어넘는 이자를 모르고 돈을 빌린 것은 아니었다. 정말, 정말 딱 한 달만 돌리면 급한 불은 끌 수 있을 거라 여겼는데, 상황은 늘 변하기 마련이었다.

김대경이 말을 이었다.

"채무 탕감을 약속드립니다."

"허억!"

입을 떡 벌린 박여철이 굳어버렸다. 귀를 의심했다.

"그 대신 현재 잡혀 있는 담보로 돈을 융통하겠습니다. 물론 채무자는 박 사장이 되는 겁니다."

'그러면 그렇지.'

박여철이 똥 씹은 얼굴이 되었다. 탕감이 아니었다. 자신들과의 관계를 종결하고 새로운 채무권자를 설정한다는 말이다. 저치들이 수단이 좋다면 더 많은 자금을 융통할 수도 있다. 그러면 자신은 오히려 빚이 늘어난다.

"얼굴 푸시오."

함예신이 얼굴이 구겨지는 박여철에게 목소리를 깔았다. 과정이 어쨌든 간에 애초에 사채를 쓴 박여철의 잘못이었다. 그런 놈이 감히 보스의 말에 인상을 구기다니.

흠칫 놀란 박여철에게 김대경이 다시 입을 열었다.

"박 사장은 우리가 지정하는 대부 업체 가서 돈을 빌려옵니다. 그전에 담보로 묶여 있는 자산을 모두 풀어드릴 겁니다. 그걸로 당신과 우리의 관계는 끝납니다."

"저……."

"그리고! 당신이 빌려온 자금은 우리가 책임집니다. 회사는 물론 당신 가족들까지 아무런 탈이 없도록 내가 약속합니다."

김대경의 말투에서 아랫사람을 많이 다루어본 티가 역력히 드러났다. 그래도 이미 경험이 있기에 박여철은 묻지 않을 수 없었다.

"법적인 문제는……."

"걱정하지 마시오."

"그보다……."

힐끔 함예신의 눈치를 보고는 입을 다물었다. 사채업자들이 폭력배를 동원하면 막을 힘이 있냐는 물음을 하려 했으나 이도 겪은 바가 있었다.

어느 정도 무르익었다 생각했는지 함예신이 계약서 양식의 서류를 내밀었다.

김대경이 보충 설명을 하였다.

"박 사장은 돈을 빌려오면서 당신의 빚을 대신 갚는 겁니다. 그 일을 끝으로 당신은 빠지고 이후의 일은 우리가 해결합니다. 아시겠습니까?"

"예, 예, 그럼요."

서류상에 차후 발생하는 법적인 문제까지 모두 해결하겠다는 내용이 포함되어 있었다. 남의 돈을 빌려 그 돈으로 빚을 갚는다. 그리고는 자신은 빠지고 두 명의 채권자끼리 해결을 보겠단다. 박여철로서는 무정한 하늘의 축복과는 같았다. 꼼꼼히 계약서를 읽어본 박여철은 연신 고개를 끄덕였다. 전문가의 솜씨로 만들어져 빈틈이 보이지 않았다. 그의 얼굴이 환해져 가고 있었다.

김대경은 피식 웃었다. 솔직히 그 돈을 받아 챙기고 입을 싸악 닦아도 아무런 문제가 생기지 않는다. 저 계약서는 휴지 쪼가리보다 못하다. 법률 고문 신동인의 말로는 이런 위법한 계약서는 참고 자료는 될지언정 법적 효력은 발휘하지 못한다고 했다. 그런 문제를 떠나서 법보다 주먹이 가까웠다.

하지만 김대경은 약속을 지킬 것이다. 그가 필요한 건 내세울 확실한 명함뿐이었다.

민족문제연구소 소장 김대일이란 글자가 선명히 박힌 명함을 받아든 박순혜가 환하게 웃었다.

"축하드려요. 아주버님께서도 정치 일선에 나서실 모양이군요."

"하하하, 축하를 받을 사람은 제가 아니라 제수씨 아닙니까? 보기 좋습니다. 많이 밝아지셨군요. 언제 한번 대호 군을 데려오셔야지요? 저희도 보고 싶습니다."

김대일은 박순혜의 남편인 최현민의 의형이면서 대한의 의장으로 재야에 묻혀 후계 양성에 힘을 쏟은 사람이었다. 적절한 타이틀을 단 명함을 마련한 것이 정계 진출을 뜻을 품은 모양이었다.

박순혜가 축하를 전하는 일행들에게 일일이 고마움을 표했다. 그녀는 김대경을 최대호로 돌리고 음지에서 양지로 올려놓기 위해 이들의 힘을 빌리고자 하는 것이다.

그녀가 사업상 마련한 몇 군데의 비밀 요정 중 명동에 대한의 핵심 멤버들이 모여 있었다. 그녀의 정면에 의장인 김대일이, 오른편에는 김대경의 뒤를 캐고 있던 국정원의 송지열이 자리했다. 왼편에는 장관 후보로까지 거론되었던 천주일이 있었다.

박순혜는 마음을 가다듬고 남편 사건의 전모를 밝히기 시작했다. 중간에 걸쳐 있던 이한성은 김대경이 숨겼기에 그녀도 몰랐고, 한남동의 성토와 김대경이 지리산에서 얻은 살인 거래 명부의 일부를 공개했다. 주로 정치권 인사들의 이름이 나열되어 있었다.

일일이 이름을 확인한 김대일은 분노가 치밀어 벌겋게 달아올랐다.

쾅!

"찢어 죽일 놈들!"

돌연사한 동지들의 이름이 간간이 눈에 띄었다. 학생운동을 주도했던 한 후배가 집에 잠시 들른다며 나간 이후에 소식이 끊겼었다. 그 이름이 있었다.

판자촌 사람들의 권익을 대표한다며 법원을 뛰어다니던 선배가 차가운 마룻바닥에서 시체가 되었었다. 그런데 그 이름도 올라 있었다. 실종이 아니었으며 급격한 날씨 변화로 인한 심장 마비도 아니었다. 감을 잡고 있던 일이었으나 사건 일지를 직접 눈으로 보니 심장이 터질 것 같았다.

"이것을 어디서?"

이가 갈리는 음성이었다. 박순혜가 차분히 대답했다.

"대호가 비밀 장부를 찾았어요. 그 장부로 살부(殺夫)를 알았고 아들을 만나게 되었죠. 그리고 그이와 똑같은 일을 겪은 분들도 알게 되었고요."

김대경이 납치되어 지리산 산골에서 자랐다는 것을 이들도 안다. 박순혜가 꺼낸 장부는 김대경이 몸을 추스르고 찾아간 불타 버린 옛터에서 찾은 것이었다. 김대경이 어머니를 찾은 경로를 설명하기 위해 보여준 장부가 박순혜의 손에 있었다.

정색한 천주일이 송지열에게 물었다.

"이 자료를 사용할 수 있을까요?"

설레설레 고개를 저었다.

"아무리 송 의원이라도 이 자료로 정치 공세는……. 으음! 신빙성을 갖추기가 무척 힘들고, 제가 내사를 하면 무언가 걸리기도 할 것도 같긴 한데… 큰 기대는 하지 않으시는 편이……."

시간도 시간이지만 이런 거래에서 증거를 남길 만큼 어수룩한 인간들이 아니다.

정신을 추스른 김대일이 박순혜를 보았다.

"대호 군이 생각하지도 못할 힘든 생활을 했다고 들었는데 이런 귀중한 선물까지 가져오다니, 대호 군은 우리에게 행운을 가져다 주는 듯합니다."

"하늘에 감사하고 있어요. 무척이나 심지가 곧고 속이 깊은 아이랍니다."

"하하하, 누구 아들인데 안 그렇겠습니까? 무척이나 기대가 됩니다. 지금은 어떻게 지내고 있습니까?"

선뜻 입이 떨어지지 않는지 박순혜는 바로 답하지 못했다. 하지만 곧 말을 꺼냈다.

"그것이… 휴우! 그 일로 상의드리고 싶어요. 지금 대호는 이한성 회장이 하던 일을 물려받았어요."

김대일이 눈썹을 꿈틀거렸고 송지열은 고개를 끄덕였다.

"전 그 아이가 밝은 곳에서 당당하게 살기를 바래요. 저도 사채놀이를 하는 여편네가 되어 있는데 아들까지……."

"아니, 제수씨, 그런 말씀은……."

"녀석은 어미 속도 모르고 고집을 피워요. 제가 그만두고 다른 일을 찾아보자고 해도 말을 듣지 않아요. 저도 그 아이가 하는 일을 누구보다 많이 알고 있잖아요. 깡패는 그 끝이… 얼마 전에 이 회장님이 돌아가셨어요."

천주일이 덧붙였다.

"장례식이 대단했다고 들었습니다. 대건그룹 명예회장까지 참석했다고 하더군요."

"네, 대호가 그분하고도 친분이 있더군요."

"오호!"

"그보다… 이 회장님은 살해를 당하신 거예요."

일행들은 어느 정도 예상을 했는지 별말없이 박순혜를 주시했다.

"전 제 아들이… 그렇게 될까 봐… 하아! 어떻게 하면 좋죠?"

본인의 의사가 그렇다고 하는데 일면식도 없는 이들이 나서서 뭐라 하기가 힘들었다. 그렇다고 조카나 다름없는 그가 깡패 생활을 계속하게 놔둘 수도 없었다.

김대일이 나섰다.

"제가 한번 이야기를 나누어보겠습니다. 제 아버지가 어떤 사람이었다는 걸 알려주면 조금은 마음을 고쳐 먹지 않겠습니까? 그리고 제가 데리고 다니면서 일을 가르치겠습니다. 마침 저도 보좌관이 필요하던 차였습니다."

송지열이 고개를 저으며 끼어들었다.

"의장님은 아직 대호의 위치를 잘 모르는 것 같군요."

"모르다니요?"

쓴웃음을 지은 송지열이 말을 이었다.

"그 아이 밑에 부하들이 천 명이 넘습니다."

"헉!"

"단순한 깡패가 아닙니다. 서울 시내에 껄렁한 패거리들은 대호 손짓 한 번에 목숨을 걸고 뛰어다닙니다. 이렇게 표현하면 쉽게 이해하시겠군요. 서울의 밤은 그 아이가 지배합니다."

"허, 허, 허."

허탈한 웃음이 흘렀다. 벌써 이한성보다 더한 존재가 되어 있었다. 그네들조차 무시할 수 없는 거물이.

정색한 송지열이 박순혜에게 무겁게 말을 꺼냈다.

"여사님, 대호 군에게 문제가 생겼는데… 검찰에 특수팀이 만들어졌습니다. 연이은 강남호텔과 남이섬 총격 사건 때문입니다. 그 용의 선상에 대호 군이 올라 있고 그 아이에게 수사망을 좁혀가는 중입니다. 곧 증거 자료를 갖추어 검찰에 소환이 될 듯합니다. 여사님도 미리 준비를 하시는 편이……."

"준비라니요!"

박순혜의 목소리가 날카로워졌다. 아들을 꼭 범죄자로 취급하는 듯해서였다.

"주로 외국인이라지만 사망자가 열 명이 넘는 희대의 사건입니다. 검찰 측에서도 작은 성과라도 올려야지 사건을 무마할 수 있습니다. 그냥은 넘어가기가 힘듭니다."

"그래서 감히 대호를 잡아가겠다는 건가요?"

"결론이 지어진 게 아니라 그렇게 될 수도……."

당국이 특수팀까지 만들었다면 작은 소득이라도 올려야 한다. 가장 많은 이득을 얻은 태경회, 김대경에게 이목이 집중되는 것은 당연한 결과다. 당국은 주차 위반 스티커라도 만들어서 김대경을 집어넣을 것이다. 살을 붙이는 것은 그 이후에도 충분하다.

박순혜가 말을 끝까지 듣지도 않고 고개를 돌려 천주일과 마주했다.

"이번 일은 저도 처음 들어서… 게다가 강력 사건이라……."

그가 끝말을 흐리자 박순혜가 눈꼬리가 치켜 올라갔다. 그녀는 진실을 몰랐다. 그러나 김대경이 수갑을 차는 꼴을 절대 볼 수 없다. 살인자이든 아니든 어머니는 아들 편이다.

"그렇단 말씀들이군요. 그럼 제가 움직여야 되겠군요. 야당에 연수원 하나 지어주면 될까요, 천 의원님?"

"여사님, 그런 뜻이 아니라……."

박순혜가 고개를 홱 돌려 다시 송지열을 보았다. 송지열이 흠칫했다.

"국정원이 무척이나 바빠지겠네요. 전 언론사에 할 말이 많답니다. 높으신 고관들 상대하려면 송 차장님 살이 많이 빠지시겠어요. 그거 아시나요? 일도그룹은 제가 인수했습니다. 우리 아들이 밤의 지배자가 되었다고 하셨죠? 일도그룹은 고스란히 들어왔어요. 참 재미있는 자료들이 많이 있더군요. 이번 기회에 출세하시죠, 송 차장님!"

운이 좋아 사채의 대모가 된 박순혜가 아니었다. 여장부요, 산전수전 다 겪은 노련한 수완가였다.

"의장님, 죄송한데 연수원을 기증하려면 당분간 모임에 후원을 못해

드립니다. 아버님께 그렇게 전해주세요."

"하하하! 자자, 제수씨도 진정하시고 천 의원, 송 차장, 왜들 그러시나. 모자가 만난 지 얼마나 되었다고 그런 깡패들 싸움에 우리 대호 군을 끌어들여. 쯧쯧쯧. 방법을 찾아보자고."

연신 식은땀을 훔치는 김대일이었다.

화가 머리끝까지 치민 박순혜는 처녀 때 버릇처럼 손톱을 물어뜯었다.

"감히 누구 아들을!"

아들이 진정 살인자라 할지라도 합당한 이유가 있을 것이다, 피치 못할 사정이. 그렇지만······.

"어머님, 여기."

박미정이 내미는 핸드폰을 잡아챈 박순혜는 화를 가라앉히기 위해 숨을 들이쉬고는 전화기를 입에 대었다.

"애미다."

[예, 어머니.]

"오늘 일찍, 아니, 당장 들어오거라. 할 말이 있다."

[죄송합니다. 지금 지방에 내려와 있어서······.]

"언제 올라오느냐?"

[···무슨 일 있으셨습니까? 목소리가 안 좋아 보이십니다.]

"흐음! 아니다. 아무 일도 없어. 언제 올라와?"

[한 일주일은······.]

"모레 보자. 그럼 전화 끊는다."

[어머······.]

일방적으로 전화를 끊은 박순혜는 계속 버튼을 눌렀다. 주 내용은 일을 최대한 빨리 진행시키라는 말이었다. 그녀는 더 이상 김대경이 남들과 다른 길로 걸어가는 것을 바라볼 수가 없었다. 지금까지 아들의 성품을 지켜본 바로는 무대를 만들어 떠넘겨 버리고 모른 체하면 어미를 봐서라도 마음을 움직일 것이다.

"청아."

"예, 여사님."

"유나라는 아이, 연락할 수 있니?"

"가능합니다."

"내가 좀 보자고 하려무나."

가정을 꾸려 자식이 생기면 남자는 도전보다는 안정을 찾기 마련이다. 서유나가 흡족하진 않지만 아들이 좋아하는 여인이었다. 지금은 이것저것 따질 때가 아니다. 모든 수단을 동원해서라도 양지로 끌어내야 한다. 아들이 싫어하는 일일지라도 부모 된 도리다. 박순혜는 그렇게 생각했다.

멍하니 전화기를 바라보던 김대경은 엷은 한숨을 쉬었다. 형이 죽은 이후 어머니를 너무 소홀히 했다. 슬픔을 잊으려고 일에 매달렸다고는 하지만 반대로 어머니는 서운하셨을 것이다.

미안했다. 어머니 곁에 있으면 마음이 편했다. 형은 한 줌 재가 되어 사라졌건만 자신만 행복을 찾은 것 같았다. 탕하이둥을 찾아 형의 원혼을 달래고 난 후에 사죄를 하고 어머니의 품에 찾아가려고 했었다. 그러나 그건 아닌 듯싶었다.

김대경은 호텔 창가에서 시내를 내려다보았다. 어머니를 피하기 위해 지방이라 했으나 강남 노보텔이었다. 전조등 불빛이 긴 고리를 형성해 끝없이 늘어서 있었다.

"형님, 예신입니다."

"들어와."

강준영을 대동한 함예신이 한편으로 물러서고 얼굴이 야윈 사내가 그 자리에 섰다. 요시다였다.

"자네가 박명환이군. 반갑다."

두 다리를 어깨 너비 이상으로 벌리고 무릎을 살짝 구부린 채 양손을 무릎 위에 얹었다. 박명환이 그 상태에서 머리가 땅에 닿을 정도로 수그리면 외쳤다.

"처음 뵙겠습니다, 오야붕! 박명환입니다."

"재미있는 자세인데. 그게 야쿠자 식 인사인가? 근데 별로 맘에 들지 않아. 난 섬나라 원숭이들이 싫어서. 그리고 난 오야붕이 아니다."

"핫! 죄송합니다."

김대경이 강준영에게 웃음을 보였다.

"많이 가르쳐야 되겠다. 너도 다시 배우고."

"예, 형님."

"앉아라."

상석에 앉은 김대경이 박명환 뒤에서 어물쩡거리는 사내에게 턱짓을 했다.

"그쪽도."

김대경이 시선이 바짝 긴장하고 있는 사내에게로 향했다.

"교포인가?"

"예, 그렇습니다. 서도훈이라 합니다. 요시, 험! 명환이와 같은 학교를 다녔습니다."

고개를 끄덕인 김대경이 박명환에게 말했다.

"수고했다."

"감사합니다. 대략적인 설명은 했고 뜻을 같이하겠다고 확답을 들었습니다."

"서도훈."

"핫! 예."

"야쿠자가 기강이 제법 세나 보군. 재미있겠어. 내일 대양에서 너희 사무실로 사람이 갈 거다. 서류상으로도 이상이 없을 것이고 조사를 하겠지만 담보물도 회사도 확실하다. 네가 할 일은 간단해. 최대한 대출금을 늘려주는 것."

눈을 반짝거린 서도훈이 바로 대답했다.

"어렵지 않습니다."

"그리고… 교포들은 얼마나 되나?"

"어디를, 전 조직 내라면 열에 하나가 조금 안 됩니다. 한국 내에 들어온 조직원 중에서는 한국말을 할 줄 아는 인원을 뽑아 보냈기에 반수 이상입니다."

"흐음! 생각보다 많군. 야쿠자의 대우는 어떤가?"

서도훈뿐만 아니라 박명환까지 안색이 굳었다.

"지금은 한류니 뭐니 해서 많이 좋아졌다고는 하지만… 아직 아닙니다. 일본인들은 한국인을 무시하면서도 두려워합니다. 한국인들은 일본인을 싫어합니다."

한국계 야쿠자는 야쿠자들 내에서도 잔인하기로 유명했다. 받은 것이 있었기에 더욱 가차없이 대했다.

"일본 땅은 한국인으로 살 만한 곳이 아닙니다. 야쿠자엔 한국계가 많습니다. 사회의 차별로 먹고살기가 힘들어 범죄에 손을 댄 경우가 대부분입니다. 저희 할아버님도 징용으로 끌려오신 분입니다. 배운 것 없고 가진 것 없어 천시받는 일을 할 수밖에 없었고 저희 아버지, 그리고 저희들이 공부를 해서 능력이 있어도 사회의 벽은 높기만 합니다. 그 점은 야쿠자 안에서도 같습니다. 그 많은 한국계 야쿠자들 중에서 광역 조직의 최고위층에 들어간 이는 단 한 명도 없습니다."

전체 재일 한국인 인구수에 비해 한국계 야쿠자는 상당히 많다. 아니, 굉장히 많다는 표현이 맞을 것이다. 일제 시대에 끌려간 한국인은 노예와 다를 바 없었다. 고국으로 돌아오지 못한 그들은 아무것도 가진 것 없이 시작해야 했다. 일급 전범이 총리가 되는 일본에서 한국인의 지위는 말할 것도 없었다.

천시받는 일에 종사해야 했으며 툭하면 급료를 주지 않으려는 고용인에게 도둑으로 내몰려 몰매를 맞는 일이 수두룩했다. 일본인에게 한국인은 부랑자요, 도둑이요, 패야 말을 듣는 민족이었다.

일본 땅에서는 한국인으로 살아가기를 포기하라며 자손들에게 모국어를 가르치지 않는 사람들도 많았고, 반대로 잡초같이 끈질기게 살아남아 성공한 사람도 있었다.

이런 환경 속에서 한국인은 어둠 속으로 흘러들어 갔고 상당한 인원을 가진 한국계 야쿠자 세력을 형성했다. 하지만 극우를 표방하는 야쿠자 사이에서 힘을 갖추기란 불가능에 가까운 일이었다. 광역 조직의 최고위층은 더욱 힘든 일이다.

"흐음! 대양 말고도 이 달 안에 내가 보낸 사람이 갈 거다. 미리 연락을 할 테니 착오없도록 하고… 자네 동료들을 한번 보고 싶은데, 가능하겠나?"

망설이는 듯하더니 서도훈이 대답했다.

"어렵긴 합니다만, 노력해 보겠습니다."

"좋다. 네 수고비는 그날 바로 바로 입금이 될 거야. 특별한 일이 있으면 명환이에게 전하고… 조심하도록."

"감사합니다. 그리고 제가 선물을 가져왔습니다."

"선물?"

손목시계를 풀어 주물럭거리더니 손톱만한 칩을 빼내었다.

"디스켓입니다. 한국 지부에 대한 전반적인 상황이 들어 있습니다. 주로 금융 사업에 대한 겁니다. 제가 그쪽에 있다 보니……"

"호오, 좋은 선물이야. 수고했네. 이 조그마한 것이 디스켓이라니 신기하군."

서도훈을 돌려보내고 돌아온 박명환이 조심스럽게 말했다.

"믿을 만한 친구입니다. 제 목숨을 걸겠습니다."

"후후, 묻지도 않았고 네 목숨도 필요없어. 난 살아 있는 부하를 원해. 죽은 놈을 어디다 쓰나? 만약 실수를 했다면 살아서 갚아. 난 말이야, 목숨 가지고 장난치는 놈은 내가 죽여 버린다. 그 따위 말, 함부로 입에 담지 마라."

박명환은 무언가 울컥하는 기분이 들었다. 묘한 울림이었다.

거친 숨을 몰아쉬며 호텔 로비에 들어선 서유나는 화장실로 향했다. 거울 앞에 서서는 옷매무새를 바르게 했다. 밝은 톤의 산뜻한 정장 차림이었다.

그러나 약간은 부스스한 머리가 내내 마음에 걸렸다. 김대경을 자주 만나지 못하자 잔뜩 독이 올라 화풀이를 머리에 했다. 꼬고 복고 띄우고 하루가 멀다 하고 미용실을 찾았는데 마침 빨갛게 염색을 하고 잔뜩 띄워 올린 날 김대경의 어머니에게서 연락이 왔다. 하늘이 무너지는 느낌이었다. 첫선을 보이는 날인데, 그나마 순간 염색약이 제대로 먹혔는지 울긋불긋한 모습은 보이지 않았다.

"휴우!"

엷은 화장을 고친 서유나가 여러 번 숨을 고르고는 두 손을 꼭 쥐었다. 그때 눈가에 잔주름이 신경을 거슬렀다. 그녀가 걱정하는 것이 이것이었다.

김대경을 처음 만났을 때 그녀는 대학을 졸업한 상태였다. 김대경은 막 스물이 넘은 나이, 벌써 4년이 흘러 그녀는 내일 모레 삼십을 바라보고 있었다. 김대경이 좀 들어 보이긴 해도 나이 차가 컸다.

김대경은 처음으로 마음을 열어 보여준 날 장난처럼 나이를 알려주었는데, 충격이었다. 한두 살도 아니고 여섯 살이나 연하였다. 그래도 극복할 수 있다.

"아자!"

호텔 레스토랑에 들어설 때 상당한 미녀가 다가왔다. 낯익은 얼굴이었다.

"오랜만이에요."

"누구… 청청? 어머! 동생이었어. 어머! 어머! 몰라보겠네."

쓴웃음을 지은 청청이 그녀를 내실로 이끌었다. 박순혜를 수행하는 청청의 격을 올린다고 박미경이 만들어놓은 작품이었다. 한 달 남짓 피부를 다듬었다는 것을 제하고, 품위를 살려야 한다며 사들인 우아한

옷을 제하고도 그녀는 기본 바탕이 좋은 편이었다. 청청 스스로도 놀 란 일이니 주변의 반응은 폭발적이었다. 김대경까지 한참을 그녀를 바 라볼 정도로.

'승호가 안목이 있었군.'

스쳐 가면 한 말이다. 그때 청청은 가슴이 뛰었었다. 이상한 일이었 다.

박순혜는 찬찬히 서유나를 뜯어보았다. 이목구비가 커다란 서구적 으로 생긴 미녀였다. 다소 방정스럽게 뜬 머리가 마음에 안 들었지만 다소곳한 행동 가짐은 일단 합격점을 아슬아슬하게 통과했다.

"회장님은 잘 계시나요?"

"예? 예, 저희 아빠… 아버님을 아세요?"

김대경은 박순혜의 정체까지는 말해 주지 않았다.

"얼굴을 뵌 지 한… 벌써 7년이나 흘렀군요."

서인석이 김대경을 마음에 들지 않아 한다는 이야기를 들었다. 박순 혜는 그 점이 마음에 남아 있어서 골탕을 먹일까 하는 생각도 하고 있 었다. 그녀는 꽤나 엄한 시어머니 노릇을 할 것이다.

"대호에게 이야기는 많이 들었어요. 백화점에서 근무하고 있다고?"

"예, 둘째 오빠 밑에서 일을 배우고 있어요. 얼마 전에 홍보팀을 맡 았는데 이벤트도 열고 행사도 하고 졸라… 상당히 재미있어요."

박순혜의 볼을 씰룩했다. 서유나는 등줄기로 식은땀이 흘렀다. 태경 회 사내들과 제법 친해져 어울리다 보니 그들의 말본새가 녹아 있었다. 첫 대면에, 앞이 깜깜했다.

깜깜한 건 박순혜도 마찬가지였다. 성격이 밝다 싶었는데 지나칠 정 도로 너무 밝았다.

"흠흠! 대호는 어떻게 만났나요?"

"크……."

나이트클럽이란 말이 목구멍까지 나왔다가 쑥 들어갔다. 두 번 생각하고 말을 해야 한다.

"사교 모임장에서 우연찮게 만났어요. 훤칠하고 남자다운 모습에 제가 한눈에 반했어요. 어쩜 그리 야성미가 넘치는지. 이 사람이다, 싶었죠."

서로 좋아하고 있다는 점은 괜찮은데 조금 허전한 느낌이 들었다. 무언가 부족한 것 같기도 하고 박순혜는 종잡을 수 없었다.

"대호가 청혼은 했나요?"

얼굴이 붉어진 서유나가 기어들어 가는 목소리로 대답했다.

"예, 조금만 기다리라고, 데리고 가겠다고 했어요."

"부모님들은 대호를 뭐라 하시나요?"

"엄마는 무조건 제 편이구요. 아버님도 흡족해하세요. 오빠들도 마음에 들어하고요."

들은 바와는 달랐지만 그렇다고 하니 그동안 마음이 변했을 수도 있는 일이었다. 하지만 서유나가 철이 없는 것 같아 박순혜는 이마에 주름을 더했다.

"생년월일시를 알려줄래요? 연애를 했다고 해도 궁합을 한번 보고 싶네요. 그냥 참고하려는 거니까 중요한 건 아니에요. 함을 준비할 때도 필요하고."

올 것이 왔다. 서유나는 함이란 단어는 들리지도 않았다. 손을 꼭 쥔 그녀가 떠듬떠듬 생년월일을 말하자 박순혜의 인상이 찌푸려졌으며 손으로 이마를 짚었다. 하지만 꾹 참았다.

"시(詩)는요?"

"저… 죄송한데 시가 뭐예요?"

박순혜는 두 눈을 감아버렸다. 상류층의 사교계에 도는 소문이 사실일지도 모른다는 생각이 스치고 지나갔다. 이연화의 얼굴이 떠올랐다. 그녀의 반만 되어도…….

의정부 저택으로 돌아오는 길에 박순혜는 힐끔거리는 박미정에게조차 단 한 마디도 하지 않았다. 김대경에게 가정을 꾸리게 하려는 의도가 서유나를 직접 대면하자 다른 방법을 없을까 하는 생각으로 슬슬 바뀌고 있었다.

그녀는 욕심이 생겼다. 처음엔 그저 아들이 살아 있기만을 바랐다. 그동안 덕을 쌓아서인지 하늘의 은덕으로 장성한 아들을 만나자 좀 더 바른 삶을 살기를 원했고 어디에 내놓아도 빠지지 않은 며느리를 들이고 싶었다.

그녀는 어른을 공경할 줄 아는 현명한 며느리와 사회에서 당당히 인정받는 아들의 모습을 그리고 있었다. 그녀와 아들 내외, 그리고 눈에 넣어도 아플 것 같지 않은 손자, 손녀. 그들과 함께 화목하게 남은 인생을 사는 것이 그녀의 꿈이었다.

그런데 그 자리에 서유나는 그림이 되지 않았다.

"자식 교육은 어머니 몫인데……."

서유나의 애정 행각과 방탕한 생활은 남 말하기 좋아하는 여인네들의 입방아에 수차례 올랐었다. 있는 집안에선 말썽 피우는 아이들을 도피성 유학을 보내곤 한다. 그녀가 아는 바로는 서유나도 그중 한 명이었고 유학조차 제대로 마치지 않고 몰래 돌아온 아이였다.

김대경이 서유나보다 낫다는 것은 아니지만 박순혜에게는 처가의 배경 같은 것은 필요없었다. 그저 현모양처, 이 조건만 원하는 것이다. 바르고 착한 아이, 거기에 어질고 예쁘면 금상첨화겠지만.

박순혜는 두통이 일어 이마를 짚었다. 신경을 많이 쓰면 이마가 당긴다. 화상으로 수차례 성형 수술을 해서 가끔 자신의 피부가 아닌 것 같다는 생각도 들었다. 그러고 보니 서유나도 몇 군데 칼을 댄 것 같기도 했다.

"휴우! 이럴 땐 의논할 수 있는 어른이……."

순간 박순혜의 얼굴이 환해졌다. 김대경은 태사조란 분의 이야기를 자주 했다. 그가 진정 존경하는 분이라는 말도 들은 듯했다.

"아주머니! 청이 좀 불러오세요."

집안일을 돕는 아주머니가 곧 청청을 데려왔다.

"청아! 지리산에 가야겠다."

"지리산이시라면……."

"그 어르신을 뵈어야 되겠어."

잠시 미적거린 청청이 대답했다.

"회장님의 허락이 있어야 할 겁니다. 그곳 위치를 아는 사람도 몇 없고."

"그건 내가 알아서 하마."

인생의 스승이라는 분이다. 아버지의 역할을 해줄 수 있을 것이다. 그분이 지금 아들의 모습을 본다면 따끔히 혼도 내주고 바르게 잡아줄 수 있을지도 모른다.

■ 제4장
반환(返還)

반환
返還

상호 끝에 캐피탈(capital)이란 이름이 붙어 있자 박여철은 심장이 벌렁거렸다. 절대 다시는 사채업자 사무실 쪽으로는 오줌도 싸지 않겠다던 그였는데, 자신의 발로 직접 찾아오리라고는 꿈에서도 생각지 않았었다.

"긴장을 푸십시오. 저희가 사장님 뒤에 있습니다. 사장님도 저희 회장님에 대해 알아보시던데, 그래도 마음이 놓이지 않으십니까? 자자, 길게 숨을 들이마시고 아랫배에 힘을 주십시오."

김대경은 박여철이 도장을 찍는 순간부터 보디가드를 붙여주었다. 박여철에게는 감시자처럼 느껴졌지만 든든한 면이 없는 것도 아니었다. 곰곰이 생각해 보니 자신은 지금 조폭과 짜고 사기를 치는 것이다.

그들이 지정해 준 대부 업체가 악덕이란 소문을 들은 적이 있었다. 처음엔 간이라도 꺼내줄 것처럼 대해주다가 이자를 한 번이라도 밀리면 안면을 싸악 바꾸고 갖은 욕설부터 시작해 서슴지 않고 폭력배를 동원하는 곳이었다. 벌써 여러 업체들이 넘어갔다고 들었다.

하지만 옆에 웃는 낯으로 서 있는 심 대리라는 사내도 그 이상의 놈이었으니 박여철은 한숨만 나올 뿐이었다.

"후웁!"

아랫배가 빵빵해지고 힘을 주자 떨리던 몸이 조금은 진정되었다. 회사의 운명이 달린 일이었다. 이번 일을 마지막으로 더 이상 이들과의 인연은 없다. 하지만 그건 박여철의 생각일 뿐이었다.

박여철은 비전(vision)캐피탈의 문을 열고 들어갔다. 손바닥만한 사채업자의 사무실이 아니었다. 30여 평의 규모의 내부에는 단정하게 차려입은 직원들이 저마다 바쁘게 움직이고 있었다.

데스크(desk)에서 예쁘장하게 생긴 여직원이 멀뚱히 서 있는 박여철 일행에게 말했다.

"어떻게 오셨습니까?"

"아! 대출을 좀 받을까 해서요."

"죄송합니다만, 저희는 소액 대출은 취급하지 않습니다. 알고 계시나요?"

작업복을 입고 있는 박여철이어서 선입견을 가진 말이었다.

"예, 들었습니다. 한 20억 정도를……."

"왼편에 상담실에서 잠시만 기다려 주세요."

반색을 한 여직원이 태도를 돌변하고는 박여철을 상담실로 안내해 주었다. 몇 가지 기본적인 사항이 적힌 상담 카드를 작성하고 10분 정도가 지나자 말쑥한 사내 둘이 들어왔다.

둘 중 높은 사람인 듯한 중년인이 명함을 내밀었는데, 이사라는 직함이 찍혀 있었다.

"잘 찾아오셨습니다. 회사 운영 자금이 필요하시다고요?"

"예, 저희 회사는 주로 수출을 하고 있는데 뜻하지 않은 클레임이 걸려서 일시적으로 자금이 묶이는 바람에… 길면 한 달 반 정도면 문제가 해결될 겁니다."

"흐음! 그런데 희망 금액이 상당히 고액입니다."

"시기를 놓치기 아까운 투자 건이 겹쳐 있어서요. 전에 중국 투자를 실패한 경험이 있었습니다. 현지 파트너가 문제가 생겨서요. 그런데 마침 그 일이 이번에 풀려서 다시 투자를 할까 합니다. 국내는 인건비가 맞지 않아서 타산을 맞추기가 힘듭니다. 아시지요?"

빙긋 웃은 이사가 맞장구를 쳐주었다.

"하하하, 중국이야 남는 게 사람이니……. 여기 제시하신 담보물이 얼마 전까지 가처분에 잡혀 있던 기록이 있던데요."

"아! 저, 그게……."

박여철이 더듬거리자 잠자코 있던 심 대리가 나섰다.

"예, 그 일 때문에 당장 은행 대출이 어려워서 귀사를 찾아온 겁니다. 문제는 깨끗하게 해결되었습니다. 여기 서류도 구비해 왔고. 한 번 보시지요. 곧 규제가 풀리면 자금을 융통해서 바로 갚겠습니다. 아시는지 모르겠는데, 저희 회사는 국제 특허도 두 개나 있고 ISO(국제표준기구) 인증도 받았습니다."

그를 한번 쳐다본 이사가 고개를 끄덕였다. 상담실에 들어오기 전에 상대방을 파악하고 온다.

"건실한 회사다군요. 재작년부터 문제가 조금 있었지만."

"휴우! 다 썩은 중국 공산당 때문이었습니다. 저희 사장님께서 희망하신 금액은 당장 회사 운영 자금과 현지 공장 설립을 위한 추진금 정도입니다. 여긴 이건 감정 평가사가 평가한 회사 가치입니다. 자, 보십시오. 50억 원대입니다. 솔직히 더 많은 자금이 필요하지만 전철이 있어서… 그래도 불안하시다고 하면 저흰 다른 곳을 찾아보겠습니다."

"하하, 그런 뜻은 아니고, 얼마나 더 필요하십니까?"

"이런 말씀 드려야 할지… 중국에서 사업을 하려면 애환이 많습니다. 우리나라도 상당히 많은 도장이 필요하지만 그쪽은 더 하지요. 도장수가 아니라 한 단계 거치면서 올라가는데 힘이 듭니다. 유연하게 돌아가게 하려면 기름칠을 해야 합니다."

"그렇죠, 그렇습니다. 뒤늦게 돈 맛을 안 촌놈들이 더 무섭습니다. 저희 회사는 여러 나라에 지부가 있습니다. 중국… 아휴! 러시아만큼 썩었죠."

"한 10억 정도는 더 필요할 것도 같은데……."

이사가 잠자코 말을 듣고 있던 직원을 쳐다보았다. 이제나저제나 기다리고 있던 사내가 고개를 끄덕였다. 충분하다는 뜻이었다.

"10억이라… 그럼 30억이란 말씀인데, 20억 이상은 안 됩니다."

박여철이 태경회 사내를 보며 고개를 끄덕였다. 처음부터 20억을 최대로 보고 있었다. 박여철이 말했다.

"20억으로 하겠습니다."

"좋습니다. 오늘 은행 마감 시간 전까지 가부를 연락드리겠습니다. 그리고 단기 고액 대출은 그만큼 이자가 높습니다. 알고 계시죠? 단기이기에 수익성을 맞추려면 상대적으로 이자가 높을 수밖에 없습니다. 어쩔 수 없는 일이죠, 저희도 먹고 살아야 하니."

서류상으론 특별한 하자가 없지만 전력이란 게 있다. 한 번 자금 회수에 문제가 되었던 기업은 신용이 하락하기에 금융권에서 주저하기 마련이다.

게다가 대양은 그 기간이 얼마 되지도 않아 또 문제를 일으켰다. 제품에 하자가 생겼으니 클레임 걸린 만큼의 제품은 결점을 보완하여 재생산해야 된다. 돈이 두 배로 든다. 그러나 고객과의 신용을 지키려면 계약 날짜까지 완벽한 제품을 넘겨야 한다. 빡빡한 중소기업의 자금 사정상 날벼락 같은 일이다.

대양과 같이 신용이 불량한 경우는 특히 은행장과 모종의 관계를 맺지 않는 한 제도 금융권에선 대출해 줄 곳은 없다. 고액 이자를 감수하고 사채까지 찾아온 건 다 이유가 있었다.

"이자가 얼마나……?"

박여철의 물음에 이사가 웃는 낯으로 말했다.

"다른 곳은 열흘에 10퍼센트를 받는 곳도 있습니다."

"으흠!"

"사장님의 회사가 건실하고 믿을 만한 담보를 제공해 주시니 딱 반으로 해서 5퍼센트로 하겠습니다."

급전을 사용하는 사람은 빠른 시일 내에 갚을 수 있다는 자금 계획을 가지고 위험을 감수한다. 장기로 보면 어마어마한 이자이지만 그만큼 돈이 급했다.

고개를 끄덕인 박여철이 심 대리를 쳐다보았다. 그가 말했다.

"한두 시간 남았는데 기다리겠습니다. 그리고 수표로 주시면 안 되겠습니까?"

"어렵지 않습니다. 그럼."

건물 복도로 나온 사내가 담배를 물었는데 상담실에서 이사와 함께 있던 사내였다. 핸드폰을 꺼내 든 사내가 주변을 살피며 전화를 걸었다.

"나야, 도훈이."

박명환이 대뜸 결과를 물었다.

[어떻게 됐어?]

"방금 수표를 건네주고 전화를 거는 거야."

[얼마?]

"20장."

[호오! 수고했어.]

"후줄구레한 것들을 보낼 줄 알았는데 A급이더라. 위에서 눈독을 들여서 난 별로 한 일도 없어."

[후후, 그 정도는 당연하지. 그리고 말이야, 한 가지 더 해줄 일이 있는데… 혹시 계약서를 바꿔치기할 수 있어?]

흠칫 굳은 서도훈이 목소리를 낮추었다.

"힘들어. 아니, 불가능해. 중앙금고에 현금과 같이 보관을 해. 거기는 중간 보스들만 들어가. 열쇠는 오야붕이 가지고 있고."

스미요시가이는 강남 사채 시장에서 회사명이 다른 세 개의 업체를 운영하였다. 사장은 모두 한국인으로 되어 있지만, 그들은 명의만 빌려주었을 뿐이고 실질적인 운영은 야쿠자들이 했다. 그 업체들은 비전이 위치한 전일빌딩 지하 금고를 사용했는데, 그곳에 계약서를 보관한다는 것이었다.

[금고에 들어가기 전에 바꿀 수는 없을까?]

"전혀. 업무가 끝나고 중간 보스들이 모여서 오야붕에게 업무 보고를 해. 오야붕은 그때 직접 수금한 돈과 함께 금고에 넣어두거든. 여기 업체를 맡은 중간 보스들도 힘든 일이야."

[그래, 알았다. 수고했어. 조금 전에 도쿄에서 전화 왔어. 네 어머니 모시고 출발했대. 동네 사람들한테는 한국 관광 간다고 하셨으니까 걱정하지 말고 있어.]

김대경은 총 금액의 10퍼센트를 약속했다. 20억이니 2억의 거금이 생긴다.

그날 저녁, 김대경 앞에는 비전캐피탈에서 발행한 18억짜리 수표가 앞에 놓여 있었다.

김대경이 멀뚱히 엄청난 가치를 지닌 종이를 쳐다보는 함예신에게 말했다.

"돈 벌기 쉽지?"

"예? 하하, 그렇네요. 그런데 2억이 빠지는데요?"

"금융 비용이란다. 도둑놈이지. 10퍼센트를 떼고 선비용 나가고 원금은 그대로 20억이고. 열흘에 이자가 5퍼센트. 대충 해도 한 달이면 15퍼센트고, 연으로 하면 이게 얼마냐?"

산술적으로 보면 180퍼센트지만 이자를 내지 못하고 밀리게 되면 이자가 눈덩이처럼 불어나게 된다. 열흘을 밀리면 원금과 이자가 합해져 21억이 되고 여기에 5퍼센트의 이자가 더해져 점점 기하급수적으로 커진다.

김대경이 탁자에 놓인 술잔을 들었다. 호텔방 안에는 함예신, 강준영, 나삼식, 박명환이 탁자에 모여 술을 한잔씩 들고 있었다.

"삼식아."

"예, 형님."

"내일 아침에 승호한테 가서 몇 바퀴 돌리라고 해."

돈세탁을 하라는 말이었다. 수표의 흐름 경로를 추적하면 일을 벌이기도 전에 태경회가 드러날 수 있었다. 저쪽도 돈 장사를 하는 전문가다.

"그리고 신 고문한테 준비를 하라고 하고."

김대경은 법률 고문인 신동인에게 변호인단 구성을 의뢰했다. 비전캐피탈의 이자는 법에 저촉된다. 혹시나 있을지도 모르는 법정 싸움까지 준비를 하고 있었다.

김대경은 강자는 대담한 것이 아니라 세심하다고 생각하는 사람이었다. 철저한 준비가 오늘의 김대경을 만들었고, 살얼음판 걷는 혹도에서 빈틈은 곧 죽음이다. 그래서 더욱 단련하기 위해 강준영을 옆에둔 것이다.

스미요시는 앞길을 막은 적이다. 김대경은 당한 그 이상으로 되돌려주는 사람이었다. 이한성에 어깨에 박힌 총알 한 방은 이 정도 금액 가지고는 손톱만큼도 보상이 되지 않는다.

"명환이."

"예, 형님."

"한솥밥을 먹던 친구들인데, 괜찮나?"

박명환이 서슴없이 말했다.

"아무런 가책도 느끼지 못합니다. 저는 스미요시에서 이미 강준영 형님에게로 적을 옮겼습니다. 그리고 지금은 형님을 모십니다. 이 세계는 강자존입니다."

"야쿠자들은 재수없는 구석이 많아. 동생들을 마치 물건처럼 주고받고 하더군. 내 상식으로는 이해가 가지 않는 일이야."

"그들은 전국 시대의 전통으로 여깁니다."

강준영이 대답했다.

"계속해 봐."

"서양의 군주제도도 그렇고 막부 시대도 여러 주군을 모시던 영주들은 많았습니다. 좀 더 힘이 있는 주군 밑으로 들어가는 것이죠. 그래서 가신과 영주들은 구분이 있습니다. 영주는 언제든지 등을 돌릴 수 있는 자들이기에 재산의 개념이 강합니다. 가신은 운명을 주군과 함께합니다. 배신자라고 영주를 욕하지도 않습니다. 매일 전쟁을 벌이던 그 시대에서는 생존의 방식이었으니까요."

야쿠자는 사무라이라는 의식이 강했다. 일종의 자기 방어이자 합리화였다. 전국이 안정되자 태생적으로도 칼질밖에 모르던 사무라이들이 변질되어 야쿠자가 되었다.

그래서 야쿠자의 체계는 군주제도와 비슷한 구석이 많았다. 최고 오야붕과 그를 모시는 측근 세력인 가신들, 영주의 개념으로 충성을 맹세한 소(小)오야붕들로 이루어져 있다. 스미요시가이라는 간판을 달고 있는 이들은 일도와 손을 잡았던 스기하라조처럼 각자의 이름이 또 있었다.

박명환은 스기하라의 하부 조직에서 올라와서 강준영의 밑으로 들어갔다. 스기하라가 일종에 형제에 대한 예물로 준 것이다.

한국인의 사고와는 맞지 않는 면이 많았다. 서로 다른 민족성과 역사적 배경이 차이를 만든 것이다. 우리의 잣대로 다른 나라 사람들을 평가하면 많은 오류를 범한다. 야쿠자는 야쿠자대로, 삼합회는 그들 나름의 조직 문화를 가지고 있다.

오두칠은 대화를 듣는 둥 마는 둥 하며 깊은 생각에 빠져 있었다. 내부 조력자도 있었고 태경회는 스미요시보다 더 많은 정보를 가지고 있었다. 옆에 있는 강준영만 해도 스미요시에서 5년이 넘는 기간을 몸담고 있었다. 반면에 그들은 국내 사업 파트너를 잃음으로써 정보를 차단당하는 꼴이 되었다.

서울을 제패한 태경회는 많은 강점이 생겼는데, 다양한 인재를 확보했다는 면도 있었다. 바닥부터 잔심부름으로 시작해 올라온 대부분의 조직원들과 스카웃된 격투기 선수 출신, 군부 출신, 사무원인 일반 대학 출신들, 그리고 그 무엇보다도 잡범들과의 연결 고리가 엄청났다.

이 바닥에서 뒹굴다 보면 전과 한두 개 정도는 호적에 울리게 된다. 학교(?)에 들어가면 학생(?)들 간의 계층이 나누어진다. 인생을 포기한 사형수들은 열외로 치고 가장 상위는 당연 조폭이다. 방장은 조폭들이 대부분 차지하고 있었고, 잡범들은 조금이라도 편하게 지내기 위해 알랑방귀를 뀐다.

사회와 단절된 무료한 시간을 보내기 위해 수감원생들은 온갖 이야기들을 쏟아놓는다. 자신이 저지른 범죄를 꺼내놓고 여러 사람과 의견을 교환한다. 이 부분에서 이렇게 했으면 걸리지 않았다는 둥 다음에는 이렇게 해보아라, 같이 해보자 하면서 아예 범죄 모의를 하는 단계까지 발전한다.

그 와중에 서로에 대한 개인 정보가 죄다 드러난다. 장물 거래선은 물론 범죄 방식, 도피처까지. 사건이 벌어지면 경찰에서 제일 먼저 전과자들을 닦달하는 이유도 여기에서 기인한다. 재발의 가능성이 높은 면도 있지만 정보를 얻기 위함이다.

사건 현장을 보면 누구의 솜씨인지 동종 계통의 범죄자라면 들은풍

월이라도 있기 때문이었다. 그 나름대로 그들도 전문가이며 타인의 솜씨를 분석하고 연구까지 한다. 우발범이 아닌 이상 모든 범죄자들은 완전 범죄를 노린다.

"가능하겠는데……."

"응?"

혼잣말처럼 오두칠이 흘리자 시선이 모아졌다.

"저기 형님, 저번에 인천에서 말입니다."

생각을 정리하면서 오두칠이 말을 꺼냈다.

"흑룡회를 칠 때 세룡에서 특이한 몇 놈을 동원했습니다. 제가 보기엔 밤손님들 같았는데, 보안 장비를 대비해서 먼저 훑어보게 했습니다. 뒷문도 따게 만들고요."

김대경이 관심을 보였다. 그도 마약쟁이들을 칠 때 담에 설치된 보안카메라 제거를 위해 동원한 적이 있었다.

"계약서와 현금은 중앙금고에 보관한다고 해도 그 두목새끼 집구석에도 상당히 있을 것 같은데요. 거기 한 번 터는 게… 건달 체면에 쪽팔리는 일이기 해도 상당히 많이 건질 것 같은데요."

목소리가 점점 작아졌다. 체면으로 먹고사는 건달이다. 도둑질을 하자는 말을 꺼냈으니 말을 하면서도 후회를 했다.

하지만 김대경은 눈을 반짝거렸다. 처음 자리를 잡기 위해 도박장을 털었었다. 그는 선배들의 교육을 받으며 바닥부터 시작한 건달이 아니었다. 배를 곯으면서도 어깨에 힘주고 다녀야 한다는 사고 자체가 없었다. 그는 최고로 시작해 지금도 최고였다. 과거도 현재도 최우선은 동생들을 먹고살게 만들어주는 것이다.

김대경이 웃었다. 무언가 미진한 구석이 남아 있는 듯했는데 오두칠에 말에 앞이 환해졌다. 한번 시작하면 기어오르지 못하게 끝장을 봐야 한다.

"한번 해봐. 세룡의 도움이 필요하면 나한테 말하고."

김대경은 인천을 방문한 이후부터 세룡의 종필용과 좋은 관계를 유지하고 있었다.

"흐으음! 저번에 그 검찰이 특수부를 어쩌구 했었지?"

"예, 형님. 검찰에 특수팀이 구성되어 조사 중입니다."

처음 목격자가 있다는 말에 나삼식은 칼을 물고 검찰청에 뛰어들려고 했었다. 김대경이 그 사건으로 들어가면 다시는 빛을 못 본다. 하지만 흘러나온 내부 정보를 듣고는 태어나 처음으로 기도를 드렸다. 수사는 더 이상의 진척이 없이 부진한 상태였다.

김대경이 오두칠에게 던지듯이 말했다.

"네가 특수팀장도 겸임해라."

"예?"

"네가 꺼낸 말에 책임을 지란 거야. 북한을 들어갔다 온 경험이 있다며. 거기도 들어가는데 담장 하나쯤은 충분하겠지. 한번 해봐. 쓸데없는 좀도둑들 말고 대도 어쩌구 하는 놈들 모아서 하나 만들어봐."

"그런데 말입니다, 형님. 금고털이 같은 놈들은 저희를 피해 도망 다녀서… 험험! 일 시켜먹고 뒤를 친 적이 많았거든요."

"어휴! 새끼들… 건달이라고 하는 것들이 말만, 돈에 환장한 놈들."

오두칠이 진땀을 흘렸다.

"제가 그런 게 아니라……."

한탕 건진 범죄자들은 경찰보다 조직을 더 무서워한다. 범죄로 기인한 구린 돈이기에 강탈당해도 하소연할 곳이 없다. 조폭은 무력이라는 좋은 무기를 앞세우고 범법자란 약점을 노리고 파고든다. 지하 경제에서 조직이 한자리를 차지하고 있는 이유가 이것이다.

불법을 자행해 더 많은 소득을 올리는 사람들은 조폭이 파고들 약점을 스스로 만드는 꼴이다. 법의 테두리를 벗어난 공간에서는 주먹이 법이다.

김대경은 새로운 놀이를 발견한 아이처럼 눈을 빛냈다.

"내 이름을 걸고 모아. 소문나지 않게 하고. 정말 괜찮은 놈 있으면 잡아서라도 데려와. 삼식이는… 내가 부탁한다고, 세룡에 연락해서 그놈 잠시 빌려달라고 해."

부하를 물린 김대경은 버릇처럼 창가에 서서 서울 전경을 내려다보다가 물러섰다. 파주라면 몰라도 여기서는 저격의 위험이 있는 것이다. 탕하이둥은 분명 같은 하늘 아래 있을 것이다.

"할 말 있나?"

새끼손가락만한 유리 캡슐을 반쯤 망가진 사내의 코앞에 내밀었다. 성삼천은 김대경에게 배운 솜씨를 십분 발휘했다. 아무것도 묻지 않고 근육이 느슨하게 풀릴 정도로 연하게 다져 놓았다. 위기 상황에 대비해 마약쟁이같이 조심성 많은 놈들은 뒷구멍을 수없이 뚫어놓는다. 이런 놈들은 대갈빡을 굴릴 여유를 주면 안 된다.

성삼천이 캡슐을 빙빙 돌리다가 머리카락을 움켜잡아 머리를 고정하고 콧구멍에 밀어 넣었다.

"우으으윽! 웁읍!"

"이 새끼는 아직도 우리가 경찰인 줄 아나 보지? 짭새 형님들은 살인범 잡으러 다니시느라 바쁘셔. 아님 어디 빠징코에서 사장 놈 멱살을 잡고 레바를 당기고 있던가. 나도 바쁜 사람인데 서로 편해지자고. 약발이 약한가? 아직도 분위기 파악이 안 되나 보네. 야!"

사내는 죽을 맛이었다. 입을 막아놓고 말을 어떻게 하라는 건지 알 수가 없었다. 시퍼런 칼날을 앞세우고 들어올 때부터 정체를 짐작하였다. 딱 두 대 맞고는 다 말하려고 했었다.

"예! 형님."

"이 새끼 눕히고 시동 걸어!"

김대경의 밑으로 들어온 성삼천은 마약 공급상에서 이제는 반대로 마약상을 찾는 사냥꾼이 되어 있었다. 서울 일대를 시장으로 삼아 마약 조직을 이끌었던 성삼천이다. 제조상에서 공급상, 도매상, 판매상까지 훤했다. 그의 눈을 피하기란 쉽지 않은 일이었다. 게다가 태경회라는 대조직의 일원이다. 마약 조직에게 보복 따위를 당할 걱정은 하지도 않았다.

의자에 묶여 있던 사내에게 세 명의 부하가 달려들었다. 사지를 쫙 벌린 채 사내는 곧 탁자 위에 엎어져 묶여졌다. 이어 요란한 엔진 소리가 울리며 윙윙거리는 소리가 가까워졌다.

그릉! 크르르릉!

성삼천은 전기톱을 들고 있는 부하를 사내의 앞으로 서게 했다. 코 앞에 눈에 보이지 않을 정도 빠르게 회전하는 톱날이 돌고 있었다.

윙윙! 웽에에엥!

붉어진 얼굴로 사내가 몸부림을 치자 성삼천이 아차 하고는 입에 붙인 청테이프를 떼어내었다. 시뻘건 핏물과 함께 이빨 조각이 뿜어져 나왔다.

"콜록콜록! 아이고! 형님! 선생님! 살려주세요!"

입이 자유로워지자 전기톱의 용도를 알아본 사내가 목이 터져라 소리쳤다.

성삼천이 손을 들어 톱을 끄게 하고는 탁자에 다가갔다.

"한 번만 묻는다. 누구야?"

"문어새끼입니다! 제발… 전 거기까지밖에 모릅니다. 이곳이 형님들 구역인 줄 몰랐습니다. 다신 얼씬도 하지 않겠습니다! 제발! 한 번만 용서를! 제발! 제발! 흑흑흑!"

고개를 갸웃한 성삼천이 물었다.

"이 새끼가! 알아듣게 말을 해야 할 거 아냐? 또박또박! 그리고 이건 몰핀이잖아, 몰핀! 어디서 났어? 그리고 문어는 또 뭐야?"

"그 새끼한테 물건을 받습니다. 몇 군데 병원에서 빼내온다고……."

"호오! 병원이란 말이지. 문어대가리새끼 만나려면… 아니다. 야! 이 새끼 씻겨서 사람 만들어와. 얼른!"

비닐하우스를 나온 성삼천이 핸드폰을 들었다. 주변에는 오물 냄새가 진동했는데 눈이 닿는 곳엔 가축의 배설물이 쌓여 있었다. 순도가 높은 약이든 합성 약이든, 만들 땐 심한 악취가 진동을 하기 때문에 냄새를 희석시켜 줄 장소를 필요로 한다.

이에 도심에서 제조하기는 힘들어 한적한 곳을 택한다. 단기간에 한탕하고 자리를 뜨기 때문에 잡기가 쉽지 않았지만 성삼천의 정보원에 걸렸고 원료를 공급하는 공급원을 알아낸 것이다.

김대경에게 보고를 마친 성삼천은 다시 다이얼을 눌렀다. 마약 단속반 전화번호였다. 이렇게 가끔씩 단속반에게 선물을 주고 있는 것이다. 그 결과 마약 단속반의 박만호는 일 계급 진급을 눈앞에 두고 있었다.

성삼천은 정보를 교환하러 박만호와 직접 만나기까지 했다. 그는 마약에서 손을 뗐기에 거리낌이 없었다. 어느새 마약상을 털어 벌어들이는 짭짤한 수입에 맛을 들인 성삼천이었다.

은색 철제 문에 두 사내가 달라붙어 계기판(計器板)에 복잡한 선을 연결하고 있었다. 줌렌즈를 착용한 채 세심하게 손을 놀리고 있는 사내가 말했다.

"이 모델은 은행용 특제 벽금고입니다. 1500도 고열 열처리에 슬라이딩 개폐, 원형 핸들 방식으로……."

벽금고에 대해 친절히 설명하는 사내에게 그들의 작업을 빤히 쳐다보고 있던 오두칠이 못마땅한 듯 버럭 소리쳤다.

"그런 건 말해도 모르고, 그래서 열어? 못 열어?"

"우리나라에서 제 손이 닿아 옷을 벗지 않는 계집은 없습니다."

고개도 돌리지 않은 채 복잡한 계기판에 핀셋을 가져가며 사내가 말하자 오두칠이 고개를 끄덕였다. 못 먹고 자랐는지 크다만 키에 며칠은 굶은 듯 유난히 광대뼈가 도드라져 보이는 사내는 장물아비들을 족쳐 알아낸 금고털이 전문가로 최고 반열에 오른 사내였다.

"얼마나 걸려?"

"시간은 조금… 상당히 걸립니다."

"뭐야! 네가 따기에서는 국내 최고라메에!"

"그러니까 여는 겁니다. 결단코 저 말고는 울 나라에서는 아무도… 두어 명 빼놓고는 못 땁니다."

식은땀을 삐질 흘린 사내가 이 부분에서는 목소리를 높였다. 똘똘이라 불리는 사내는 근 20년 동안 금고털이 분야에서 최고라는 스승 밑에서 무려 10여 년을 무료 봉사로 수발을 들며 배웠다. 스승이 감방에 가 있는 지금은 자신이 최고였다.

"…한 시간만 주십시오. 이년의 깊은 곳까지 보여드리겠습니다."

"더 빨린 안 되오?"

잠자코 있던 임승호가 물었다.

"한 2, 3일 매달려 연습하면 20분 정도는 줄일 수 있습니다."

그 말을 끝으로 더 이상 묻지를 않았고 두 사내는 이마에 흐르는 땀을 훔치며 잠을 자다 끌려오게 만든 원흉에게 사력을 다했다.

그들이 작업을 하고 있는 곳은 한마음조합의 금고였다. 이유도 말하지 않고 다짜고짜 열라는 것이었다. 당당히 경비들의 인사를 받으며 들어왔기에 감방에 들어갈 염려는 없었다.

40분 정도가 지나고 찌잉 소리가 울리며 속내를 보이기를 거부했던 금고가 그들의 손에 항복하였다.

"호오! 이 새끼들 풀어놓으면 안 되겠는데. 언제 몰래 들어와서 열지도 모르잖아."

오두칠이 칭찬을 바라는 아이처럼 눈을 반짝이는 똘똘이의 기대를 단번에 무너뜨렸다.

"따라오시오."

몸을 돌린 임승호가 그들을 데리고 나갔다. 태경빌딩의 최상층 회의실로 자리를 옮긴 임승호가 한 장의 종이를 내밀었다. 조잡하게 그려진 금고의 모습이 그려져 있었다.

임승호가 똘똘이에게 물었다.

"알아보겠소?"

"글쎄요. 이 그림 가지고는……."

"일본 미쓰시바공업 제품이라고 들었소."

"아! 뭔지 알겠습니다."

"열어본 적 있나?"

오두칠이 목소리를 깔았다.

흠칫 놀란 똘똘이가 우물쭈물하다 기어들어 가는 음성으로 말했다.

"이거랑 비슷한 모델을 작업하다가 스승님이 딸려 들어가셨습니다."

"이 새끼! 최고라며!"

오두칠이 눈을 부릅뜨고 막 달려들 듯 움찔거리자 똘똘이가 재빨리 말을 덧붙였다.

"경찰이 출동한 이유를 알았습니다. 이건 내부에 경보 장치가 하나 더 있는 모델로……."

"간단히!"

"이제는 열 수 있습니다. 못 따면 내가 형님 아들입니다!"

"너 같은 아들 필요없어!"

임승호는 조용히 생각을 하고 있었다. 저 똘똘이란 사내를 부른 이유는 스미요시의 한국 지부 총 오야붕인 히데오의 집을 털기 위해서였다. 그런데 서도훈이 재미있는 정보를 주고 갔다.

똘똘이의 실력도 알아볼 겸 한마음금고를 열게 했다. 그리고 스미요시의 금고 형태를 알려주었다. 답은 가능하다였다.

하지만 위험 부담이 너무 컸다. 위치가 서울, 그것도 한복판인 삼성동이었다. 경비원은 기관단총으로 무장하고 있을지도 모른다. 보안 시스템 등의 몇 가지 질문을 더 묻고는 일어섰다.

"성심, 밝은 빛, 우리 집 병원, 이렇게 세 곳에서 뒷구멍으로 빼내고 있었습니다."

거래 장부를 내려보던 김대경이 고개를 들었다. 마약류인 몰핀은 진통제로 사용을 한다. 그래서 의약청에서 철저한 관리를 한다고 알려져 있는데, 구멍이 난 것이다. 구멍이 난 것은 의사의 양심도 마찬가지였다. 병원 장부의 조작 없이는 불가능한 일이었다.

김막동에게 태경상사의 사장 자리를 물려주고 오랜만에 태경빌딩으로 출근한 김대경은 제일 먼저 성삼천을 만났다. 전쟁 기간에 힘의 공백이 생겨서 마약 시장이 불안했기 때문이었다.

"요즘 어떠냐?"

"솔직히 말씀드리면… 여전합니다. 오히려 늘었습니다. 공급 루트가 다양화되어서 아무리 형님이라도 전부를 막을 수는 없습니다."

수요가 있으면 어떻게든 공급은 이루어지게 된다. 철저한 통제를 받는 공산 국가에도 암시장은 활성화되어 있었다.

"규모가 큰 놈들은 사라졌습니다. 몇 군데 깨기도 했고, 형님의 눈치를 보는 것이죠. 그래도 여기저기서 흘러들기도 하고, 약을 사러 원정을 가는 놈들도 있습니다."

성삼천의 보고가 뜸해진 것이 그걸 대변한다. 처음엔 하루가 멀다 하고 잡아들였는데, 근래엔 잔챙이만 걸려들었다.

"그리고 얼마 전부터 품질이 좋은 약들이 시장에 깔리고 있습니다. 거대 공급자가 나타났다는 뜻입니다. 제 생각에는 지방에서 풀고 있는 것 같습니다."

지방 조직들의 발호한다는 보고가 심심치 않게 들어오고 있었다. 태경회의 체계가 잡히기 전에 일정 구역을 점령하면서 서울 진출을 노리고 있는 듯했다.

김대경이 비릿하게 웃었다.

"내가 만만해 보이나 보다."

"뭘 모르고 까부는 거죠. 형님이 누구신데."

성삼천은 김대경에게 된통 당한 기억이 생생한 사람이었다. 죽을 고비를 넘겼으니 잃을 수가 없었다.

김대경이 인터폰을 눌렀다.

[예, 회장님. 이연실입니다.]

"임 실장 들어오라고 전하세요."

노크 소리와 함께 단정히 차려입은 임승호가 들어왔다.

김대경이 장부를 턱짓으로 가리키며 말했다.

"자세한 건 성 사장한테 듣고, 그 세 병원 거덜내 버려."

"거덜… 입니까?"

"그래. 우리보다 더 새까만 놈들이다. 빤스 한 장까지 남기지 말고 싹 털어. 아예 박 반장님한테 연락을 드려서 의사 면허도 없애 버리도록 해. 다시는 재기하지 못할 정도로 밟아버려."

"예, 회장님."

임승호는 그 순간부터 머리를 굴리고 있었다. 마약 건만으론 싹 털기는 조금 벅찬 감이 있었다. 부하 몇 놈 입원시켜 약간의 작업을 해야 할 듯싶었다. 뱃속에서 수술용 바늘이 나오는 의료 사고 정도면…….

"임 실장! 어디에다 정신을 팔고 있어?"

"아! 예, 자해 공갈단 놈들을 쓸까 생각 중이었습니다."

김대경이 어이가 없다는 듯이 쳐다보다가 풀썩 웃었다. 자해 공갈단이라니. 호텔에서는 도둑놈 얘기가 오갔는데, 곧 있으면 태경회가 잡범들의 소굴이 될 듯싶었다.

"후후! 알아서 하고… 사업 구상은 잘되고 있어?"

얼굴이 눈에 띄게 밝아진 임승호가 힘차게 대답했다.

"밑그림을 완성했습니다만."

"만? 그런데?"

"하부 조직 반발이 만만치 않을 것 같아서……."

김대경이 가차없이 말했다.

"실행해."

어떤 사업인지 듣지도 않고 임승호에게 힘을 실어주었다. 한 번 믿으면 끝까지 믿는다. 게다가 조직 체계에 변화를 주려는 중요한 시점에 있었다. 진통은 예상된 것이다.

대략적인 업무 보고와 결재를 마치자 오후 2시가 넘은 시간이었다. 김대경은 늦은 점심을 먹으러 나서는 길에 8층에 들렀다. 게임 업체 라치온이 있는 곳이다. 신게임 개발에 박차를 가하고 있는 한광연이 그를 맞았다.

한광연은 한 건물에 들어왔어도 얼굴 보기가 힘들었다. 온라인 게임에 관심을 가지고 지켜보았는데 엄청난 자금이 소요되고 그 개발 기간은 1, 2년이 아니었다. 그런 수년의 노력이 하루아침에 물거품이 될 뻔했다니, 자신을 부담스럽게 대하는 한광연의 태도가 조금은 이해가 갔다.

못 본 사이 한광연은 전혀 다른 사람이 되어 있었다. 미라 같은 몸이 두 배는 불어 오히려 넉넉한 살집이 부담이 되는 정도였다.

"한 사장, 이제 운동 좀 해야 되겠어."

모니터에 딱 달라붙어 있던 한광연이 번쩍 고개를 들었다.

"아이고! 회장님. 이게 얼마 만입니까? 한 반년은 된 듯합니다."

"반년은. 올 초에 보았구만. 4개월 정도 되었어."

"저는 4년은 된 것 같습니다."

몇 마디 여담이 오가고 김대경이 한광연을 데리고 나섰다.

"몰라볼 뻔했어."

멋쩍게 웃은 한광연이 아랫배를 내려다보았다.

"매일 새벽에 야식 먹고 자고 일어나 컴퓨터에 앉아 있고 또 먹고 앉아 있고… 이렇게 됩니다."

"지하에 가서 아이들이랑 같이 좀 운동해."

태경빌딩 지하에는 각종 헬스 기구가 갖추어진 널찍한 체육관이 있었다.

"살벌해서 운동 못합니다. 저도 등판에 장미 한 송이 수놓으면 가겠습니다."

"좋아 보이는군."

한광연은 태경회에서 위치가 묘했다. 조직원도 아니고, 그렇다고 태경회에 속한 회사의 사장단도 아니었다. 김대경은 끝까지 한광연의 지분을 거절했다. 그와의 인연으로 부천도 얻었고 희망원을 설립할 수도 있었다.

하지만 한광연은 한식구로 생각하며 자신의 일을 도왔다. 태경회의 주요 간부 차량에 위치 추적 장치 등을 달거나 건물 내 보안카메라와 인터넷을 연결해 원거리에서도 컴퓨터로 살필 수 있도록 만들기도 하였다.

김대경이 애용하는 시골밥상집이었다. 18가지 밑반찬과 구수한 된장찌개가 입맛을 사로잡았다.

"전에 부탁한 거 진척이 어느 정도 되었어?"

"시험 중에 있습니다. 대건의 SS시큐리티보다 우리가 절대 뒤지지 않습니다. 석태 형이 많은 도움을 주었습니다."

흑룡회에 마수에 걸려 대건전자의 최첨단 핸드폰 기술을 넘길 뻔한 오석태는 이창민 회장의 용서에도 불구하고 복귀하지 않고 한광연의 옆에 남아 있었다. 오석태는 라치온의 부사장이자 수석 연구원이 되어 있었다.

"그럼 그 보안 시스템은 올해 안에 쓸 수 있나?"

"충분합니다. 원격 시스템을 시험하는 거지 그 외의 것은 완벽합니다. 감지 기능은 물론이고 직원들이 차에 앉아 고객 가게에 설치된 보안카메라 작동도 가능합니다. 빙빙 원하는 방향으로 돌릴 수도 있습니다. 제가 알기론 아직 국내에 이 정도 기술력을 갖춘 보안 회사는 없습니다. 저희가 처음이죠."

김대경은 보안 회사 설립 추진을 멈추지 않았다. 아니, 지시를 거두지 않았다는 말이 정확했다. 전쟁은 현장 인력들이 하는 것이고 사무원들은 제 할 일을 진행한다.

한광연은 프로그래머. 오석태는 최신형 핸드폰 개발팀장의 이력이 있었다. 김대경에게 제일 어려웠던 문제가 이들에 의해 해결되었다. 이미 개발된 시스템을 차용할 수도 있지만, 그렇게 하면 선도 기업들에 비해 나은 면이 없다. 세상은 하루만 지나도 한 단계 발전을 하는 것이다.

이제 기계 경비업의 시스템이 갖추어졌다. 남은 것은 인력과 설비다. 인력은 남아도니 문제될 것이 없고, 설비 투자가 걸렸는데 큰돈을 만들 일거리가 생겼다. 또한 친절하게도 기부해 줄 병원이 세 곳이나 나타났으니 부담을 덜었다.

김대경은 옛 상처를 잊고 눈에 띄게 밝아진 한광연을 보자 용건을 꺼내기가 부담이 갔다. 이 친구는 이대로의 삶이 제격일 것이다.

그런 김대경의 행동이 평소와 달랐는지 한광연이 먼저 말을 건넸다.

"형님 모습이 아닙니다. 하실 말씀은 하세요."

한광연은 동생뻘인 김대경을 항상 그렇게 불렀다. 그는 일산으로 오며 이미 태경회의 사람이란 생각을 가지고 있었다. 두 번째 생명을 준 사람이다. 하지 못할 일이 없다.

김대경이 웃었다.

"야쿠자가 강탈해 간 돈을 찾아오려고. 해볼 텐가?"

한광연도 웃었다.

"흐흐흐, 간만에 형님 밑에 들어온 게 실감이 납니다. 제 친구들은 다 제가 건달인 줄 압니다. 이제 진짜 건달이 되는군요."

두두뚝!

손가락을 꺾어 푼 우민태가 목을 돌렸다. 허리를 숙여 군화 지퍼를 채우면서 종아리에 차고 있던 대검을 확인했다. 좌석 밑에 저격 총도 한 자루 있었지만, 오늘은 사용할 일이 없고 최조일이 애지중지하기에 손도 대지 못한다.

건방 주머니에서 묵직한 느낌이 전해지자 미소가 머금어졌다. 남이섬의 전장을 그는 기억했다. 후방에서 지원을 했을 뿐이었지만 심장이 터져 버릴 정도로 강한 충격을 받았다. 총탄이 빗발치는 전장을 한 마리 맹수가 지배했다. 그것도 맨손으로. 그는 미지의 영역을 보는 기분이었다.

인간의 한계가 어디까지인가라는 생각도 들었다. 아무리 전문적인 훈련을 받지 않는 깡패들이었다지만 보스는 마치 총알을 피하는 듯했다. 아니, 발사 속도가 그의 움직임을 잡지 못했다. 난전이라는 상황이 방아쇠를 당기는 손을 멈칫하게 만들었다. 그래도 경악할 만한 움직임과 파괴력이었다. 만약 그가 군인이었다면 최고의 전사가 됐을 것이다.

"몇 시지?"

눈을 반개하고 전투전의 긴장감을 즐기고 있던 함예신이 불쑥 물었다.

"6시 20분입니다, 대장."

임승호가 끌어들인 군 출신들은 함예신의 휘하로 들어갔다. 함예신이 군 선배이기도 했고 수많은 실전을 치른 베테랑이었다. 지휘관으로서 손색이 없었다.

함예신이 상체를 세우며 말했다.

"시작하자."

고개를 숙이는 걸로 대답을 대신한 우민태가 무전을 날렸다.

"작전 개시."

말과 동시에 우민태가 차 문을 나섰다. 논현동의 고급 주택가는 아이들의 뛰어노는 소음조차 들리지 않았다. 이 시간이면 과외니 뭐니 하며 학원에 가 있을 것이다. 퇴근하는 차량이 들어오는지 멀리서 엔진 소리만 희미하게 들렸다.

한 사내를 앞세운 최조일은 말쑥한 정장 차림으로 거대한 대문에 달린 쪽문으로 다가갔다. 앞세운 사내는 곤조라는 이로 서도훈이 소개시켜 주었다. 마른침을 삼킨 곤조가 초인종을 눌렀다. 두어 번 숨 쉴 시간이 지나자 익숙한 음성이 흘러나왔다.

[네가 이 시간에 웬일이냐?]

"오야붕 심부름, 집에 갖다 놓을 게 있어. 가방이 세 개나 되거든. 잠깐만 나와 줄래?"

[에이! 마쓰이 재방송 보는데… 기다려.]

인터폰에 소형 카메라가 달려 있었는지 곤조를 알아보았다. 그의 옆으로 다가선 최조일이 어깨를 두드려 주었다. 이제부터는 자신의 몫이었다. 히데오의 저택에는 이 시각에 상주하는 경호원이 세 명이 있었다. 현지처 한 명과 파출부 하나, 총 다섯이다.

슬리퍼 끄는 소리와 함께 한 사내가 건너편에 나타났다. 최조일을 이상한 눈으로 쳐다보며 곤조에게 물었다.

"누구야?"

"비전에서 근무하는 앤데 가시오가 데리고 있어. 전화해서 확인해봐."

"그래? 가방은?"

"트렁크에."

한 번 더 최조일을 훑어본 사내가 문을 열었다. 곤조가 몸을 돌리고 최조일은 옆으로 빗겨서면서 몸을 반쯤 돌리는 순간이었다. 몸을 확튼 최조일이 뛰어들면서 엉겁결에 방어 자세를 취하는 경호원의 팔을 잡아당기며 손을 내질렀다.

"컥!"

목울대를 호조(虎爪)로 잡은 최조일이 손가락이 살을 파고들 정도로 거세게 움켜잡고는 확 잡아 벽에 밀쳤다. 힘없이 딸려온 사내를 초인종 옆으로 붙이고는 바짝 얼굴을 대었다.

"쉬잇! 가만히 있어, 모가지를 꺾어버리기 전에."

후방에서 어지러운 발걸음 소리가 들리고 커다란 가방을 든 세 사내가 다가왔다. 함예신 일행이었다.

"들어가자."

곤조가 앞장을 서고 여전히 목을 움켜쥔 최조일이 경비원을 뒷걸음치게 만들며 문턱을 넘었다.

정문에서 저택 현관까지는 10여 개의 계단이 있었다. 빠르게 주변을 살핀 함예신이 내밀었던 총구를 내렸다. 다행히 현관 쪽에서는 아무런 인기척이 느껴지지 않았다.

한 무리가 되어 현관 앞까지 당도하자 곤조가 문 앞에 서고 함예신이 옆으로 붙었고 우민태가 곤조 뒤에서 소음기가 끼워진 권총을 겨냥했다. 최조일은 반쯤 눈이 뒤집어진 경호원을 벽에 기대어놓았다.

함예신의 눈짓을 받은 곤조가 현관문을 발로 걷어찼다.

쾅쾅쾅!

"야! 문 좀 열어줘!"

얼마 지나지 않아 안에서 신경질적인 목소리가 들려왔다.

"열렸어!"

"짐이 많아! 앞에다 놓을 테니까 들고 들어가!"

곤조가 물러나자 투덜거리는 소리가 점점 가까이 들려왔다. 우민태가 반쯤 허리를 숙이며 돌격 자세를 취하였다. 스르륵 현관문이 열리며 TV 소리인 듯한 소음이 흘러나왔다.

함예신은 문 손잡이를 잡은 흰색 와이셔츠 옷깃을 보는 순간 문틈에 발을 넣고는 와락 셔츠 깃을 잡아당겼다. 문을 밀고 나오던 사내가 놀라 팔을 빼자 자연스럽게 함예신이 따라갔다.

함예신은 몸을 던지듯이 날리면서 오른손을 귀에 붙이며 팔꿈치를 세웠다.

와장창!

빠악!

사내와 함께 함예신이 뒤로 넘어졌다. 현관에 놓여 있던 화분이 깨지며 요란한 소리를 내었다. 그와 동시에 함예신의 몸무게까지 더한 팔꿈치가 사내의 안면을 찍었다.

파삭!

콧대가 함몰된 사내는 미동도 없이 누워 있었다. 그 순간 함예신을 타고 넘은 우민태가 거실을 한 바퀴 구르고 무릎을 세웠을 때는 탁자 옆에 입을 가리고 굳어 있는 아줌마가 제일 먼저 들어왔다. 파출부다. 재빨리 시선을 돌리자 환호성이 터지고 있는 TV가 들어왔다. 타자가 그라운드를 느린 속도로 도는 모습이 홈런을 친 모양이었다.

"아줌마, 입 다물어."

우민태를 엄호하고 있던 최조일이 총구를 사방으로 돌리며 들어왔다. 널찍한 거실에는 앞치마를 두른 아주머니밖에 보이지 않았다. 최조일의 시선이 2층으로 올라가는 계단으로 향했고 우민태는 안방으로 짐작되는 방문으로 조심스레 다가갔다.

"아, 아무도… 없어요."

파출부의 말에 모두 동작을 멈추었다. 몸을 일으킨 함예신이 경계를 늦추지 않고 천천히 겁에 질린 아주머니에게도 다가갔다.

"어디 갔습니까?"

"쇼, 쇼핑요."

긴장이 풀린 우민태가 소파 앞에 놓인 탁자에 놓여 있던 음료수 잔을 들었다.

저벅! 저벅! 저벅!

서도훈은 오늘 유난히 자신의 발걸음 소리가 큰 것 같았다. 덩달아 심장 소리까지 천둥처럼 들리자 멈추어 섰다. 옆을 돌아보니 동료도 긴장한 건 마찬가지인지 우는 듯 웃는 듯한 요상한 표정을 짓고 있었다. 자신만 그런 것이 아니자 오히려 긴장이 풀렸다.

"주성아, 너."

"응?"

귓속말을 전하려는 듯 한 발 다가선 서도훈이 불쑥 최주성의 사타구니를 움켜잡고는 위로 당겼다.

"헉! 윽!"

"킥킥! 쌍방울이 바짝 오그라들었네. 어때? 좀 낫지?"

최주성도 이제는 인상을 풀었다.

"아자! 기합이 확 들어가는구나. 가자!"

엉덩이를 뭐 하듯이 왔다 갔다 한 최주성이 뒤를 보고는 씨익 웃었다.

그들의 행동을 지켜보던 김대경이 피식 웃고는 따랐다. 전일빌딩 지하 주차장이었다. 외부에 나가 있는 중간 오야붕들의 차량이 들어오는 걸 확인했다. 김대경이 손목시계를 보았다. 오후 6시 15분. 위에선 한창 결산을 치르고 있을 시간이었다.

김대경이 주변을 살펴보았다. 50여 대는 주차할 공간에 차가 반쯤 차 있었다. 오른편 30여 미터쯤에 굳게 닫혀 있는 철제 문이 지하 금고로 통하는 문이었다. 그 앞엔 세 대의 승용차가 주차되어 있었다. 각 업체의 오야붕들이 결산을 위해 현금을 실어온 차량이었다.

김대경 일행은 비상 계단 옆에 마련된 기사 휴게실 앞에 당도했다. 전일빌딩 자체가 스미요시의 아지트나 마찬가지였다. 돈의 입, 출납을 위해선 임대해서는 공간을 마련할 수가 없었다.

똑똑똑!

노크를 한 서도훈이 웃는 낯으로 안으로 들어갔다. 주위를 한 번 더 둘러본 김대경이 들어서며 문을 굳게 닫았다.

"입금액이 34억 7천이고 나간 돈은 29억 4천입니다. 오늘 수입액 은……."

얍삽하게 생긴 중간 오야붕의 보고를 받으면 히데오는 연신 인상을 쓰고 있었다. 갈수록 수익이 줄고 있었다. 스미요시에서 운영하는 업체는 기업만을 상대하는 곳과 고액 대출, 그리고 가계 대출을 전담하는 곳으로 세분화되어 있었는데 전체적으로 평작 이하의 수익을 올렸다.

한국 사회가 전반적으로 빚이 줄고 있다고는 하지만 상부의 질책을 면할 수 있는 변명은 되지 못한다. 어떻게 해서든 수익을 늘려야 하는 것이다. 그나마 다행인 것은 이번 달엔 기업 대출에서 조금 신장세를 보였다.

날카롭게 중간 오야붕들을 쏘아본 히데오가 목소리를 깔았다.

"가계 대출을 늘려. 광고를 이빠이 때리란 말이다. 인터넷 대출도 활성화시키고 말이야. 특히 젊은 계집년들을 목표로 삼아. 그년들은 팔아먹어도 되니까. 조센징 년들은 본토에서 인기가 많아. 그렇지 않나?"

"흐흐흐, 속살이 야들야들한 게 맛이 다르죠. 중국 년들보다 미녀도 많은 것 같고."

"죄다 고친 것들이지."

"그래도 기본이 되니까 고쳐도 예쁘지. 본토 것들은……."

경직된 분위기를 푼 히데오가 담배를 꼬나 물고는 몇 가지 지시 상항을 내렸다.

"마약 쪽 사업이 너무 부진한데 말이야. 이거 문책을 피하기가 힘들겠어."

"스기하라 녀석들이 적으로 만들어놓는 바람에 더욱 힘들어졌습니다. 오야붕께서 직접 태경회를 만나보시는 것이……. 돈에는 장사없다고 하지 않습니까?"

"위에서 아직 결정을 내리지 못해서……."

삘릴리! 삘릴리!

"어떤 놈이 회의 중에……."

와락 인상을 쓴 히데오가 자신의 책상 위가 진원지이자 말꼬리를 흐렸다. 부하 하나가 재빨리 핸드폰을 받았다. 정색을 한 부하가 눈을 치켜뜨고는 히데오에게 핸드폰을 내밀었다.

"본가입니다. 아직 사모님이 들어오시지 않고 수상한 놈들이 어슬렁거리다고……."

"뭐야!"

허겁지겁 핸드폰을 빼앗아 든 히데오는 차갑게 얼굴을 굳혔다. 귀에 익은 음성이다. 집에 남아 있는 부하가 확실했다. 쇼핑을 나선 부인이 들어오지 않았으며 연락도 두절되었고 저택 건너편에 오후부터 한 대의 승용차가 주차해 있다는 내용이었다. 자신들이 나가면 차가 떠나고 얼마 지나지 않아 다른 차가 슬슬 모습을 드러낸다고 했다.

히데오가 벌떡 일어섰다.

"비상이다! 애들을 소집해!"

"어디로?"

"본가!"

[오야붕 내려가신다. 준비해!]

인터폰으로 흘러나오는 음성을 들으며 김대경이 미소를 지었다.

"가자!"

기사 휴게실을 나서는 인원은 십여 명으로 불어 있었는데, 친위대들이었다. 그들이 빠져나간 휴게실 한편 구석엔 휴지처럼 구겨진 사내들이 수북이 쌓여 있었다.

"잘 다녀오십시오."

부하 중 두 명이 남아 집에서 외출하는 것마냥 인사를 건넸다.

김대경이 히데오의 전용 차로 걸어가며 멋쩍은 웃음을 보였다.

"삼식아, 면허 따는 데 어렵냐?"

"설마… 아직도 면허가 없으십니까?"

"커험! 시간도 그렇고, 내가 차를 몰 일이 있어야 말이지. 필요할 것 같기는 한데……"

"운전은 한두 시간이면 배웁니다. 그냥 하나 만들어올까요?"

발길을 멈춘 김대경이 조수석 문을 열며 말했다.

"별걸 다 법을 어기는구나. 아주 버릇이야, 버릇. 얼마나 걸리냐?"

나삼식이 터져 나오는 웃음을 참았다.

"모레까지 만들어오겠습니다."

"아니다. 직접 따는 게 낫겠다. 시험 볼 때는 꽤 떨리던데."

"형님도 떨리는 게 있으십니까?"

"나도 사람이다, 임마."

나삼식이 긴장감을 떨쳐 버리고 운전석에 올랐다. 차 안에서 엔진 소리가 희미하게 들리는 차는 주차장 출구 턱을 넘을 때도 거의 반동이 없었다.

김대경이 타고 있는 차 뒤로 연이어 승용차들이 빠져나오고 있었는데, 대부분은 방향을 대로로 잡았다. 저 차들은 행동대원들이 타고 있는 차였다. 고위 간부급들만이 전용 운전사와 경호원을 대동한 차를 타고 간다. 김대경의 친위대가 몰고 나온 차는 중간 오야붕들의 차량이었다. 그들은 주차장을 나와 건물 로비 쪽으로 향했다.

저녁 7시가 넘은 시각, 하늘은 별들이 수놓아지고 있었다.

세 대의 차량이 로비 앞에 일렬로 늘어서자 시간을 맞추기라도 한 듯 일단의 사내들이 몰려나왔다.

가운데에 위치한 김대경은 조수석 문을 열고 나가서는 뒷문을 열고 땅에 닿을 정도로 허리를 숙였다. 야쿠자 식의 인사로 얼굴이 보이지 않는다는 점이 이런 대범한 작전을 실행할 수 있게 했지만 긴장된 순간이었다.

그때 나삼식은 권총을 꺼내 무릎 위에 올려놓고는 곁눈질로 상황을 살폈다. 다급한 상황과 지하에서 벗겨 입은 익숙한 옷이 눈을 가려주기를 바랐다. 이미 놈들이 눈치를 채는 것에 대비해 제2의 작전도 세워 놓았다.

빤질 윤이 나는 구두가 눈앞에 들어왔고 곧 뒤꿈치가 들렸다. 김대경이 숨을 한 번 더 쉴 때 다른 다리가 모습을 보이고는 사라졌다. 첫 번째 고비를 탈없이 넘겼다. 허리를 세운 김대경이 차 문을 닫고는 재빨리 조수석에 올랐다.

그와 동시에 앞차의 뒷문이 닫혔다.

"출발해!"

히데오가 버럭 소리쳤다. 꽤나 화가 난 음성이었다. 집에 들인 여자를 애지중지한다더니 틀린 말이 아닌 듯했다.

앞차가 출발하지 않은 상태로 나삼식이 가속기 페달을 밟았다. 앞지른 그가 대로로 들어설 때까지도 차 안에는 대화가 오가지 않았다.

히데오는 그만의 생각 속에 빠져 있었고 김대경은 때를 기다렸고 나삼식은 긴장한 채 힐끔거렸다.

퇴근길이어서 차가 상당히 밀리고 있었다. 히데오가 인상을 구겼다.

"비상등 켜고 달려, 이 새끼야!"

"……."

아무런 대답이 없자 히데오가 반쯤 얼이 빠진 모습이었다가 금세 시뻘겋게 달아올랐다.

"이……!"

"삼식아, 1차로로 붙어라. 저기 사거리에서 유턴한다."

순간 굳어진 히데오가 빠르게 손을 안주머니로 집어넣을 때 김대경이 몸을 돌려 얼굴을 드러내었다.

"쯧쯧, 움직이면 곤란해. 총은 별로 좋아하지 않는데……."

좌석 사이로 번들거리는 총구가 내밀어져 있었다.

김대경이 다시 지하 주차장으로 돌아온 건 20분 정도가 흐른 뒤였다. 그의 뒤로 예의 중간 오야붕들의 차량이 따랐다. 위협을 당한 중간 오야붕 중 한 명이 행동대원들에게 본가로 계속 가라고 명령을 내렸고 자신들은 돌아왔다. 러시아워를 감안해서 반 시간 정도 후면 행동대원들은 본가에 도착할 것이다. 하나 그들은 경미한 교통사고로 지체를 할 것이고 대로에서 골목길로 접어들면 가벼운 습격을 받는다. 그걸 모두 넘어서면 텅텅 빈 집이 그들을 맞을 것이다.

"이 새끼들, 내가 누구인 줄 알고!"

히데오가 이를 갈며 말하자 나삼식이 그를 끌어내리며 뒤통수를 후려쳤다.

"입 닥쳐, 새꺄! 전봇대를 뽑아 쑤셔 버리기 전에."

텅텅!

지하에 차 문 닫히는 소리가 공명하듯 울렸다. 곧이어 새파랗게 질린 두 명의 중간 보스들이 모습을 드러냈다.

김대경이 철제 대문을 쳐다보고 있을 때 비상구 쪽에서 오두칠이 네 명의 사내를 대동하고 다가왔다.

"수고하셨습니다."

김대경이 고개를 끄덕였고, 그의 시선은 구석에 위치한 감시카메라로 향했다가 오두칠을 보았다.

오두칠이 웃어 보였다. 제압했다는 의미였다. 그의 시선이 오두칠을 넘어 왜소한 사내에게 향했는데 금고털이 똘똘이었다.

"쓸 만한데."

"제가 아닙니다."

"한 사장이 했습니다."

한광연팀이 보안 시스템을 무력화시켰다는 소리였다. 서도훈이 도왔음은 물론이다.

고개를 끄덕인 김대경이 주위를 둘러보았는데 한광연의 모습은 보이지 않았다.

"열어."

김대경의 명령에 나삼식이 움직였다. 그는 바짝 긴장한 스미요시 중간 보스들에게 다가갔다.

"열어."

순간 히데오의 얼굴에 그늘이 지어졌다. 이놈들은 내부 사정을 소상히 알고 있었다. 배신자가 있었다. 중앙금고로 들어가는 첫 번째 관문은 그들 세 사람만이 열 수 있도록 지문 감지 장치가 있었다.

마감을 한 후에 세 곳의 업체에서 수금한 돈과 중요 서류가 중앙금고 들어간다. 이때 금고 내부에 있는 경비가 교대를 하는 시간이고, 그들은 다음날 같은 시각까지 근무를 선다. 하루에 한 번 열린다는 소리다.

1차로 철제 문을 열고 들어가면 철창이 가로막고 있고 그 안에 두 명의 경비가 있다. 그들을 넘어서야 금고까지 도달할 수 있었다.

눈썹이 흐리고 얍삽하게 생긴 사내가 식은땀을 흘리며 히데오를 힐끔거리자 나삼식이 와락 인상을 쓰고는 놈의 머리카락을 확 잡아챘다.

"헉!"

시퍼런 예기가 흐르는 칼을 사내의 귓불에 대며 말했다.

"네놈 손가락이랑 주둥이만 있으면 돼."

"하, 하겠습니다."

칼을 사내의 뒷목에 끝을 찔러 넣고는 사내를 앞세우고 나삼식이 문 앞에 섰다.

손잡이 윗부분을 밀자 장식이 옆으로 밀려나며 번호판이 달린 지문

인식 장치가 드러났다. 사내가 떨리는 손가락으로 인식 번호를 누르고는 새끼손가락을 대었다.

"누가 쪽바리새끼 아니랄까 봐 소심하기는. 새끼가 뭐냐, 새꺄."

전자음이 나며 퉁 소리와 함께 문에 틈이 생겼다. 오두칠이 중간 보스 한 명을 뒤에서 잡았고 김대경이 히데오를 앞세웠다.

김대경이 히데오를 밀며 앞으로 나서자 나삼식이 문을 잡아당겼다. 곧 환한 불빛과 함께 안의 전경이 드러났는데, 차 한 대는 들어갈 공간이 나타났고 건너편은 철창이 가로막힌 긴 복도였다. 철창 우측에 유리창으로 만들어진 사무실이 있었는데 내부 경비가 근무를 서는 곳이다. 그 안에 두 명의 사내가 놀란 얼굴로 벌떡 일어섰다.

이를 악문 히데오가 외쳤다.

"적이다! 습격이야!"

피식 웃은 김대경이 히데오의 뒷목을 두 손가락으로 꽉 쥐자 히데오의 고개가 홀떡 젖혀지며 음성이 멈추었다.

유리창 안의 경비들도 굳어 움직이지 못했는데 열 개의 총구가 그들로 향하고 있었기 때문이다. 하지만 곧 정신을 차린 경비 한 명이 얼떨결에 올린 손을 내리고는 책상 한구석을 누르는 듯한 모습이 보였다.

그 순간이었다. 총구에서 불이 뿜어졌다.

퓨슝슝! 퓽슝!

팅! 팅! 팅!

유리가 깨지지 않고 총알을 팅겨냈다. 김대경이 미세하게 금이 간 모습을 보았다.

"방탄유리? 준비를 많이 했군."

히데오는 더한 절망에 빠졌다. 목숨을 걸었건만 그가 기대하는 비상

벨은 울리지 않았다.

"한 사장한테 보너스를 주어야겠어. 똘똘이, 나서라."

손가락을 푼 똘똘이가 공구통을 내려놓고는 철창에 달라붙었다. 그의 뒤에 아직까지 열기가 가시지 않은 총구가 엄호를 하고 있었다. 경비들도 왜소한 사내가 문을 열려는 것을 알고 있지만 나서서 제지할 처지가 아니었다. 사무실을 벗어나는 순간 수십 개의 바람구멍이 뚫린다는 것을 알고 있었다.

한 사내가 유선 전화기를 들었다가 멍해진 표정으로 내려놓았다. 전화선까지 차단된 상태였다. 게다가 이곳은 두꺼운 외벽으로 둘러싸여 핸드폰 전파가 들어오지 않았다. 외부로 연락할 길이 막혔다.

총구를 사무실 문 쪽으로 향한 채 똘똘이의 뒤로 다가선 오두칠이 비릿하게 웃으며 말했다.

"난 특등사수야. 내 앞에서 사격술을 자랑하고 싶으면 해봐. 내 생각에는 말야, 1분이면 열릴 것 같은데 그만 손 들고 나오지. 아니면 평생 거기서 살던가."

딸각!

"열었습니다."

한 10초나 되었을까. 똘똘이가 의기양양하게 말했다.

김대경 일행이 철창을 넘어 복도로 들어서자 경비들이 포기한 듯 손을 들고 나왔다. 자신들의 임무는 얼굴을 확인하고 철창을 열어주는 것까지였다.

마른침을 삼킨 똘똘이가 평생의 숙적을 만난 것처럼 거대한 금고 문을 향해 걸어가고 김대경은 세 사내를 복도 한편을 꿇려놓았다. 그리고는 수그려 앉은 사내들의 얼굴을 똑바로 쳐다보았다.

"열쇠."

부하들이 달려들어 세 뭉치의 열쇠 꾸러미를 찾아내었다. 금고는 열쇠와 다이얼 번호, 이 두 가지가 일치해야 열린다. 똘똘이가 열쇠를 보면 어떤 건지는 찾아낼 것이고 번호가 문제였다. 이들이 목숨을 걸고 입을 다물면 한 시간의 시간을 투자해야 하고 입을 열게 만들면 작업이 빨리 끝날 수 있었다.

"제가 하겠습니다."

오두칠이었다. 김대경이 고개를 저었다.

"내가 하지."

히데오의 턱을 잡은 김대경이 싸늘히 말했다.

"정말 할복할 만큼 참을성이 대단한지 보겠다."

덜컥!

손목이 비틀린다 싶자 턱이 빠졌다. 히데오의 눈이 더할 수 없이 커지고 침이 흘러내렸다. 손을 옮겨 김대경이 그의 어깨를 잡은 순간 뼈마디가 어긋나는 소리가 울렸다.

두뚝!

"커억!"

탈골된 히데오의 팔이 축 늘어졌다. 남은 한 팔마저 늘어지게 만든 김대경이 일어서서는 꿇린 무릎을 발끝으로 툭툭 찼다.

"이제 발이야. 번호가 생각났나?"

히데오는 매섭게 쏘아볼 뿐 어떠한 동작도 취하지 않았다.

"두목 감이군."

김대경의 발길이 세차게 휘둘러지고 발끝은 정확히 무릎 관절을 강타했다.

빠악!

우지직!

"크르륵!"

벌떡 치켜들었던 히데오의 고개가 급속히 떨어져 내렸다.

김대경은 몸을 수그려 앉으며 히데오의 얼굴을 치켜들었다.

"그만하면 두목 값은 했다. 번호는?"

눈이 반쯤 풀려 있었지만 별다른 움직임을 보이지 않았다. 그 순간 김대경의 수도가 목을 강타했다.

나삼식은 흠칫 놀라며 고개를 돌렸다. 해결사 시절 당해본 경험이 있었다. 한 1, 2분은 참을 수 있었다. 후에 숨이 천천히 막히면서 조금씩 밀려오는 공포는 상상을 불허한다. 단칼에 죽여주면 편할 텐데, 생명력이 서서히 빠져나가는 기분은 생각만 해도 오줌을 지릴 정도였다.

김대경이 일어서서 시선을 히데오에게서 떼지 않으며 말했다.

"10분이 지나도 반응이 없으면 똘똘이에게 작업을 시작하라고 해."

몸을 돌린 김대경이 오두칠에게 다가갔다.

"한 사장 철수시키고 트럭을 대기시켜."

30여 분이 지날 무렵 택배 트럭이 철문 앞에 당도하였고, 화색이 만연한 사내들이 커다란 헝겊 가방을 빠르게 옮겨 실었다.

김대경은 활짝 열린 금고 안에서 서 있었는데, 얼굴에 놀란 기색이 떠 있었다. 원화는 물론 엔화와 달러가 현금으로 정면을 메우고 있었고, 한편에는 금괴와 마약류가 종류별로 자리를 차지했다. 언뜻 보아도 수백억 원대였다.

"이게 다 우리나라에서 번 돈이란 말이지."

워낙 부피가 크기에 옮겨 싣는 데도 상당한 시간이 소요되었다.

오두칠이 흥분된 얼굴로 보고했다.

"마약만 빼고 서류 한 장 남기지 않았습니다."

"저 새끼들도 다 싣고 간다. 금고 안에 화재 감지기는 있나?"

"소화기밖에 보지 못했습니다. 고열에도 견디게 설계된 금고라 내부에는 장치가 없는 것 같습니다."

고개를 끄덕인 김대경이 몸을 돌렸다. 철문엔 상기된 부하들이 그를 기다리고 있었다. 김대경이 나삼식에게 말했다.

"불장난 좀 해라."

일행을 실은 트럭과 승용차가 줄지어 빠져나가고 1분도 지나지 않아 히데오의 차에서 연기가 치솟았다. 시커먼 연기가 천장을 덮자 흰색의 둥근 센서에 불이 들어오면서 요란한 비상벨이 울렸다. 동시에 스프링클러가 흰 물줄기를 뿜어내기 시작했다.

시커먼 웅덩이를 건너뛴 전찬우가 김택일의 뒤를 좇았다. 어슬렁거리며 주위를 둘러보자 주차장은 화재로 차들이 모두 빠져나가서 휑해 있었고 홀라당 탄 차 한 대가 활짝 열린 철문 앞에 놓여 있을 뿐 온통 새까만 그을음밖에 보이지 않았다.

수사 구역을 표시하는 테이프를 막 넘어서 철문 안으로 들어가려 할 때 일단의 사내들이 막아섰다.

"어디서 오셨습니까?"

기자와 일반인은 밖에서부터 통제를 하기에 안까지 들어올 수 없었다.

김택일이 신분증을 꺼내 보이곤 물었다.

"뭐가 나왔소?"

"죄송하지만 검찰 수사관님이 여기 어쩐 일이십니까?"

"저기가 금고라던데?"

"검찰 협조 공문을 받은 적은 없습니다."

"마약이 나왔다는 소리가 있던데?"

"수사에 방해가 됩니다. 물러서 주십시오."

서로 동문서답을 하고 있는 사이 사건 현장에서 두 사내가 나왔다.

"왜 그래, 문 형사?"

"검찰 수사관입니다."

"검찰?"

김택일을 훑어본 사내가 다가왔다.

"난 경찰청 박만호요. 검찰이 무슨 일이오?"

"저희가 수사하던 일과 연관이 있어서 왔습니다. 안에서 마약이 나왔지요?"

정색한 박만호가 부하 직원들을 돌아보고는 김택일에게 시선을 옮겼다.

"정보가 빠르시군. 그런데요?"

"공조 수사를 하는 게 어떻겠습니까?"

"공조? 뭘 가지고? 우리에게 줄 게 있소?"

김택일 웃어 보이며 전찬우를 보았다. 전찬우가 나서 말을 꺼냈다.

"안녕하십니까, 반장님."

"어! 자넨, 그."

"예, 전찬우입니다. 오랜만에 뵙습니다."

"그렇군. 검찰에 가 있었나?"

"예, 어쩌다 보니……. 그런데 반장님."

"계장이네."

눈을 껌벅거린 전찬우가 뒷머리를 긁적거렸다.

"하하, 죄송합니다, 계장님. 그런데요. 이 사건… 비슷하지 않습니까? 테헤란로 마약 사건하고 말입니다."

"몇 해나 흐른 사건인데, 그리고 그 사건은 내가 해결을 했네만. 그 일로 진급도 한 것이고."

"그건 저도 압니다만, 마약만 남겨놓았다는 점에서……."

"마약 처분이 쉽지 않아 남겨놓았을 수도 있네. 그보단 그 사건과 연결을 시키다니, 지금 자네는 내가 허튼 놈을 잡아넣었단 말인가?"

전찬우가 난감한 표정이 되어 말을 더듬었다.

"아니, 그게… 그런 뜻이 아니고."

"매우 불쾌하군."

잠자코 있던 김택일이 불쑥 물었다.

"지역 경찰들보다 빨리 오셨다고 들었는데, 어떻게 아셨습니까?"

정색한 박만호가 김택일을 매섭게 쏘아보았다.

"그놈들이 게으른 모양이지."

"이 사건은 특수부에 이관될 겁니다. 계장님이 비협조적으로 나오시면……."

"이봐! 함부로 말하지 마! 어따 대고 감히!"

박만호가 나서는 부하를 제지하였다.

"당신 이름이 뭐야?"

"김택일 경위입니다."

"궁금하다면 말해 주지. 집에 가는 길에 소방차가 요란을 떨어서 들어와 봤네. 됐나?"

"예, 잘 알겠습니다. 요즘 단속반의 성과가 눈부시다고 들었습니다. 고생하시는 분 언짢게 해드려 죄송합니다."

박만호가 한참 김택일을 쳐다보다가 몸을 돌렸다.

그들의 뒷모습을 주시하는 김택일에게 전찬우가 말했다.

"너무 세게 나가신 것 아닙니까?"

"박 계장이 명성을 날리기 시작한 거나 남부서의 고성우 반장이 형사들 사이에서 두터운 신뢰를 쌓기 시작한 게 김태수 형사 사건이 벌어진 후부터였지. 박 계장은 실적을 쌓아 올렸고 고 반장은 전, 현직 형사들을 모아 복지회를 만들었어. 그분의 선행이 여러 형사들에게 커다란 도움이 된다는 것은 나도 알아. 그런데 말이야, 그게 김태수, 김대경과 연관이 된 것 같아서 영 찜찜하단 말이야. 태경회는 너무 거침이 없어. 다른 놈들 같았으면 벌써 한두 번쯤은 청에 들락거렸을 텐데… 어마어마한 비호 세력이 있다는 말이지. 치밀하던가. 후우우! 들어가 보자고, 나올 건 없겠지만. 자넨 감식반을 먼저 찾아봐."

아직 남이섬도 뚜렷한 실마리를 찾지 못했는데 또 다른 사건이 터졌다. 지금쯤 공두열은 머리털을 쥐어뜯고 있을 것이다. 태경회와의 머리 싸움에서 완패를 당하고 있었다.

진일빌딩의 금고에서 불이 나 모든 것을 태워 버렸다는 소문이 사채 시장에 빠르게 퍼졌다. 그와 더불어 비전캐피탈 등을 포함해 스미요시가이 계열 업체들에게 피해를 당했다는 사람들이 구름처럼 일어나 당국에 진정서를 넣었다.

살인적인 이자와 폭력 때문에 회사를 넘길 수밖에 없었다는 중소기업 사장이 눈물을 흘리며 인터뷰하는 모습이 공중파를 타고 전파되었다.

이렇게 되자 화재 사건보다는 일본계 자본이 한국 기업인을 피눈물 흘리게 만들었다는 점이 부각되었고, 심지어 빚을 갚지 못한 여성이 일본에 팔려가 한복을 입고 포르노를 찍었다는 보도까지 흘러나왔다. 신종 인신매매라 하며 사회적 이슈로까지 떠올랐다.

이때는 공두열이 자포자기한 심정으로 혀를 내둘렀다. 핵심을 가리려는 언론플레이가 그의 상상을 뛰어넘었다. 국민들의 관심이 집중될 만한 사건을 풀어놓아 앞을 가렸다.

공두열은 비전 사장을 불러 조사를 했지만 그는 아무것도 몰랐다. 직원을 통해서도 사채에 관한 것을 제하고는 얻을 수 있는 것이 없었다. 비중있는 간부급 사원들은 모두 자취를 감추었고, 실질적인 경영자라는 이들은 코빼기도 보지 못했다. 대량의 마약이 발견되었는데 내가 주인이오, 하고 나오는 것이 더 이상할 것이다.

공두열이 손에 쥔 것은 금고에서 얻은 찌그러진 탄두와 단자함에 잘린 전화선, 배선이 훤히 들여다보이는 뚫린 벽이었다. 해외에서 은행 털이범이 원정 왔었나 하는 생각이 들자 쓴웃음이 지어졌다.

■ 제5장

옥석(玉石)

옥석
玉石

인적이 뜸한 강원도 시골 마을을 승용차 세 대가 빠르게 질주하였다. 비포장도로라 풀풀 휘날린 먼지를 뒤집어쓰면서도 속도를 늦추지 않았다.

소 막사에서 사료를 주고 나오던 사내가 산비탈을 오르는 차를 보자 안색을 굳혔다. 저런 고급스런 승용차를 탄 사람이 올 일이 없는 것이다. 사내는 안채를 한번 돌아보고는 앞으로 나섰다.

비탈길을 올라온 차들이 제법 널찍한 마당에 들어섰다. 정차를 하자마자 차문이 벌컥 열리며 사내들이 쏟아져 나와 주변을 경계하는 듯한 자세를 잡았다. 마지막으로 한 사내가 육중한 체구를 드러냈다.

막사에서 나온 사내가 그를 보고는 숨을 멈추었다. 저 얼굴, 저 덩치 잊을 수 없는 사내였다.

각진 얼굴의 사내가 일행을 물리고는 다가왔다.

"오랜만이야, 온길호."

"…후우! 그래, 오랜만이다."

신경식이 씨익 웃으며 온길호의 어깨에 손을 척 올렸다.

"보기 좋구나. 살 만하냐?"

손을 밀어내며 온길호가 신경식을 똑바로 바라보았다.

"우리가… 볼일이 남아 있었나? 난 여기에 묻혀서 밖을 나간 적이 없다."

"못 들었어? 들었을 텐데?"

"알고 있다. 서울을 통일했더군. 그러니 나 같은 퇴물은 더욱 찾을 일이 없지 않나?"

여전히 웃음을 띤 신경식이 담배를 내밀었다. 그의 시선은 장갑을 끼고 있는 온길호의 왼손에 가 있었다.

"손은 미안하게 됐다."

온길호가 빤히 신경식을 쳐다보다가 헛웃음을 지었다. 이런 말을 들은 줄은 생각도 못했다.

"사는 데 지장 없어."

차를 봤을 때부터 가슴이 철렁했다. 태경회의 습격으로 사경을 헤매다 강제적으로 은퇴를 당한 그였다. 이들이 찾아올 이유는 없었다. 게다가 신경식이 직접 올 일은. 주먹을 망가뜨린 걸 미안하다고 사과를 하다니… 모를 일이었다.

신경식은 온길호와 뚝섬에서 손을 섞고 난 후 상대를 인정했다. 비상을 치며 청청이 암습한 것이 계속 앙금으로 남아 있었다. 그래서 회의 석상에서 온길호의 이름이 거론되었을 때 자신이 직접 온 것이다.

"술 한잔 안 줄래?"

"…평상에 앉아 있어."

술상은 간편했다. 풋고추와 김치, 그리고 커다란 사발에 막걸리가 한가득 담겨 있었다.

한 사발 쭉 들이킨 신경식이 입가를 훔치고는 말했다.

"올라가자."

"……."

"형님이 널 찾으신다."

온길호가 신경식을 이상하게 쳐다보다가 고개를 저었다.

"일없다. 이곳… 살 만해. 마누라도 좋아하고."

아까부터 불안한 시선으로 안채에서 힐끔거리는 여인이 있었다.

"온길호 많이 죽었구나. 꽁해 있는 거냐?"

"칫! 패자가 무슨 낯이 있다고… 내가 죽은 듯이 사는 게 너희들에게 도움을 주는 거 아냐?"

"강 회장 아들도 형님 밑으로 들어왔다."

놀란 온길호가 고추를 집어가던 손길을 멈추었다.

"강… 준영이?"

"그래, 형님이 죽을 뻔한 놈을 살려서 거두어주셨다. 그리고… 애들이 없어 널 필요로 하는 게 아니야. 형님이 손만 뻗으면 수천이 몰려든다. 그거 아냐? 우리 형님은 우상이 되었어."

태경회의 주축은 상당히 젊은 편이다. 보스 급에서 제일 나이가 많은 함예신이 이제 마흔이었다. 김막동은 30대 중반을 넘었고. 더군다나 최고 보스인 김대경의 나이면 일반 조직에서는 영업장 하나 맡을 정도다. 신흥 조직의 새파랗게 젊은 보스가 서울을 장악했다는 것은 일대 사건이었다. 김대경은 젊은 건달들에게 신화적인 존재였다.

"우린 형님 말씀처럼 새로운 바닥… 흠! 맘에 안 드는군… 새로운… 세상, 역사를 만들고 있어. 같이 해보지 않겠어? 형님은 널 인정하고 계셔. 나도 그렇고."

"손이 이래서……."

마음이 동했는지 온길호가 말을 흐리며 손을 보았다. 단지 변명이란 것을 그도 알고 있었다.

"흐음! 내가 쇠 주먹 하나 달아줄게. 같이 가자."

신경식이 온길호의 의수를 덥석 잡았다. 인력 사업을 벌이는 프로덕션 확장을 추진하자 온길호를 추천한 것이 신경식이었다. 주먹다짐을 한 후에 친구가 되는 것처럼 신경식은 온길호를 잊지 않고 있었다.

사무실 문이 빼꼼히 열리며 푸석한 얼굴의 한 여인이 머리를 내밀었다. 소파에 앉아 장부를 끄적거리던 사내가 그녀를 보고는 버럭 소리쳤다.

"이년아, 냉큼 못 들어와!"

"헤헤, 조금 늦었어요."

사내가 시계를 쳐다보더니 손을 내밀었다.

"15분 지각이다. 지각비 2만 원."

"에이! 저 시계 빨라요. 겨우 5분인데……."

"만 원, 일당에서 깐다. 그리 알아."

말을 잘라 버린 사내가 핸드폰이 울리자 고갯짓으로 안쪽을 가리키고는 전화를 받았다.

"몇 명이오? 둘? 예. 10분 안에 가요."

전화를 끊은 사내가 수첩에 내용을 기재하고는 소리쳤다.

"막내야! 일 나가라."

"몇이오?"

"수진이하고 장미 데리고 나가! 우체국 앞에 관광 나이트."

"예!"

사무실 안쪽에 문이 열리더니 짙은 화장을 한 여인 둘이 나서고 짧은 머리의 사내가 쫓아나왔다.

소파에 앉아 있던 사내가 그들을 보며 말했다.

"두 시간 안에 끝내라, 오늘 금요일이라 바쁘니까."

"예, 예!"

"외상은 안 돼! 현금 받아 와!"

"그럼요. 당근이죠."

목소리가 멀어지자 사내는 수첩을 꺼내 들고는 전화를 걸었다.

"야! 출근 안 할 거야?"

갖은 욕설을 섞어가며 사내가 소리칠 때 사무실 문이 열리며 일단의 사내들이 들어섰다.

힐끔 그들을 쳐다본 사내가 재빨리 전화를 끊고는 벌떡 일어나 허리를 꺾었다.

"안녕하십니까, 형님!"

고개를 까닥거린 덩치가 그보다 주먹 하나는 작은 사내를 정중히 모시고 들어왔다.

"이곳입니다, 형님."

단정하게 차려입은 사내가 사무실을 훑어보더니 말했다.

"몇 명이나 있나?"

덩치가 부동 자세를 취한 사내에게 시선을 주자 그가 재빨리 대답했다.

"아홉 명 있습니다. 오늘은 여덟 명 출근했습니다. 지금 막 두 명 나가고……."

"됐다, 앉아."

"감사합니다."

장부를 한편에 밀어 넣은 사내가 눈치를 보았다. 덩치는 광명시 일대를 장악하고 있는 이글파의 중간 간부였다. 그런데 그가 양복을 쫙 빼입은 이에게 형님이라 했다. 몇 번 본 적이 있는 이글파 보스는 아니었다.

형님으로 불린 사내가 명함을 내밀었다. 신주단지 모시듯 받아 들고 보자 GT프로덕션의 영업 1팀 팀장 강민주라 적혀 있었다. GT프로덕션. 처음 들었다.

강민주가 이글파 사내들을 부하 부리듯 말했다.

"애들 데리고 나와."

저마다 한 소리씩 내뱉은 여자들이 사무실의 분위기를 보자 일제히 입을 다물었다. 둘은 앉아 있었고 건장한 세 사내가 서 있었는데 화류계 생활을 하고 있기에 한눈에 사내들의 정체를 알아챈 것이다.

"오빠, 무슨 일로……."

이들의 큰언니로 보이는 여자가 물었는데 대답은 강민주가 했다.

"이쪽으로 모여봐."

그녀들이 소파 뒤에 서서 강민주를 마주 보자 강민주가 쓰윽 훑어보더니 입을 열었다.

"난 여러분들하고 계약하자고 찾아온 매니저야."

"……?"

딱 봐도 조폭틱하게 생긴 사내가 느닷없이 매니저라 한다. 보도방에서 손님을 기다리던 그녀들은 무슨 소린지 이해가 가지 않았다.

강민주가 입맛을 다시며 말을 이었다.

"에, 또, 그러니까… 간단하게 말하면 너희를 스카웃하겠다는 거다. 우리 GT프로덕션으로. 너희들은 여기 있다가 업소에서 전화 오면 나가잖아. 그렇지?"

"예."

"기본급도 없지?"

"예."

"우리랑 계약하면 최소 연봉 600으로 시작한다. 어때?"

여인들이 서로를 돌아보았다. 막노동과 마찬가지로 하루 벌어 하루 일당을 받고 있었다. 선불금을 가져다 쓴 몇 명만 제외하고는 얽매여 있는 처지도 아니었고 일을 하기 싫으면 안 나오면 그만이다. 하지만 주 수입인 봉사료 외에 기본급을 받게 되면 행동의 제약이 생긴다.

여인들의 시선을 받은 큰언니가 물었다.

"매일 일해야 되죠? 결근비 내야 하고요?"

"5일 근무, 결근하면 기본급에서 하루치 제하는 거 외엔 따로 없어. 그 대신 계약 기간은 6개월이야. 서울 전역에 우리 회사가 나가 있으니까 타 지역으로 옮겨도 상관없고. 또, 너희들 팁도 올려준다. 업체에서 받는 소개비에서 떼어주는 거야. 이 정도면 좋은 조건 아니냐?"

접대부가 있는 업소에서는 아가씨가 모자란 경우 인력 업체와 비슷한 보도방에서 충당하는데, 보통 팁 외에 소개비조로 10퍼센트 정도의 금액을 지급한다.

"2차… 나가야 하나요?"

매춘 행위를 강제하는지를 묻는 것이다. 강민주가 고개를 저었다.

"니들 맘이지. 하던가 말던가, 내 몸도 아닌데 내가 알게 뭐야."

"생각 좀 해보고요."

아가씨들이 대기실로 들어가고 강민주가 얼굴이 하얗게 뜬 사내에게 시선을 돌렸다.

"죽을 것 같은 얼굴인데, 물어볼 것 없냐? 안 잡아먹을 테니까 해봐."

"저… 솔직히 너무하시는 거 아닙니까? 저희 같은 놈들은 죽으란 소리인데……."

뒤에 서 있던 사내들의 인상이 험악해지자 뒷말을 흐렸다.

"이름이 뭐야?"

"주기성입니다."

"네 밥그릇 안 뺏어, 아가씨들도. 지금도 이글에서 관리하잖아. 그대로야. 이글도 우리와 한식구니까 다를 거 없어. 단지 계약 조건이 바뀔 뿐이다. 지금 소개비 얼마 받아? 한 만 원 받냐?"

"예, 아가씨 한 명당 만 원 받습니다."

"이제부터는 그 테이블 매상에 10퍼센트를 받을 거야. 그럼 소개비가 두세 배는 오를걸. 아가씨 팁은 그대로 받고. 네 수입이 줄지는 않아. 업소에서 나가는 돈이 늘어서 그렇지."

인력 공급 계약서라는 큼지막한 글자를 보고 있던 50대 초반의 사내가 죽는 소리를 내었다.

"이거 너무하잖습니까? 10퍼센트라니요. 우린 땅 파서 장사하라는 겁니까?"

"뭐가 땅 파서 장사해? 과일 몇 조각 올려놓고 몇만 원씩 받아 처먹으면서, 만 원짜리 양주를 10만 원씩 받잖아. 손님이 아가씨랑 놀러 오지 술 먹으러 오냐? 걔들한테 더 주는 건 당연한 거야. 싫으면 말고. 어디 여자 없이 장사해 봐라. 한 달이나 버틸까 모르겠다."

"애들이 당신들밖에 없는 줄 알아!"

"호오! 이 새끼는 간뎅이를 배 밖에 꺼내놓고 질질 끌고 다니네."

찔끔한 사내가 입을 다물었지만 얼굴은 달아올랐다.

"흥! 내 사촌 동생이 강남에서 알아주는 주먹이야. 어디 해봐!"

강민주가 비릿하게 웃으며 물었다.

"강남? 강남 어디? 그 동생이란 놈 얼굴 좀 보자고 그래 봐. 전화해 봐."

진짜 있기는 한지 전화를 걸어 강민주에게 내밀었다. 통상 이럴 때는 상대방이 같은 바닥에 있는 사람이니까 잘 좀 봐달라는 말을 한다. 그럼 이쪽도 상대의 얼굴을 봐서 그러마 하고 넘어가 주는 게 관례였다.

강민주가 핸드폰을 귀에 댔다.

"난 천기 형님을 모시고 있는 강민주요. 누구요?"

[아이고! 형님…….]

핸드폰에서 흘러나오는 소리는 룸에 올릴 정도였다. 업소 사장의 안색이 눈에 띄게 창백해졌다.

몇 마디를 더 나눈 강민주가 전화기를 넘겼다.

"또 있냐?"

"…어디에 도장을 찍으면 됩니까?"

제법 큰 업소에서는 자체 접대부를 보유하고 있지만 얼마 지나지 않아 다 빼올 것이다. 그녀들 스스로도 더 나은 돈벌이란 걸 알게 되면 흘러나올 것이고. 수천씩 선불을 받아 업소에 매인 여인들만 남게 되는데, 곧 그녀들도 업소 사장과 단판을 지어 풀어줄 예정이었다.

새롭게 태경회가 내놓은 방안은 업주들에게 부담을 전가하는 식이었다. 지금은 커다란 클럽을 제외하면 운영하지 않지만 업소들의 수익 구조는 훤히 알고 있었다. 업소 사장치고 탈세를 하지 않는 사람은 거의 없다. 불법을 자행하기에 이리저리 나가는 돈이 많긴 하지만 그건 그들이 알아서 할 일이고 임승호가 원하는 것은 군소 조직의 수입을 유지시켜 주는 것이다.

전체 인력을 태경회에서 관리하게 되면 자연스레 하부 조직까지 통제를 받을 수밖에 없다. 태경회는 본사와 지사의 관계처럼 만들어 하부 조직의 통제력을 높여가고 있었다.

조직이 가지고 있는 최대 강점은 용역이다. 전체적인 인력을 통제함으로서 업소 사장들의 주머니를 열게 만들었다. 조직들이 구역 업소에서 보호비를 받는 일은 옛날 말이다. 그런 양아치 짓은 경찰의 표적만 될 뿐 득보다 실이 많았다. 다른 방법은 얼마든지 있었다.

압구정동으로 들어선 온길호는 감회가 새로웠다. 불과 몇 년 전에 빌딩 앞에서 린치를 당하고 왼손이 가루가 되어 은퇴를 당했다. 서울 바닥에 다시 나타나지 않는다는 조건으로 목숨을 건졌는데 당당하게 옛 비상 건물 앞에 서게 된 것이다. 사람의 앞날은 살아봐야 안다.

빌딩 현관으로 들어서는 온길호를 날카롭게 생긴 사내가 맞았다.

"안녕하십니까, 부사장님."

온길호가 새로운 호칭에 웃음을 흘렸다.

"반갑습니다, 사장님."

손을 내밀어 온길호의 손을 잡은 마천기가 마주 웃었다.

"올라가시죠."

6층에 내려선 온길호를 맞은 것은 GT프로덕션이란 커다란 간판이었다. 간판을 보자 세상이 변했다는 게 실감이 났다.

마천기가 새 단장된 프로덕션을 소개했다.

"6층만 쓰던 것을 7층, 8층까지 사용합니다. 아마 규모로 보면 우리나라에서 제일 클 겁니다. 내실은 부사장이 다져 주십시오. 그리고 이중 체제로 운영합니다. 부사장은 특별한 일이 없는 한 연예 사업만 신경 쓰시면 됩니다. 용역 쪽은 제가 맡아서 합니다."

전신인 태경프로덕션을 확대한 태경회는 이름도 바꾸고 엔터테인먼트 사업 부분을 신설했다. 연예 사업은 인맥이 중요하다. 비상은 2류 정도밖에 되지 않는 곳이었지만 온길호는 경험이 있었다. 조직의 특성과 연예 사업, 양자를 모두 알고 있어 적임자였다.

8층으로 올라간 온길호는 칸칸이 나뉜 연습장을 지나 공용 연습용인 듯한 커다란 홀에 들어섰다. 수십 명의 남녀가 모여 있었는데, 한두 번은 봄 직한 얼굴이었다. 온길호가 인사를 건네는 남녀를 살펴보았다. 모든 분야의 연예인들이 모여 있었다.

마천기가 그의 어깨를 두드렸다.

"미흡하지만 일단은 저들로 시작합시다."

"하하, 진짜 연예 기획사를 운영하시려고 하는군요."

"남는 게 사람인데, 그중에서 스타 하나 안 나오겠습니까? 혹시 보셨소? 백한만이라고?"

"이름은 들어봤습니다."

음흉한 미소를 지은 마천기가 목소리를 낮추었다.

"그놈 물건입니다. 남자가 봐도 반할 정도지요. 스타로 키워보실랍니까?"

"후후, 나중에 보기로 하고… 그런데 어떤 분야를… 모델, 연기자, 가수 중에서요. 저들은 다 섞였는데요."

"연예는 벤처 사업이라고 하더군요. 하나 대박나면 다 만회한다고 들었는데, 우리는 욕심이 많습니다. 다 해보세요. 이달 안까지 필요한 장비는 모두 들어올 겁니다. 자금은 충분합니다. 이제 부사장이 할 일만 남았습니다."

온길호가 다시금 남녀들을 살펴보았다. 한물간 연예인도 있었고 파릇한 얼굴도 있었다. 그가 그래도 낯이 익은 한 여인에게 물었다.

"이름이 뭐더라?"

"설화요."

"가수인가?"

"예."

"요즘엔 뭐 하고 지냈어?"

"밤무대에 나가고 있었어요."

온길호가 고개를 끄덕였다. 급조한 이들은 대부분 비슷할 것이다. 먼저 약간의 트레이닝 기간이 필요할 테고, 그사이에 이름을 먼저 알려야 한다.

사장실로 자리를 옮긴 온길호가 마천기에게 물었다.

"진짜 하실 겁니까, 연예 사업을?"

"우리 형님은 한다면 하시는 분이오. 그분이 하라 했으니 해야지요."

"흐음! 저도 그 바닥을 조금은 알긴 하지만… 저보다."

"아닙니다. 부사장이 맡아주시오. 사람이 필요하면 말씀하시고. 어떻게든 데려다 놓겠습니다."

잠시 생각을 정리한 온길호가 말했다.

"한 10억만 투자해 주십시오. A급을 한두 명 간판으로 내세워야겠습니다. 그 다음에 공개 오디션을 커다랗게……."

"일차적으로 20억을 드리겠습니다. 아까도 말했지만, 자금은 충분합니다. 필요하시면 언제든지 말씀하세요."

"그렇게 말씀하시면… 영세한 기획사를 먹어치우는 게 더 빠르겠군요."

이름이 알려진 기획사들도 면면을 살펴보면 한두 명의 스타만을 보유하고 있었다. 온길호는 그에게 숱하게 술을 얻어먹었던 기자들의 명단을 떠올리고 있었다. 장래가 촉망받는 인재를 파악함은 물론 이름을 알리기 위해 그들은 꼭 필요한 존재들이었다.

영등포시장 골목에 어울리지 않는 고급 차들이 모여 있었다. 상인협회란 간판이 달린 5층 건물, 3층 사무실은 침울하게 가라앉아 있었다.

"무섭게 치고 들어오는군."

철탑을 연상시키는 사내의 말에 마주 앉은 두 사내가 고개를 끄덕였다. 영등포 목동 상권 일대를 삼 분하고 있는 사내들이었다. 영등포 일대는 대대로 그 세가 강했다. 한성회나 일도도 이 지역만큼은 인정을 해주었다.

날렵하게 생긴 사내가 말을 받았다.

"그놈들! 막무가내요, 눈에 뵈는 게 없는 거지."

하나 그 누구도 그의 말에 힘을 실어주지 않아 공허하게 들렸다.

이한성이 비밀리에 양성한 후계자란 소문에 힘을 얻은 김대경은 신성이라기보단 이미 태양이었다. 비록 일도연합과의 일전에서 상당한 출혈이 있었다고는 하지만 단일 조직으론 그 어느 누구도 대적할 상대가 없었다.

태경회는 서울의 모든 하부 조직을 통합하려는 듯이 행동하였고 중소 조직들의 반응은 큰 그늘 밑으로 들어가려는 이들과 상납금을 내긴 하지만 자체적인 체제를 유지하려는 조직들로 나뉘어졌다.

"대웅 형님."

철탑 같은 사내가 별말없이 생각에 잠겨 있자 날렵하게 생긴 사내가 입을 열었다.

"전연(전라도 연합회)의 제안을 받아들이시는 것이……."

"흐음!"

잠시 뜸을 들인 대웅이란 사내가 고개를 저었다.

"태경… 만만한 상대가 아니오."

"하지만 우리는 두 가지 길밖에 없습니다. 태경이 하는 수작을 따르느냐, 아니면 전라도 친구들과 함께 뒤집느냐입니다. 저는 후자 쪽이 더 낫다고 생각합니다."

위험이 클수록 얻는 것이 많다. 태경은 자신들의 조직 내규를 내세워 하부 조직을 거의 탄압 수준으로 밀어붙이고 있었다. 벌써 본보기로 몇 개의 조직이 사라졌다. 이유야 만들면 수도 없다.

태경회는 간단히 말하면 약에 손대지 말고 약자에게 힘을 쓰지 말라는 것인데, 그들의 말대로 하면 주머니가 가벼워질 수밖에 없다. 이것은 단지 명분을 얻기 위한 수단에 지나지 않았다. 태경회는 전대미문의 대조직을 만들려 하고 있는 것이다.

영등포의 중심부를 구역으로 하고 있는 삼거리파 보스 대웅은 결정을 재촉하는 눈빛을 보내는 이들에게서 눈을 돌렸다. 평상시에는 서로 얼굴을 마주 대할 일이 거의 없었는데, 오늘은 급격한 변화에 앞서 지역 일대 보스들과 의견을 교환하고 있었다.

태경은 일도와의 전쟁에서 승리를 거둔 후 하부 조직의 보스들을 부르지 않았다. 승자에게 두둑한 가방을 챙겨주면서 인사를 하는 것이 관례였다. 그럼 태경은 하부 조직을 인정해 줌으로써 상하 관계가 형성되어지는 것이다.

대웅은 이때부터 불안했다. 아니나 다를까, 곧 송곳니를 드러냈다. GT라는 인력 공급 회사를 내세워 바닥에서부터 조여오고 있었다. 뜻이야 참으로 좋다. 그러나 현실은 그렇지 못했다. 하루 매출을 수천씩 올리는 영업장은 직영도 있고 물주를 잡아 대행해 주는 곳도 있다. 그 물주들은 대부분 힘이 있는 사람들이고, 그들에게는 과정은 어떻든지 많은 수익을 올려주어야 한다.

대웅은 덩치완 다르게 머리 회전이 빠른 사람이었다. 태경이 하부 조직의 반발을 예상하지 못했을 리 없다. 스스로 하부 조직을 적으로 돌리면서까지 얻고자 하는 노림수가 분명 있을 것이다. 그것을 알아야 한다.

대웅이 가라앉은 목소리로 말했다.

"모난 돌이 정을 맞습니다. 기다려 봅시다."

전라도 연합회와의 동맹을 주장했던 사내가 못마땅한 듯이 혀를 차고는 일어섰다.

"강남 일대와 강북은 빠르게 체계를 갖추고 있습니다. 강서 지역도 나쁘진 않지만 영등포가 미적거립니다. 그리고 성남은 이미 손을 댄 적이 있어 자발적으로 나서기도 하는데, 분당 지역에서는 반발이 심합니다. 그 외에 몇 곳이 있긴 한데 신경 쓸 정도는 아닙니다."

임승호의 보고에 김대경이 고개를 주억거렸다. 한성회의 주 세력권이던 강북이나 무주공산이 된 강남에서는 당연한 일이었다.

김대경이 물었다.

"그쪽은 누구 구역이지?"

"영등포는 삼거리파가 분당은 삼성파가 수장 격입니다."

오지훈이 코에서 뜨거운 김을 뿜어내었다.

"제가 쓸어버리고 오겠습니다."

"내비 둬. 그럼 영등포는 전라도고 분당은 경상도 쪽인가?"

"예, 그렇게 되었습니다. 서울 중심부에서 교두보를 마련하기가 힘드니 그곳을 거점으로 삼을 생각인 것 같습니다. 그것보다."

잠시 뜸을 들인 임승호가 회의 석상의 보스들의 시선이 모아지자 말을 이었다.

"반발이 생각보다 심합니다. 조금 늦추시는 게……."

"아니, 더 밀어붙여, 숨이 턱턱 막혀 물 위로 기어나올 때까지. 주머니에 송곳을 넣고 다닐 수는 없는 노릇이다."

김대경이 오지훈과 신경식에게서 시선을 돌렸다.

"보름의 기간을 준다. 둘이서 영등포와 분당을 제외하고 깨끗이 정리해."

"예, 형님!"

임승호가 구체적인 사업 제안을 올린 것은 연예 사업이었다. 김대경은 거기에 여성 인력 사업을 연계시켰다. 접대부 아가씨들을 연예인처

럼 여겨 소속 계약을 맺고 GT프로덕션을 내세워 매니지먼트 역할을
하게 만들었다.

태경회는 하부 조직들에게 지역 주류 공급권과 인력 사업권을 넘기
는 대신 조건을 걸었다. 수익을 지사가 모두 가진다 해도 본사인 태경
회의 통제에서 벗어날 수 없다는 것이다. 곧 자신들의 이름을 버리라
는 뜻이었다.

한성회나 일도연합은 하부 조직과 군림 속의 공존 관계였다. 하지만
김대경이 선택한 것은 진정한 일통이었다. 하부 조직에 하청을 주고
쓰다가 버리는 것도 마음에 들지 않았지만 뜻에 거슬리는 행위를 방관
하기도 싫었다.

어느 때는 처음 흑도에 발을 디딘 이유가 흐릿해진 적도 있었다. 하
지만 지금은 가슴에 흰 매듭을 달고 있었다. 김태수가 함께 있는 것이
다.

김대경이 강준영을 보았다. 보스들은 중요한 회의에 그를 참석시키
는 것을 못마땅해했지만 김대경은 당연하다는 반응이었다.

"스미요시에서 연락 온 것 없나?"

스미요시의 간부들을 반병신 만들어 일본으로 보내주었다. 보란 듯
이 태경회라는 정체를 드러내고 말이다.

"있었습니다. 돈과 배신, 부하들을 반환해 주면 사건은 불문에 붙여
주겠다고 했습니다."

박명환이 끌어들인 한국계 야쿠자들은 태경회의 보호 아래 있었다.

"그래? 그래서 뭐라 했어?"

"아무 답변도."

"쯧쯧쯧, 아직도 멀었군. 날 제대로 파악하지도 못하면서 언제 뛰어

넘겠나?"

김대경이 혀를 차자 강준영의 낯빛이 시커멓게 변했다. 틈만 나면 자극을 준다. 박명환은 친동생처럼 대하면서 자신에게는 유독 모멸감을 심어주었다.

"돈도 사람도 어차피 우리 거야. 아직 빚도 청산하지 못했다고 전해. 국내에 들어오면 반갑게 환영해 준다는 말도 잊지 말고."

강자의 여유인지 만용인지 강준영은 분간이 가지 않았다. 야쿠자들 기준으론 중간 조직도 되지 못하는 태경회가 거대 스미요시가이와 전면전을 치르려는 꼴이었다. 그것도 자신을 옆에 두고 말이다.

바짝 굳어 신병처럼 앉아 있는 온길호에게 신경식이 다가갔다.

"후후, 난 온길호가 아닌 줄 알았다."

"응? 어, 왔어!"

"아니, 나오는 길이야. 회의가 있어서."

온길호는 자신이 있는 곳을 상기했다. 태경상사의 비서실이었다. 사장실은 김막동의 집무실이었다.

그는 이 점에서도 상당히 놀랐는데, 김대경은 떠 있는 존재였다. 사업체를 비롯해서 건물, 동산, 부동산 등등은 전부 부하들의 명의이던가, 한마음금고 앞으로 되어 있었다.

조직에서 벌어들이는 수입은 모두 금고로 들어가 재산을 불려 다시 조합원, 조직원에게 직책에 따라 분배가 된다. 말단 조직원이라도 월급과 배당금을 합하면 웬만한 대기업 사원과 맞먹는 수입이었다.

간부들은 금고를 통해 보스인 김대경의 수익을 훤히 알 수 있었다. 그래서 뒷주머니를 차거나 수익 분배에 대한 불만이 없었다. 금고의 운용을 전문 경영인에게 맡겨 조직의 간섭을 일체 배제하였기에 믿음은 더했다.

신경식이 물었다.

"오늘 처음 뵙는 거지?"

"응."

"우리 형님이 원래 그래서. 사람을 불러놓고 일 먼저 시키시지. 그냥 그렇게 전적으로 맡겨놓으시고 신경을 안 쓰시는 것 같기도 해서 서운할 때가 있어. 근데 그거 아나? 그게 형님이 믿는다는 증거야."

대의에서 벗어나지만 않으면 김대경은 일체 간섭을 하지 않았다. 김대경의 사회 경험이 적었기에 신뢰를 바탕으로 믿고 맡기는 식이었는데, 시간이 지나자 담당자의 능력을 최대한 끌어내기 위해, 상급자의 간섭에 중심을 잃고 흔들거리지 않도록 하는 배려로 변했다.

비서실 직원의 호출에 벌떡 일어선 온길호가 신경식에게 목 인사를 건네고는 사장실로 들어갔다.

꽤나 고급스러운 가구들이 차지하고 있는 사장실엔 김대경과 김막동이 기다리고 있었다.

"안녕하십니까?"

막내처럼 버럭 소리를 지른 온길호가 허리를 접었다. 첫 대면이었다. 생각보다 훨씬 젊어 조금 놀랍기도 했다.

김대경이 단도직입적으로 물었다.

"프로덕션은 자리를 잡았나?"

"예! 내부 정리는 끝마치고 인재 확보에 나섰습니다. 다음 주부터는 실질적으로 사업을 시작할 수 있습니다."

온길호가 상경한 지 일주일이 지난 후였다. 상당히 빠른 진척 속도였다.

김막동이 미소를 지었다.

"경식이가 사람을 잘 보았습니다, 형님."

고개를 끄덕이며 김대경이 말했다.

"난 그쪽 방면에 아는 게 없다. 네가 알아서 하도록 하고, 다만 잡음이 들리지 않도록 해."

"예, 회장님."

잠시 정적이 흐르자 온길호가 이마를 훔쳤다. 김대경이 말했다.

"스폰서… 뚱쟁이 마담이 있다고 하던데?"

흠칫 놀란 온길호가 물음을 정리하고는 긍정을 표했다.

"있습니다. 예전에는 연예인을 딴따라라고 했고, 여자 연예인들을 일종의 기생과 같이 생각했었습니다. 권력자들이 공공연히 불러들여 접대부처럼 대하던 때가 있었습니다. 지금도 그렇게 생각하는 놈들이 있고요. 이해관계가 맞아떨어진 면도 있습죠. 힘있는 것들을 스폰서로 삼으면 짧은 시간에 스타가 되니까요."

잠시 말을 끊은 온길호는 자신을 부른 의도를 알았기에 긴장이 풀렸다. 그러자 생각이 잘 정리되었다.

"권력자들 말 한마디에 방송사 프로그램이 바뀌는 시절도 있었으니까요. 요즘도 비슷합니다. 권력자들과 연결시켜 주는 포주 같은 것들이 있습니다. 다리 한 번 벌려주면 수천이라고 하던데, 그것보다 뒤에 따라오는 게 더 많습니다."

김대경은 부천에서 이름도 가물가물한 어떤 여자 가수에게 동정을 바쳤다. 그 일을 계기로 깊게 들어가기로 생각한 것이다.

온길호의 말이 이어졌다.

"미국의 경우는 고급 콜걸이 있습니다. 프로 운동 선수나 연예인 같은 유명인들에게 매춘을 알선해 주는 조직입니다. 우리의 경우는 약간 다릅니다. 돈보다는 후광을 얻기 위해서입니다. 뭐랄까, 연예인보다 연예 관련 기관이, 그들보다 기업 사주나 정치가 같은 권력자가 더 위에 있습니다. 서로 주고받는 관계입니다."

옆에서 부추기는 면도 있을 것이다. 눈 한 번만 딱 감아라 하며 빛나는 미래를 설명해 준다. 은장도를 품고 다니며 정조를 강조하던 시대는 지난 지 오래다.

김대경이 비릿한 웃음을 지었다.

"재미있군. 남자들도 해당되나?"

"큭큭, 죄송합니다. 들은 얘기가 생각나서……. 어떤 그룹의 상속녀가 남자 연예인을 만나기 위해 접촉을 해온 적이 있습니다. 제 기억에 아마 전속 모델 건을 들고 나왔던 걸로 기억합니다. 수억 원이었죠."

"하아! 한만이한테 얘기해 주어야겠다. 거시기 한 번에 수억을 벌어들이다니……."

김막동이 허탈한 웃음을 흘렸다. 남자들이 돈을 주고 여자를 찾는 게 보편적인데, 잘생기고 볼 일이었다.

"좋아, 줄을 대봐."

김대경의 말에 온길호가 조금은 어리둥절한 표정을 지었다.

"누구와? 맘에 두고 계신 애가 있습니까? 저녁까지 데리고 오겠습니다."

"…뚜쟁이를 찾으란 말이야. 어떤 것들인지, 누가 고객인지, 그들 사이에 어떤 관계가 이어져 있는지를 알아내는 게 네가 해야 할 일이다."

"회장님, 위험합니다. 상대가……."

"상관없어, 대통령 할아버지라도. 너는 이제 거대 기획사의 사장 아니냐? 쉽지 않겠어? 아니지, 먼저 접근해 올지도 모르겠다."

김대경은 한남동을 떠올리고 있었다. 막강한 권력 집단에 다가갈 방도를 찾고 있는 것이다. 구린 것은 악취를 풍기기 마련이고 똥파리가 모여든다. 그런 곳을 잘 찾아 배를 채우는 것이 조직이었다.

"흐음! 스타 하나 키우는 데 얼마나 걸려?"

"장담할 수가 없습니다. 기본적인 트레이닝 기간이 적어도 2, 3년은 필요하고, 광고도 해야 하고……."

"시간이 없다."

"예, 그래서 스카웃을 하려고 합니다. A급을 몇억씩 줘서 데려오고, B급은 한 5천이면 되니까……."

"진행해."

안 그래도 온길호는 그 일을 결제 받으려 했었다. 그리고 한 가지 더.

"저, 회장님. 마 사장이 맡고 있는 쪽을 제가 좀 활용해도 되겠습니까?"

"응? 뭘?"

"아가씨들 말입니다. 자료를 만들어서 돈이 될 만한 애를 찾으려고 합니다. 걔네들 중에 끼 있는 애들이 많습니다. 그리고… 에로 비디오 주인공으로 써도 충분하고요."

김대경의 인상이 험악해지자 온길호가 손을 저었다.

"절대! 그런 비디오는 찍지 않습니다."

"하고 싶다면 시켜. 그 에로 배우들… 진짜로 하는 거 아니지?"

"하하, 아닙니다. 공사를 하고 합니다. 못 넣게 테이프로 막아놓고… 험험!"

갑자기 분위기가 뻘쭘해지자 김대경이 시선을 창으로 돌렸다. 5월의 맑은 날이었다.

나삼식이 박명환에게 시선을 건넸다. 굳게 다문 입술 하며 번뜩이는 눈동자가 마음에 들었다. 꽤나 잘 단련된 듯한 자세로 호위대에 들어온 후론 한시도 긴장을 풀지 않았다.

강준영의 자리는 정해지지 않은 반면 박명환은 김대경이 직접 호위대로 편입시켰다. 나삼식이 그를 곁에 두고 보자 절로 고개를 끄덕여질 만큼 박명환은 뛰어난 인재였다.

"회장님 나오십니다."

대기실에서 잡담을 건네던 호위들이 벌떡 몸을 일으키고는 재빨리 방을 나섰다.

김대경의 오른편은 나삼식이 반보 정도 앞서 걸었고 박명환은 왼편이었다. 뒤에 두 명이 더 따라붙어 김대경을 중심으로 사방을 방어하는 형세다.

엘리베이터 문이 열릴 때쯤엔 나삼식과 박명환이 김대경의 앞을 막아섰다. 불시의 기습을 대비하는 자세였다. 곧 환한 로비가 드러나며 몇몇의 사람들이 앞에 서 있었다.

박명환이 그들을 제치고 앞에 나섰고 나삼식과 김대경 순으로 걸어나왔다. 김대경을 마중 나온 간부들은 없었는데 일렬로 정렬한 그들을 보며 김대경이 인상을 구겼던 것이 이유였다.

건물 현관에는 세 대의 차량이 대기하고 있었다. 오종석이 운전석에서 나와 기다리고 있는 전용 차와 두 대의 호위 차량이었다.

일행이 현관문을 나와 5미터여가 떨어진 차로 걸어갈 때였다. 김대경이 건너편 건물 중간 어름을 쳐다보았다. 묘한 느낌이 들었다. 정신을 집중했다. 요란하게 울리던 차량 소리가 차단되었으며 건물과의 거리가 사라진 듯 확대되어 보였다. 그 순간 태양빛을 받아 반짝거리는 한 점이 들어왔다.

"네놈!"

김대경은 탕하이둥이라 여겼다. 부하들을 제치고 나서려 할 때였다. 발을 주춤한 김대경이 빠르게 고개를 돌렸다.

배달부인지 한 손에 플라스틱 통을 들고 오토바이를 모는 사내가 빠른 속도로 다가오고 있었다. 20여 미터 정도 다가선 그가 배달통을 집어 던지고는 팔을 내밀었다.

발끝에 힘을 주고 뛰어오르려던 김대경은 몸을 던져 오는 그림자를 안으며 주춤 물러났다. 그때 총성이 하늘을 울렸다.

탕탕! 탕탕!

퍼억!

"큭!"

김대경이 이를 악물었다. 자신을 보호하려고 몸을 던진 박명환이 신음을 흘린 것이다.

"빌어먹을!"

호위가 거추장스러울 때가 이런 때였다. 부하들은 자신을 보호하려는 충정이지만 자신은 그들보다 못하지 않았다.

"습격이다! 형님! 형님!"

나삼식이 버럭 소리치며 박명환을 안고 있는 김대경의 앞에 섰고 호위들이 감싸들었다. 김대경은 배달부사내에게 달려드는 부하들 사이를 요리조리 피하는 놈을 보지 않고 건물로 시선을 돌렸다. 하지만 그 느낌을 찾을 수가 없었다.

주변의 요란한 상황과 몇 겹으로 두른 부하들이 방해를 하고 있는 꼴이었다.

"난 괜찮아. 저 새끼 잡아! 빌어먹을! 명환아! 이 새끼야!"

"괜, 괜찮습니다."

"멍청한 놈! 누가 누굴 보호해!"

부아앙! 끼끼끼!

급발진하는 소리가 들리며 호위 차 두 대가 동시에 오토바이를 쫓아 출발하였다. 막 건물을 끼고 돌던 오토바이가 미끄러지는 것도 그 순간이었다.

"탕하이둥!"

김대경은 오토바이를 보며 다른 이름을 입에 담았다. 배달부사내가 펄쩍 뛰어오르는 광경을 본 것이었다.

"아무 일 없었다니깐 그러네."

임승호가 오히려 반문하는 식으로 경찰관을 쳐다보았다.

"총소리를 들었다는, 이 건물 앞에서 총격이 있었다는 신고가 들어왔습니다."

"허허, 참. 누가 총을 맞았다는 겁니까? 이 대한민국에서 백주 대낮에 총을 들고 다니는 놈들이 있습니까? 그런 일이 벌어졌다면 놀랄 일이군요. 저희는 아닌 것 같습니다. 보십시오."

사무실 안에는 자판 두드리는 소리와 전화벨 소리만 울리고 있었다.

"만약 그런 일이 있었다면 저희 직원은 아닙니다. 이 건물에 수십 개의 회사가 있습니다. 다른 곳을 알아보시죠. 제 생각엔 타이어 펑크 소리를 잘못 들은 것 같습니다만."

바쁘게 일을 하는 직원들을 돌아본 경찰관이 사무실을 나가자 임승호가 전화기를 들었다.

"임 실장이다. 어때?"

지하 체육관에서 전화를 받은 나삼식이 말했다.

"함 부장이 총알을 빼고 있습니다. 어깨와 왼팔에 한 방씩 맞았습니다. 불었다고요? 예, 알았습니다. 회장님께 보고드리겠습니다."

어깨를 찢고 총알을 빼내는 모습을 지켜보던 김대경이 고개를 돌렸다.

"불었답니다."

고개를 끄덕이며 김대경이 방을 나서자 나삼식이 박명환을 쳐다보았다. 벌게진 얼굴로 생살을 헤집는 고통을 참으며 신음 소리 한 번 내지 않았다. 김대경처럼 고개를 끄덕인 나삼식이 따라나섰다.

지하 보일러에서 울리던 비명 소리가 사라지자 김대경이 들어섰다.

탁자에 총과 지갑 등 소지품이 올려져 있었고 히트맨은 거의 반 시체가 되어 바닥에 쓰러져 있었다.

신경식이 다가와 말했다.

"광주에서 왔다고 합니다."

전라도 연합회의 소행이란 뜻이었다.

"그런데 너무 순순히 발설을 한 것이 마음에 걸립니다. 보통 히트맨들은 의뢰자를 죽을지언정 발설하지 않습니다. 어설픕니다."

"상관없지 않나? 광주든 부산이든."

"…그렇긴 합니다만. 그런데 놈에게 총을 쏜 것이……."

그때 철문이 열리면서 함예신이 들어섰다. 그가 들고 온 작은 접시를 내밀었다. 길이가 다른 두 개의 탄두가 붉은색을 발하고 있었다.

"형님 말씀이 맞았습니다. 다른 놈이 하나 더 있었습니다."

"탕하이둥… 그보다 명환이는."

"이틀 정도 지나면 열은 가라앉을 겁니다. 다행히 뼈는 다치지 않아 활동하는 데는 지장 없습니다."

김대경의 생각처럼 탕하이둥은 귀대 명령을 어기고 국내에 남아 있었다. 삼합회의 한국 진출을 도우라는 상부의 명령을 완수하지 못했다. 다됐다 싶으면 한 놈이 나타나 도로아미타불을 만들어 버린다. 김대경이란 놈, 그때 무리를 해서라도 죽였어야 했는데… 운이 좋은 놈이다.

지하철에 오르던 기타 가방을 둘러멘 한 남자가 뒤를 돌아보며 중얼거렸다.

"그놈은 선물이야. 다음엔 네 목숨을 가져가지."

히트맨을 쏘아 잡은 것은 그였다. 탕하이둥은 스코프로 본 김대경의 눈을 잊지 못했다. 자신의 위치를 알고 있는 것처럼 눈을 맞추고 있었다.

탕하이둥은 이젠 삼합회 일엔 흥미를 잃었다. 오직 김대경을 죽이는 일에만 관심이 있었다. 깡패 따위가, 라는 생각도 접었다. 김대경이란 남자를 인정하고 있었다.

공방
攻防

습격 사건이 있은 후부터 김대경은 전혀 모습을 드러내지 않았다. 그러자 암흑가에는 김대경이 저격을 받아 위중한 부상을 당했다는 소문이 빠르게 퍼졌다.

항만이 한눈에 내려다보이는 사무실에서 목포항을 떠나 제주도로 향하는 카페리호를 내려다보던 최국한이 뜬금없는 말을 하였다.

"세발낙지가 먹고 싶다."

그러자 와이셔츠 깃을 양복 상의 밖으로 꺼내놓은 사내가 맞장구를 쳤다.

"강남에 맛있게 하는 집이 있답니다. 여기보다 더 맛있다고 하던데요."

"말도 안 되는 소리 하고 자빠졌네. 서울은 냄비 빼놓고는 먹을 게 없어."

"아따, 언젯적 소릴 한당가요. 솜씨 좋은 사람들은 돈 벌라고 다 올라갔어요. 뭐, 그래도 할마시네는 끝내주긴 하지만."

"한번… 갈까?"

비릿하게 웃음을 지은 사내가 허리를 폈다.

"차 준비할까요?"

"저 배를 통째로 빌려야 하지 안것냐? 애들이 몇 인디."

"KTX 타지요, 뭐. 한 번도 안 타봤는데."

몸을 돌린 최국한이 목포해운 대표이사란 명패가 놓인 책상에 앉았다.

"곽가야! 광주하고 전주 동생한테 연락 넣어. 서울로 벚꽃 구경 가자고."

"…철 지났는데요. 저번 달이."

최국한이 어이없는 얼굴로 빤히 처다보자 확 허리를 접은 곽동성이 몸을 돌리려 하였다.

"근디!"

"예, 성님!"

"네가 댓포 놓은 거 아니야? 정말로?"

"우리 애들 아닙니다. 갈매기 놈들일 겁니다."

최국한이 손을 훼훼 저으며 의자에 상체를 묻었다. 누가 했든지 간에 김대경은 찔끔 놀라 오줌을 지렸을 것이다. 위축되어 있을 때가 기회다. 태경회는 서울 내부를 정리하며 무리수를 두었다. 이한성의 뒤를 이어 낭만파 주먹 계통을 이으려 하는 것은 맘에 들었다.

하지만 쥐를 잡을 때도 도망칠 구멍은 열어주어야 한다. 그로 인해 물밑 작업이 탄력을 받아 강서 지역 다섯 개 파와 연합 전선을 구축했다. 김대경은 뛰어난 전사일지는 몰라도 노련한 선장은 되지 못하는 듯했다.

따사로운 햇살에 잠시 잠이 들었던 최국한은 부드러운 손길에 눈을 떴다. 제법 미인 축에 드는 여인이 보였다.

"회장님, 일어나세요."

"으응."

빤히 비서를 쳐다보던 최국한이 회가 동했는지 입맛을 다셨다.

"한 번하자. 배 아프다. 일루 와봐."

"아잉! 회장님, 이따가. 손님이 찾아오셨어요."

"손님? 누구?"

"서울에서 왔다는대요. 곽 사장님이 만나고 계세요. 회장님을 뵈어야 한다고 해서."

얼굴을 손으로 비빈 최국한이 몸을 바로 했다.

"들어오라 그래."

비서가 나가고 험악하게 인상을 쓴 곽동성이 들어오고 그를 이어 장신에 마른 사내가 들어섰다.

"안녕하십니까? 김대경 형님을 모시고 있는 태경상사의 김막동올시다."

"호오! 태경회의 이 인자께서 직접 오시다니, 반갑소이다. 어르신 장례식때 본 것 같구려?"

"예, 회장님. 경황 중이라 제대로 인사를 드리지 못했습니다."

"하하, 갑자기 큰일을 겪었으니… 그건 그렇고 연락도 없이 목포까지 어쩐 일이오? 홍어회를 드시러 오셨나?"

대답 대신 김막동은 카세트를 내밀었다.

"들어보시죠."

최국한이 곽동성에서 눈짓을 보내자 그가 재생 버튼을 눌렀다. 곧이어 다 죽어가는 사내의 음성이 흘러나왔다.

[…광주에서 왔습니다.]

[누가 시켰어?]

[무등산파에서…….]

눈썹을 꿈틀거린 최국한이 김막동을 쳐다보았다.

"이게 뭐지?"

"광주에서 저희 형님께 히트맨을 보냈습니다. 목숨은 목숨으로, 빚을 갚으려 합니다. 전라도 연합회 수장이신 회장님께 양해를 구하러 왔습니다."

"자네… 코메디하나? 이따위 테잎 하나로 안방을 내달라고?"

"그건 저희가 가서 조사해 보면 알 일입니다."

"양해라고 했나? 내 귀에는 통보로 들리는데?"

"그렇게 들으셨다면 죄송합니다. 하지만 그냥 넘어갈 사안이 아닙니다. 조직의 큰어른을 노린 일입니다. 저희는 타 조직과 마찰없이 일을 끝내고 싶습니다만."

입술을 부르르 떨던 최국한이 눈을 가늘게 떴다.

"기다리게, 우리가 조사해 보고 연락을 줄 테니."

"일주일입니다. 일주일 후엔 허락하신 걸로 믿고 움직이겠습니다."

김막동이 나가자 최국한이 책상을 내려치고는 곽동성을 쏘아보았다.

"어딜 내려온다고!"

"광주에…….."

"미친놈! 문둥이들이 벌인 일이란 건 세 살 먹은 코흘리개도 알 일이다. 이건! 선전포고야! 애들 모아! 먼저 친다!"

서울을 통일했다고 태경회는 기고만장해 있었다. 제 살 썩는 줄도 모르고 남의 곳간까지 욕심을 내고 있는 꼴이었다. 어차피 노리던 밥상이다. 이유야 어쨌든 기호지세(騎虎之勢), 전쟁은 시작되었다. 다만 싸움을 불 붙인 부산의 하영일이 마음에 걸렸다.

"이거, 의외인데?"

하영일이 고개를 갸우뚱하자 부산 칠성파 보스 최일이 말했다.

"성공했어도 좋은 일이고, 실패에 대비한 게 적중했으니 나쁠 것도 없지 않습니까?"

"너무 쉽잖아. 댓뽀 친 놈 말 한마디로 전쟁을 벌이려 하다니. 태경회가 그만큼 힘이 넘쳐 나나? 아니면 우릴 무시하고 있는 거야? 도통 알 수가 없네."

"뭘 그리 가시나 맘치롱 복잡하게 생각합니꺼."

"아이구, 증말! 내 말은 그게."

"압니다, 알아. 서울 놈들도 기다리고 있었던 겁니더. 지들 힘을 믿고 있는 거라예. 서울을 잡아먹었으니 뵈는 게 없는, 원래 서울 놈들은 우리를 무시하지 않았습니꺼?"

하영일이 눈을 껌벅이며 최일을 쳐다보았다. 일리가 있는 말이었다. 전라도 연합회나 자신이 회장을 맡고 있는 재건회나 광역 조직이었다. 서울 전국구들은 전국을 활보하며 곳곳에 하부 조직을 심어놓고 활동을 한다.

그러나 지방 전국구 조직들은 약간 차이가 있었다. 서울에서 공공연히 활동을 하지 못했고, 재건회의 경우 전라도엔 아예 발을 들여놓지 못했다. 솔직히 먹을 것도 없지만.

제주도만 보더라도 토착 조직이 거의 없다. 그곳의 카지노 영업권은 서울 놈들의 소유했다. 애송이가 어린 나이에 서울을 먹더니 간이 커져 전국을 노리고 있는 듯했다.

"하긴 내가 서울을 통일했어도 비슷한 생각을 했을 거야."

하영일은 최일의 의견에 맘이 기울고 있었다. 지금 서울의 행태만 봐도 태경회는 안하무인 격으로 행동하고 있었다. 하부 조직들의 이탈이 하나둘씩 나타나고 있었고 먼저 자신들에게 들어오겠다는 조직도 있었다.

하영일이 씩 웃었다.

"최일아."

"예! 행님!"

"이번은 그냥 넘어가지만 다음부턴 내가 말할 때 끼어들면 목을 따 버린다."

침을 꿀꺽 삼킨 최일이 자라목이 되어 다음 말을 기다렸다.

"서울 조직을 하나로 모으고 준비하고 있어. 우리 애들도 올려 보내서 분산시켜 놓고. 전라도 깽깽이랑 한바탕 벌이면 뒤를 친다."

이를 드러낸 하영일이 말을 매듭 지었다.

"알고 있어도 당할 수밖에 없는 일도 있다는 걸 애송이에게 가르쳐 주자고. 아참참! 혹시 모르니까 전라도 놈들과의 마찰은 피하고. 그래도 서울 아니냐, 만반의 준비를 해야지. 더러운 서울 공기를 마시러 올라가 볼까?"

그날부터 어시장을 어슬렁거리던 사내들과 시내에서 어깨를 펴고 다니던 사내들이 하나둘 사라지기 시작했다. 노조 파업 기간을 앞두고 구사대를 구하지 못한 기업 사장들이 발을 동동 구르고 있음을 아무도 알지 못했다.

"아아악!"

와장창!

여인의 비명 소리와 함께 집기 깨지는 소리가 홀에 울렸다. 와락 인상을 찡그린 웨이터가 룸으로 향했다.

문을 열고 들어서자 옷이 반쯤 찢어진 아가씨 하나가 바닥에 쭈그리고 앉아 몸을 떨고 있었다. 웨이터는 얼굴이 부어오른 채 울고 있는 아가씨를 일으켜 세우고는 소파 가운데 앉은 사내를 쳐다보았다.

손님의 일행은 세 명이었는데 양편의 두 사내는 보기에 민망할 정도로 접대부들을 벗겨놓고 희롱하고 있었다. 파트너를 내친 사내가 말했다.

"씨발! 뭐 저런 년이 다 있어! 딴 년 불러와!"

웨이터를 보고 힘을 얻었는지 아가씨들이 손님의 품에서 도망쳐 나와 소리쳤다.

"씹새끼들아! 여기가 창녀촌인 줄 알아!"

"어라, 쌍년이! 저 새끼가 기둥서방인가? 핏대를 세우고 지랄이야, 지랄이!"

몸을 일으킨 한 사내가 여인에게 다가오며 팔을 휘두르자 웨이터가 잡아챘다.

"손님! 계산하고 나가시죠."

비릿하게 웃은 사내가 얼굴을 웨이터에게 들이밀었다.

"계산? 나가? 놀고 있네. 씨발놈아, 손님은 왕이여."

말을 끝으로 눈을 번뜩인 사내가 무릎을 치켜 올렸다.

퍽!

"으윽!"

불시의 일격에 샅아구니를 쥐고 쓰러진 웨이터를 보며 사내가 테이블에서 술병을 집어 들었다.

"좆 같은 새끼가 손님이 기분을 잡쳤으면 보상을 해야지 어디서 눈을 부라려."

술병으로 웨이터의 머리를 세차게 내려쳤다.

파삭.

"까아아악!"

소란을 듣고 룸싸롱 사무실에서 나온 영업부장이 복도에 들어섰을 때 요란하게 울리는 비명 소리를 들었다. 발길을 멈춘 부장은 핸드폰을 들었다.

"꺽쇠 형님, 샤넬의 이 부장입니다. 애들 좀 보내주셔야 되겠는데요… 5분요? 알겠습니다."

이 부장이 핸드폰을 끊자 건장한 체격의 한 사내가 옆에 다가와 있었다.

"어떤 개새끼들이 소란을 피워!"

버럭 소리치면서 문을 열고 들어온 꺽쇠가 흠칫 놀라며 멈춰 섰다. 의자를 끌어다 놓고 한 사내가 다리를 꼬고 앉아 있었고 그 뒤로 대엿 명이 턱을 치켜세우고 웃고 있는 광경이었다. 한편에 묵사발이 된 부하들이 널브러져 있었다.

"반가워, 네가 신영광파에서 한 이름을 날린다는 꺽쇠냐?"

"네놈들! 누구야?"

"우리? 영등포에서 왔어. 아니, 네놈 고향에서 왔다. 새끼들, 동향 친구가 손을 내밀면 잡아야지, 서울 놈들 밑에 붙어서 꼬랑지를 흔들어?"

"씨발, 광주 놈들이구나. 쳐!"

홀에 있는 놈들도 여섯, 이쪽도 여섯이다. 꺽쇠가 의자에 앉아 있는 사내에게 뛰어들어도 사내는 움직이지 않았다. 뒤에 서 있던 사내들이 그의 앞을 막아섰다.

"씨발놈들아, 내가 꺽쇠다!"

머리로 향하는 쇠뭉치를 비껴 피한 꺽쇠가 사내의 팔을 잡았다. 옆 구리 사이에 팔을 끼면서 관절의 반대 방향으로 힘을 주자 둔탁한 소 리와 함께 사내가 비명을 질렀다.

한 번 더 팔에 힘을 주어 사내의 눈이 돌아가게 만든 꺽쇠가 놈을 밀 쳐 버릴 때까지도 의자에 앉아 있던 사내는 여전히 그 상태였다.

"이 개자식이!"

우당탕!

달려들던 꺽쇠는 발을 멈추어야 했다. 계단으로 일단의 사내들이 밀 려들어 오고 있었다.

"젠장할!"

함정이었다. 잘 나가는 영업장에서 소란을 일으켜 자신들을 불러놓 고 기다리고 있다가 뒤통수를 친 것이다.

꺽쇠는 이를 악물었다. 저놈만은 잡고 죽는다. 한 놈의 멱살을 잡고 머리로 받아버리자 등에 시큰한 충격이 왔다. 한 발 더 디뎌 언 놈의 눈을 주먹으로 후려치자 어깨가 부서지는 듯한 느낌에 무릎을 꿇었다. 그는 바닥에 누워 한 발만을 딛고 있는 발을 보며 정신을 잃었다. 그놈은 그때까지도 다리를 꼰 채 앉아 있었다. 개자식!

"신림입니다."

나삼식의 보고에 김대경은 미동도 없었다. 막 샤워를 했는지 가운을 걸치고 책을 보고 있었다.

전화기를 들고 있는 나삼식이 다시 한 번 말했다.

"형님, 신림 신영광파에서 구원을 요청해 왔습니다. 오두칠 부장이 어쩌하냐고 기다리고 있습니다."

책을 덮은 김대경이 나삼식을 보며 말했다.

"늦었다. 피하라고 해. 신림이면 서울역이나 신촌이면 되겠다."

"…지원군은, 아니, 그놈들은 어떻게 합니까?"

"어디 놈들인지만 알아보고 내 명령이 있기 전까진 움직이지 말라고 전해."

"예, 알겠습니다."

명령을 전달한 나삼식이 김대경에게 다가왔다.

"저, 형님."

"응?"

"신림을 도와주지 않으면 다른 하부 조직들이 불안해할 텐데요. 그 놈들을 본보기로 삼아 밟는 것이 좋을 것 같습니다."

나삼식을 올려다본 김대경이 피식 웃었다.

"우린 놈들이 누구인지 이미 알고 있지?"

"예."

"작년부터 해서 쉴 새 없이 전쟁을 치렀어. 부천, 신촌, 강남. 그 다음엔 전국을 무대로. 질 것 같나?"

코 평수를 넓히고 숨을 들이쉰 나삼식이 대답했다.

"절대! 지지 않습니다!"

"그래, 동생들도 그렇게 생각할 거야. 아마 콧방귀를 뀌고 있을걸, 한번 놀아봐라 하고 말이야. 촌놈들 서울 구경시켜 준다고 생각하고 있어. 우리도 아랫동네 구경을 가야 하니까. 그리고 신림까지만이라고 전해. 그 이상은 안 된다."

김대경의 말을 듣자 나삼식은 차분해졌다. 흑룡회에게 잡혀 죽을 고비를 넘긴 그였다. 진다는 생각은 해본 적도 없었다.

김대경에게 여유가 생긴 이유는 다른 곳에 있었다. 탕하이둥이 같은 하늘 아래, 그것도 매우 가까운 곳에 있다는 걸 확인했기 때문이었다. 세계를 무대로 활동하는 놈이라 도망치면 찾을 길이 막막해진다. 놈은 결정적인 기회를 노리고 있을 것이다. 기다리고 있는 건 이쪽도 마찬가지다.

"후우! 전라도 놈들 기세가 대단합니더. 영등포부터 시작해서 신림, 시흥까지 먹었어예. 안양도 금방이라예. 이러다 우리가 나설 기회조차 없는 거 아닙니꺼?"

땅투기 열풍이 불고 있는 판교 지역을 둘러보던 하영일이 엉뚱한 소릴 했다.

"똑같은 땅인데 왜 이리 가격 차가 날까? 서울이라서 그런가?"

최일이 가건물이 막 올라가고 있는 곳을 쳐다보다 말을 받았다.

"선만 그으면 내 땅 하던 시절하고 같습니꺼? 서울하고 가깝고 주변

시설이… 으흠! 그러고 보니 성남하고 분당도 많이 차이가 나네예. 거리는 성남이 분당보다 서울에서 가까운데, 잘 모르겠습니다."

"이 동네는 돈 벌기 쉽다. 저기 봐라. 비닐하우스 몇 개 지어놓고 수백씩 받아 처먹지 않냐. 투기 단속, 눈 가리고 아웅 하는 거야. 내가 얘기했던가? 내 먼 사촌 놈, 시청 직원이라고 했잖아."

"예."

"한 10년 재개발 일을 하더니 빌딩 하나 사더라. 놀고 있는 지 동생 가게 하나 차려주고, 시골 노인네들은 과거 급제라도 한 줄 알더라고. 웃기는 세상이지. 안 그러냐? 잘만 보면 돈 되는 일투성인데 말이야. 더러운 세상, 혼자 깨끗한 척하는 놈이 바보 되는 거야. 김대경이란 놈이 뭐뭐 하지 말라고 했다지?"

"약하고 등쳐 먹는 거예."

"후후후, 그놈을 국회로 보내야 하는데, 자리를 잘못 잡은 것 같아."

"하모예."

몸을 돌린 하영일이 눈을 빛냈다.

"안양까지라고?"

"예, 행님."

"위로는?"

"그게… 태경에서도 정신을 차렸는지 그 이상은 진출하지 못하고 있습니다. 마포나 신촌 쪽은 나서면 박살이 나고 있다고 하데예."

"뚝섬 애들은 어떻게 됐어?"

"깨기지 전에 합류했습니다."

"그럼 위에는 전혀 기반이 없다는 말이네. 상황이 묘하게 돌아가는데. 강북과 강남은 철저히 막고 그 이외의 지역은 너무 쉽게 포기하지 않나?"

고개를 갸웃한 최일이 말했다.

"아직 강남 쪽으론 치고 들어간 적이 없습니다. 전라도 애들은 영등포와 구로 쪽을 기반으로 삼고 밀고 있지 않습니까? 그쪽은 원래 대대로 전라도 세가 강한 쪽입니더."

"그런가? 그럼 너구리에게 성남을 치라고 해봐. 성남을 넘으면 바로 강남이다. 태경이 어떻게 나오는지 보자고."

다시 휑한 벌판으로 눈을 돌린 하영일이 말했다.

"어디가 중심가야? 너구리한테 물어서 목 좋은데 매입하라고 해. 졸부나 한번 되어볼까?"

이미 냄새를 맡은 놈들이 차지하고 있을 테지만 하영일에게 별 상관없는 일이었다. 제 돈 주고 산 적도 없고 남의 것이라고 입맛만 다시고 물러선 적도 없었다.

서슬 퍼런 칼날을 아슬아슬하게 피하자 세찬 바람 소리와 함께 허벅지에 격심한 통증이 밀려들었다. 오만상을 찡그린 너부뎁뎁한 얼굴의 사내가 어울리지 않게 핼쑥한 얼굴이 되었다.

옆구리를 스치듯이 지나간 칼날이 다시 돌아왔기 때문이다. 시커먼 그림자가 채가듯이 칼을 든 놈의 뒷덜미를 확 잡아당겨 위험을 제거해주자 굽혔던 무릎을 펴고는 허벅지를 강타했던 언 놈의 멱살을 부여잡고는 바닥에 메다꽂았다.

패대기쳐진 개구리처럼 사지가 쭉 펴졌지만 사내는 성이 가라앉지 않았는지 늘어진 사내의 멱살을 잡고는 계속 주먹으로 얼굴을 내려쳤다.

빡! 빡! 빡!

"너구리 행님, 얼라 잡것습니다. 그만 하이소마."

동료가 뜯어말리자 정신을 차린 사내는 원래 모습을 알아보기 힘들 정도로 망가진 얼굴을 내려다보더니 피 칠한 주먹을 슬쩍 한 번 쳐다보고는 멱살 잡은 손을 풀었다.

"하아! 성남 새끼들 하고 쌓인 게 많아서."

"시껍했었습니다, 아 잡는 줄 알고. 그란디 원래 이기들 이리 비실거립니꺼?"

긴장이 풀리자 피로가 밀려들었다. 무거운 몸을 일으켜 주변을 둘러보자 복도 여기저기서 신음 소리가 흘러나오고 있었다. 태경회의 후원으로 성남 제일 조직으로 떠오른 남창이派 사무실이었다. 재건회가 지원해 준 사내의 말대로 약한 면이 있었다.

"그러고 보니 알맹이들이 빠진 것 같네."

이름 난 방개라든가, 아톰, 마당쇠 등이 하나도 보이지 않았다.

"이것들도 태경회가 데려갔나? …그렇겠네."

지역에서 소문난 주먹들을 스카웃하면서 힘을 불리는 전국구다. 지역구가 마이너리그라면 전국구는 메이저리그이기에 가능한 일이었다.

스스로의 대답에 만족한 너구리가 고개를 주억거렸다.

"나한테도 연락이 왔는데 거절했었지. 맘에 들지 않았거든. 꿩 대신 닭이라고 놈들을 데려간 것 같네."

연락이야 왔었다. 스카웃 제의가 아니라서 그렇지만. 분당 일대에 다섯 개의 영업장을 소유하고 있는 그로서는 태경회를 따를 수 없었다.

간만에 심하게 움직여서 몸이 나른한 너구리가 소파에 몸을 묻을 때였다. 정색한 부하 한 명이 피 묻은 회칼을 들고 빠르게 다가왔다.

"헉! 뭐, 뭐야?"

"형님, 뒤따라오던 철영이가 당했습니다. 성남으로 넘어오던 길에 습격을 받았답니다."

너구리가 돌격 부대라면 철영이는 일종의 점령군을 이끌고 오던 부하였다. 인상을 구긴 너구리가 이마를 짚었다. 놈들은 자리를 비우고 뒤를 노린 것이다. 이렇게 되면 먹어치운 영업장을 관리할 부하들이 없다. 비긴 셈이나 마찬가지였다.

"형님, 놈들 안방까지 밀고 들어갑시다. 아예 구역을 바꾸는 것도 괜찮습니다. 성남보다는 분당이 돈벌이가 쏠쏠합니다."

머리카락이 삐죽 솟은 사내가 이를 갈며 말하자 실눈이 고개를 저었다.

"회장님이 적당히 막다 빠지라고 하셨다. 뒤를 친 것도 내 독단이었어. 그냥 당하자니 억울해서. 게다가 분당엔 재건회 애들이 득실거린다. 무모한 짓이야."

남창이파 보스 한남창이 차 창문으로 고개를 돌리자 서초화원이라는 간판이 스치고 지나갔다. 그의 오른팔이자 행동대장 격인 아톰이 말을 이었다.

"저는 이해할 수가 없습니다. 왜 회장님은 공격해 올 걸 알면서 우리를 버리신 겁니까?"

"허허, 버리다니, 말 함부로 하지 마라."

"구역을 내주라는 건 버린 거와 다를 바 없지 않습니까?"

"쯧쯧, 크게 봐야지. 지금 우리가 어디로 가나?"

"강남역으로……."

"회장님께서 우릴 버리려고 하셨다면 중심가로 오라고 하셨겠냐? 그것도 특급 호텔에 방을 잡아주시고서 말이다. 우리가 알지 못하는 계획이 있으신 거야, 원대한 계획이. 성남, 까짓것 아무것도 아니야. 묵직한 거 달고 태어났으면 크게 놀아야지, 큰물에서. 난 이번이 기회라고 생각한다. 그깟 돈 몇 푼 못 벌면 어떠냐? 손바닥만한 동네에서 가다라시 잡고 다니는 거 미련없다."

한남창은 태경회가 내부를 정리하는 움직임을 보일 때 적극적으로 나서 동참한 인물 중 한 명이었다. 그는 옛날 낭만파 주먹 시대를 신봉하는 사람으로 강자에게 강하고 약자에게 약하다는 지론으로 건달 생활을 하였다. 돈에 멍이 든 흑도에게도 가끔씩 정의감에 불타는 건달들이 있었다.

숙소나 여관 생활을 하던 남창이파 사내들은 특급 호텔에 머물게 되자 성남에서 밀려 도망쳐 나왔다는 생각이 싹 가셨다. 자신들은 패자가 아니었다. 패자가 평상시보다 더 좋은 곳에 머물 수는 없는 것이다.

부하들을 기다리던 태경회원에게 안내를 맡긴 한남창은 국빈급들이나 머문다는 프레지던트 룸으로 향했다. 엘리베이터 문이 열리자마자 그는 숨을 들이켰다. 날카로운 시선들이 쏟아져 들어왔기 때문인데, 복도 곳곳에서 경호를 서는 사내들이 경계의 눈빛을 자신에게 보내고 있었다.

한남창은 성남, 분당 지역에서는 상대가 없다고 종횡하던 사람이었다. 그런데 복도에서 경비를 서는 사내들과 자신을 비교하자 한 명이라면 모를까, 둘은 힘들 거란 결론을 내렸다. 이제야 전국 제일 조직, 태경회에 들어왔다는 실감이 들었다.

정면에 보이는 화려한 문으로 향하던 한남창은 제지를 받았다. 팔을 잡은 사내를 돌아보자 고개를 저으며 옆문을 가리켰다.

사내의 안내로 문을 열고 들어가자 짙은 담배 연기가 그를 맞았다. 넓은 거실에 십여 명의 사내들이 있었는데, 흐트러진 옷매무새의 사내들이 전화기를 들고 목청을 높이는가 하면 노트북 앞에 앉아 무언가를 열심히 두드리고 있었고 자신에게 시선을 주는 사람은 한 명도 없었다. 스포츠 신문을 펼쳐 놓고 운세를 보는 자신의 사무실과는 전혀 달랐다.

멍하게 서 있는 그에게 안내를 하는 사내가 재촉했다.

"이쪽으로."

"아! 예."

한남창은 거실을 가로질러 내실에 들어섰다. 한편에 침대가 있었고 창가 쪽으로 세 사내가 탁자를 사이에 두고 마주 앉아 있었다.

"임 실장님 이십니다. 인사 드리세요."

"아! 안녕하십니까? 만나뵙게 되어 영광입니다. 성남의 한남창입니다."

태경회의 브레인인 임승호는 외부에 잘 알려져 있지는 않았지만 내부에서는 오지훈과 동급으로 여겨졌다. 다섯 손가락 안에 들어가는 거물이었다.

"반갑습니다. 이리 앉으세요."

허리를 펴고 임승호를 마주 보자 한남창은 실눈을 조금 크게 떴다. 막내 동생뻘 정도로, 갓 삼십을 넘은 것처럼 보였기 때문이다.

'보스급들이 대부분 30대라드니, 정말 그렇구나.'

"반가워! 우리 전화 통화는 했었지."

어깨가 비정상정으로 넓은 사내가 웃으면서 손을 흔들었다. 태경회의 행동대장 격인 오지훈이었다. 그 옆에는 자신 또래의 사내가 한 명

더 있었는데 아무런 소개가 없었다. 음침한 느낌이 드는 것이 상당히 위험한 인물 같았다.

임승호가 말을 건넸다.

"결과를 보고해 보세요."

"네, 흐음! 그러니까… 탐색전도 없었고 그냥 밀고 들어왔습니다. 분당을 넘으면 바로 모란인데, 그곳에 영업장이 많습니다. 공격이 시작되었다는 보고를 받고 애들을 보냈을 때는 이미 시내까지, 집창촌이 있는 지역을 건너뛰고 들어왔습니다."

"거기 알아. 골목이 미로 같아서 다 밀려면 시간이 오래 걸릴 거야."

오지훈에 말에 한남창이 고개를 끄덕였다.

"예, 그래서 지시대로 적당히 막는 척하다가 정예들은 뒤로 돌렸는데… 저기……."

임승호가 눈웃음을 치며 말을 받았다.

"분이 풀리지 않아서 인터체인지에서 후발대를 치셨군요."

몇 시간도 지나지 않은 일인데 태경회는 벌써 알고 있었다.

"죄송합니다. 애들 사기도 있고 해서."

"잘하셨습니다. 피해는요?"

"근처에서 어슬렁거리는 애들 심어놓아서 부하들은 별로 피해를 입지 않았습니다."

"좋습니다. 지시를 잘 따르셨군요."

임승호가 시선을 올려 한남창을 데려온 부하에게 말했다.

"밑에 보스들 불러와."

"예, 실장님!"

10여 분 정도가 지나가 사내 여섯 명이 들어섰다. 한남창은 그들 중

두 명과 안면이 있었다. 머리를 박박 민 사내는 안양 라이온클럽, 스포츠머리에 목이 없는 듯한 사내는 구로파 보스였다.

임승호가 서류를 챙기고는 일어섰다.

"회장님을 뵈러 갑니다. 복장 단정히 해주십시오."

내부로 연결된 문을 두 개 통과하자 두 명의 사내가 지키고 있는 곳이 나왔다. 넥타이를 바로 한 임승호가 노크를 하고는 말했다.

"회장님, 임 실장입니다."

곧 장신의 마른 사내가 문을 열고 나오며 눈짓을 보냈다. 임승호가 인사를 건네는 것이 더 위의 사람이라는 것을 알 수 있었다. 한남창은 그가 김막동일 거라고 생각했다. 각인시키듯 그의 얼굴을 담고는 곧 방으로 들어섰다.

굵직한 이목구비의 젊은 사내가 창을 등지고 의자에 앉아 있었는데, 눈빛도 강하지 않았고 부하들을 세워둔 것도 아니라 홀로 있었지만 한남창은 절로 위축되는 듯한 느낌이 들었다. 적으로 마주 대한다면 주먹 한 번 휘둘러보지 못할 것 같았다.

"회장님이십니다."

임승호가 그들이 있는 곳을 상기시켜 주자 일곱 명의 사내들은 누가 먼저랄 것도 없이 큰절을 올렸다.

숱한 유혹에도 흔들리지 않고 자신을 따라준 지역 보스들을 면면이 살핀 김대경이 웃음을 띠었다.

"불편하다. 일어나라."

"감사합니다."

절을 올린 상태에서 허리만 들고 있던 사내들이 일제히 일어났다.

"고생들 했다."

"고생이랄 것도……."

"아닙니다, 이까짓 것쯤은."

일곱 사내들이 저마다 한마디씩 내놓자 임승호가 헛기침을 하였다. 곧 입을 닫은 사내들이 귀를 세웠다.

김대경이 임승호에게 눈짓을 보내고는 말했다.

"서운하게 생각하지 말기 바란다."

"……."

"그만한 보상도 해줄 것이고, 너희가 나를 선택한 결과가 어떤 것인지도 곧 알게 될 거다."

한남창은 이제야 태경회가 밀리는 척하면 반격을 가하지 않았던 이유를 조금은 알 것 같았다. 자신도 망설임이 있었다. 이들을 따를 것인가, 다른 세상에서 장밋빛을 그릴 것인가 하는. 태경회는 위기 상황에서 진정으로 복종하는 조직들만을 추스르고 있었던 것이다.

임승호가 움직이는 듯하더니 룸서비스를 싣고 다니는 간이 밀차가 들어와 그들 앞에 놓여졌다. 시커먼 서류 가방이 쌓여 있었는데, 지역 보스들의 수와 똑같았다.

김대경이 말했다.

"곧 바빠질 거다. 며칠간 푹 쉬도록 하고, 그걸로 동생들 용돈이나 나눠줘라. 밑에 클럽에 가서 술 한잔씩 해도 좋고, 동생들이 운영하는 곳이니까 편하게 놀라고 해. 나가 봐."

묵직한 가방을 들고 객실로 돌아온 한남창은 숨을 길게 내뱉고는 가방을 열었다. 파릇한 종이 속에서 세종대왕님이 자신을 보며 웃고 있었다.

"뭐! 어디? 방화동 주류 창고? 야, 새끼야! 거기는 막아! 그곳 깨지면 넌 내 손에 죽을 줄 알아!"

화가 머리끝까지 치솟아 괜스레 화풀이하듯 담배를 질겅질겅 씹은 사내가 버럭 소리를 치고는 핸드폰을 내동댕이치려다 자신의 위치를 상기했다.

중앙 지휘부 역할을 하는 이곳엔 임승호뿐만 아니라 난다 긴다 하는 거물들이 즐비했다.

"이 개새끼… 이놈아! 네가 물러서면 어떡해! 뒤로 줄줄이 떨어져 나가잖아. 다시 들어가! 들어가라고! 알았어. 지원해 줄 테니까, 30분만, 에이! 씨발 20분!"

동료가 바락바락 소리를 지르는 모습을 보자 헛웃음이 흘렀다. 전화 통화 내용을 상기한 사내가 벽에 걸린 대형 지도에 빨간색으로 표시를 하고는 상급자에게 보고를 올렸다.

벽면에 걸린 대형 지도에는 빨간색, 노랑색, 파랑색으로 표시가 되어 있었는데 영등포와 관악구 일대는 빨간색이고 서초동 밑으로 성남시와 분당은 노랑색 일색이었다.

빨간색은 한강을 넘지 못하고 올라갔다 내려감을 반복하였고 이는 서초구 지역도 마찬가지였다. 멀리서 지도를 한눈에 보면 서울 중심과 북쪽, 강남 일대는 끄떡도 없었고 아래쪽 좌우만이 색이 변하고 있는 형세였다.

가끔 경기 외곽의 거점들이 공격을 받기는 하지만 신경식이 이끄는 지원군이 바삐 움직이며 지켜내고 있었다.

그래도 삼분의 일 정도는 빼앗긴 전황이었는데 전라도 연합회의 공격이 거셌다. 강서 지역의 대부분이 빨간색 일색이었다.

삘리리!

전화가 울리자 사내가 재빨리 수화기를 들었다. 다급한 음성이 흘러나오자 그의 안색이 눈에 띄게 변했다.

"헉! 구파발이라니!"

의자를 밀치고 일어서자 모두의 시선이 쏠렸는데 구파발이라는 단어 때문이었다.

임승호가 확인하듯 물었다.

"지금 구파발이라고 했어?!"

"예! 실장님."

"개자식들! 뒈지려고 바락을 하는구나!"

구파발은 이한성의 본가가 있는 곳으로 장례를 치른 장소였다.

"죽어! 빌어먹을 새끼야!"

"너나 뒈져라! 호로 자식아!"

악다구니 받치는 거친 음성과 격타음이 내담 건너편 마당에서 들려와도 정장을 차려입은 젊은 여인은 다소곳이 정자에 앉아 있었다. 정자 주변엔 저마다 살벌한 연장들을 들고 있는 건장한 사내들이 성벽처럼 에워싸고 있었고, 노신사가 정자 아래에서 그녀에게 애원하다시피 말을 건넸다.

"아가씨, 제발 피하셔야 합니다. 집은 언제라도 다시 찾을 수 있습니다. 이런 모습을 어르신이 보셨다면 노여워하셨을 겁니다."

"못 보십니다, 지금은. 그리고 이 집만은 절대 내줄 수 없습니다."

그나마 어릴 적 행복했던 기억들이 묻어 있는 장소였다. 아버지와 어머니의 숨결이 느껴지는 장소를 빼앗길 순 없었다.

"으악!"

비명 소리가 지척에서 들려왔다. 이미 정문 외곽이 무너진 지 오래였고 적들은 안채 앞마당까지 들어와 있었다.

집사인 노신사가 두터운 입술을 꽉 다물고 있는 사내에게 귀엣말을 건넸다.

"무슨 일이 있어도 아가씨를 살려야 합니다. 모시세요."

하지만 사내는 노신사의 말을 못 들었는지 내담 쪽문에서 시선을 떼지 않았다.

"이봐요, 운 실장."

운변일은 변한주의 부하로 김대경이 총회장에 오르자 현역에서 물러나 이연화의 경호를 맡고 있었다.

"늦었습니다, 집사님."

꽝!

"와아아아!"

말이 끝나기가 무섭게 쪽문이 부서질 듯 열리며 검은 인영들이 쏟아져 들어왔다.

이연화가 옆에 놓아둔 검을 무릎 위로 올려놓고는 작은 손으로 검 손잡이를 꼭 쥐었다.

"안 오실 겁니까?"

누군가에게 하는 소린지 모를 말을 뱉은 이연화는 입술을 질끈 깨물었다.

사사사삭!

이십여 명 정도 되는 사내들이 반원형을 그리며 정자를 둘러쌌다. 어깨를 들썩이며 거친 숨을 몰아쉬는 그들은 반수 정도는 상당한 격전을 치른 듯 온전한 이를 찾아보기 힘들었다.

어느 쪽도 먼저 달려들지 않고 소강 상태를 이루고 있을 때 대열이 갈라지면서 한 사내가 두 사람을 거느리고 앞으로 나섰다. 그가 이끌고 온 사내들까지 포함해 침입자들은 삼십 명이 되었다.

드럼통이 걸어 다니는 것 같은 일자 몸매가 주변을 둘러보며 말했다.

"이기 집이가 궁궐이가? 조오타. 이기서 살문 좋겠는데, 보자, 누기 집입니꺼?"

"……."

"하, 하, 하, 쪼라가 주딩이가 붙었나?"

"큭큭큭."

부하들을 제친 운변일이 앞으로 나서 수장으로 보이는 사내를 마주했다.

"누구냐?"

"네에? 대구에서 올라왔다. 절구라 하제. 절구, 조철구이."

"재건회 놈이구나."

"놈은 아이고, 슨상님. 뒤에 가시나가."

"이놈! 감히! 아가씨에게."

콧방귀를 뀐 조철구이 비웃음을 흘렸다.

"아가씨? 지랄, 가시나를 가시나가 하제 뭐라카노? 와, 저 가시나는 거기에 금테 둘렀나?"

"네놈 주둥이 먼저 찢어주마. 그 다음에 혓바닥을 뽑아주고."

"큭! 해봐라. 어이! 가시나야! 니는 좀매만 기다려라. 내가……."

조철구는 뒷말을 이을 수 없었다. 운변일이 폭발적인 속도로 다가왔기 때문이다. 뒤로 물러서면서도 조철구는 비릿한 웃음을 잃지 않았다.

"탓하!"

기합 소리와 함께 조철구의 뒤에 따르던 두 사내가 마주쳐 갔다. 한명은 검은 테이프가 감긴 팔 길이 정도의 봉을 들고 있었고 다른 이는 주먹에 자신이 있는지 가죽 장갑만 끼고 있었다.

운변일이 먼저 마주한 것은 봉이 아니라 주먹이었다. 훌쩍 뛰어오른 가죽 장갑이 공중에서 주먹을 일직선으로 날렸다. 간발의 차로 고개를 젖혀 피하자 다리를 향해 봉이 매섭게 날아왔다. 왼 다리를 들어 봉을 피하면서 어깨를 향해 짧게 내리찍었다.

팍!

어깨를 격타당한 사내의 상체가 흔들거리며 중심을 잃자 눈을 번뜩인 운변일이 허리를 비튼 탄력을 이용해 오른팔로 반원을 그렸다. 귀를 향했는데, 귀는 신체의 평행 감각을 조율하는 기관이 있는 중요한 곳으로 일격에 상대를 무력화시킬 수 있는 급소였다.

운변일은 순간 망설였다. 옆구리를 향해 오는 바람 소리가 매서웠다. 그는 자신을 믿었다. 맷집은 자신이 있었다. 한두 대는 탄탄한 근육이 막아줄 것이다.

그러나 곧 격심한 충격과 함께 숨이 턱 막혔다. 순간 허파가 멈추는 듯한 기분이었다. 이들도 자신만큼 수련을 쌓은 전문가들이었다.

몸을 빙글 돌리며 타격을 최소화하고 뒤따라온 손등으로 장갑의 얼굴을 돌려 쳤다. 주먹 끝에 걸리긴 했으나 묵직한 느낌은 없었다. 한 번의 접전으로 무시하지 못할 상대란 걸 파악한 그들은 물러나 숨을 골랐다. 장갑의 코에서 뜨거운 액체가 흐르자 쓰윽 닦고는 씨익 웃었다.

"으합!"

"컥! 으아아악!"

운변일은 이제야 주변이 시야에 들어왔다. 대열에서 앞으로 나온 사람은 자신밖에 없었고 부하들은 여전히 정자를 중심으로 원형을 유지했다. 옆면과 뒤는 동료를 의지하고 정면만 상대하니 세 배가 넘는 인원이지만 잘 버텨주고 있었다.

하지만 대열이 무너지는 것은 시간문제였다. 게다가 조철구는 아직 나서지도 않았다. 운변일은 손목을 돌려 풀고는 숨을 들이켰다. 수적 열세를 극복하는 방법은 적의 수장을 잡는 수밖에 없었다.

파팟!

잔뜩 웅크렸던 운변일이 미끄러지듯 봉에게 쏘아져 들어갔다. 그의 모습을 주시하고 있던 봉이 비웃음을 흘리는 듯하더니 크게 한 발을 내딛고는 몸을 띄웠다. 낮게 상체를 낮춘 운변일의 안면을 향해 무릎을 날렸다.

운변일이 피할 생각이 없는지 뛰어드는 속도를 멈추지 않고 손목을 돌렸다.

찰칵!

팔목 어림에서 언뜻 반짝이는 물체가 튀어나와 손바닥 안으로 사라졌고 주먹으로 발을 마주쳤다.

빠악!

"크아아악!"

주먹이 부서지는 것은 불을 보듯 뻔한 일이었다. 그러나 비명은 봉에게서 흘러나왔다. 운변일도 고통이 상당했는지 눈가를 찡그렸다. 무릎을 강타한 그의 주먹 사이의 뾰쪽 솟은 칼날에서 피가 흐르고 있었다. 삼각형의 손칼을 주먹 사이에 끼웠던 것이다.

그 순간 관자놀이를 향해 세찬 바람이 몰아치자 운변일은 다급히 고개를 젖혔다. 순간 이마가 화상을 입은 듯 뜨거웠고 곧 시야가 일그러져 보였다.

머리를 흔들어 정신을 차리려고 하는 사이에 명치에 격심한 충격을 받고는 허리를 접었다.

"커! 커억!"

내부가 뒤집어져 저녁에 먹었던 음식을 게워내면서도 운변일은 장갑을 찾았다. 앞이 깜깜해져 보이지 않았기에 청각에 의지했다.

쉭쉭쉭!

팡팡팡!

그사이 주먹이 온몸을 난타했다. 고슴도치처럼 잔뜩 웅크려 상체를 보호한 운변일은 마치 뱀이 혀를 날름거리는 듯한 소리를 들었다. 장갑은 권투로 단련된 놈이었다.

허물어지듯 몸을 낮춘 운변일은 긴 다리로 바닥을 쓸었다. 장갑에게 타격을 준다는 의도보다는 시간을 벌려는 생각이었다. 수초도 되지 않는 짧은 시간, 사물이 제대로 윤곽을 잡기 시작했다. 장갑의 주먹을 막은 팔이 몽둥이로 맞은 듯 뼛속까지 저려왔다.

쉬익! 훅훅!

"오른쪽."

팡!

알면서도 피하지 못했다. 장갑이 주먹을 내는 속도가 그만큼 빨랐다. 훌떡 넘어가는 머리를 억지로 세우자 크게 원을 그리며 검은 그림자가 덮쳐 오고 있었다. 운변일은 팔꿈치를 쳐올리며 고개를 숙였다.

빠악!

귓가에 붙인 주먹에 묵직한 충격이 전해졌다. 머리가 띵 하고 시야가 흔들거렸지만 이를 악문 운변일은 태클을 하듯이 몸을 던졌다.

"이놈!"

파파파파팡!

한순간에 다섯 방은 맞은 듯했다. 정신없이 머리를 난타당할 때 손에 무언가 걸리는 느낌이 들었다. 생명줄이라도 되는 양 움켜잡으며 당겼다.

어디인지 보지도 못했다. 운변일은 당겨져 오는 그림자를 향해 손칼을 쥐고 있는 주먹을 휘둘렀다.

빠방!

주먹 맛을 느낀 것과 타의에 의해 하늘을 쳐다본 건 동시였다. 운변일은 그 와중에도 버릇처럼 손목을 비틀었다.

끼끽!

"크으윽!"

철판을 긁는 듯한 소름 끼치는 소리와 함께 귓가에서 비명 소리가 들렸다. 고개를 내려 안겨 있다시피 한 장갑을 보았는데 시야가 반밖에 밝아지지 않았다. 이마가 찢어져 흐른 피가 왼쪽 눈을 가렸다. 피를 닦아내어도 마찬가지였다. 신경이 충격으로 기능을 상실한 듯했다. 그는 장갑의 가슴에서 주먹을 빼내었다. 장갑이 힘없이 무너지자 조철구의 음성이 들렸다.

"흐음! 이름이 뭡니꺼?"

"알 필요 없어. 와라!"

"후! 태경이라……."

말이 시작함과 동시에 조철구가 시야에게 사라졌다. 운변일이 다급히 고개를 왼쪽으로 돌렸으나 다시금 돌아와야만 했다.

빡!

"쯧쯧, 눈깔 병신이 돼서."

바닥을 구른 운변일이 벌떡 일어서자 여유를 부리는 조철구가 고개를 비딱하게 하고 서 있었다. 놈은 그 짧은 순간에 약점으로 파고든 것이다. 시야에 사각은 존재한다. 더군다나 한쪽 눈이 보이지 않는 운변일은 차포 떼고 장기를 두는 격이었다.

조철구가 어슬렁 걸어오다가 순간 땅을 박찼다.

대비를 하고 있던 운변일은 또다시 놈이 사라지자 반사적으로 왼편을 향해 주먹을 휘둘렀으나 걸리는 느낌이 없었고 목이 컥 막히면서 몸이 붕 뜨는 느낌을 받았다.

"푸헉!"

등부터 내동댕이쳐진 운변일은 식도로 타고 올라오는 피를 토했다. 내장이 상한 듯했다.

"고생했심더. 고만 가이소마. 연장!"

운변일의 가슴에 발을 올려놓은 조철구가 손을 내밀었다. 부하가 허리춤에 차고 있던 검은 막대를 꺼내더니 한쪽을 잡아당겼다. 시퍼런 칼날이 모습을 드러내고 그는 손잡이를 조철구를 향해 내밀었다.

운변일이 쓰러지자 안색이 창백해진 이연화가 무릎을 펴고 일어서더니 검을 뽑아 들었다.

'난 한성회의 후계자야. 이대로는……'

"아가씨!"

"아저씨, 그동안 수고하셨어요."

"항복을 하시면 아가씨를 해치지는 않을 겁니다. 그러니 후일을 도모하심이……."

정색한 얼굴에 이연화가 집사를 보며 싸늘히 말했다.

"제가 잘못 들었나요? 전 이한성의 손녀입니다. 그런 일은 없습니다. 차라리… 죽는 게 낫습니다."

이연화가 발걸음을 옮긴 순간, 뒤편에서 커다란 비명 소리와 함께 한 사내가 뛰어들었다. 이연화는 깜짝 놀라면서도 몸을 비켜서며 그림자를 향해 무의식적으로 검을 휘둘렀다.

무언가 갈리는 느낌이 손을 통해 전해졌고 뜨거운 액체가 얼굴에 분분히 튀었다. 피였다.

챙그랑!

달빛보다 더욱 안색이 새하얘진 이연화가 사시나무 떨듯 떨며 검을 놓쳤다. 그의 발 아래 한 사내가 엎어져 있었는데 목이 반쯤 갈려 피를 쏟으면서도 쿨럭거렸다.

"아, 아직 죽지 않았……."

다리에 힘이 풀린 이연화가 주저앉았다. 자신의 손에 한 사람이 죽어가고 있었다.

일시 싸움이 멈추고 묘한 침묵이 감돌았다.

"허어! 그 가이나 살벌하네. 올라탈라문 가운데 간수 잘해야겠데이."

부하들을 물린 조철구가 말했다. 정자를 지키는 경호들은 이미 반수 이상이 쓰러져 세 명밖에 남지 않았고 계집 하나와 노인네가 전부였다. 조철구는 이연화를 사로잡아 가야 한다. 그녀는 김대경을 끌어내기 위한 미끼였다.

일시적으로 놀라 이연화가 공황 상태에 빠져 있기에 싸움은 끝난 거와 진배없었다.

"큭큭, 가시나 오줌이나 지리지 않았나 모르것다. 고년 참."

조철구가 앞으로 나서 정자로 향했다. 쓰러져도 이상할 것 없는 경호원 세 명은 한주먹 거리도 되지 못했다.

헐떡이는 경호원들이 마지막 힘까지 짜내어 주먹에 힘을 줄 때였다. 경호원 중 한 사내가 흠칫 놀라며 눈을 동그랗게 떴다. 검은 실루엣이 쳐진 밤하늘에 밝은 달 두 개가 떠 있었다.

"어! 유에프……."

상황과 전혀 어울리지 않는 말을 뱉은 사내가 뒷말을 흐렸을 때는 새로 나타난 달이 더욱 환한 빛을 내뿜었고 그 빛이 소리를 동반하고 있음을 알았다.

'투투투? 뭐지?!'

조철구는 황당했다. 죽을지도 모르는 판국에 경호원이라는 놈들이 멍하니 하늘을 보고 있다니, 단칼에 멱줄을 따버릴 생각으로 걸음을 옮기려 할 때 고막을 자극하는 소리에 뒤를 돌아보았다. 멀리서… 아니, 급속도로 하늘을 나는 불빛이 가까워지며 점차 소음에서 굉음으로 바뀌었다.

투투투투!

"어? 헬기?"

새끼손톱만하던 불빛이 곧 수박만해지더니 세찬 바람을 동반했다. 불빛은 헬리콥터에 단 서치라이트로 바닥을 훑으면서 올라와 상공에 멈추었다.

"뭐야! 쌍!"

조철상은 팔을 올려 얼굴을 가릴 수밖에 없었다. 프로펠러 바람에 작은 돌들이 튀어 올랐고 착륙할 기세로 바로 머리 위에서 굉음을 토하고 있었기 때문이다.

획! 획! 획!

헬리콥터에서 밖으로 무언가를 던졌는데, 실눈 뜨고 이 황당한 상황을 살피던 조철구는 그 물체가 밧줄이란 것을 알았다.

"좆또! 이 새끼들아! 저 가시나 잡아!"

정신을 차리고 제일 먼저 움직인 것은 명령을 내린 조철구였다. 저택으로 올라오는 진입로에 부하들을 배치시켰다. 지원군이 출동하더라고 족히 반 시간을 끌 수 있을 것이고 연락을 받은 자신은 이연화를 데리고 유유히 빠져나가면 상황은 종료된다. 그런데 난데없이 헬기라니. 있을 수도 없는 일이다.

훼엑!

쿵!

정자로 달려들던 조철구는 하늘에서 육중한 물체가 떨어지자 화들짝 놀라 물러섰다.

발이 땅에 닿자 짜릿한 느낌이 전신을 휘감았다. 다리를 조금 움직여 보았는데, 조금 고통이 일긴 했으나 움직이지 못할 정도는 아니었다. 4층 건물 정도의 높이에서 뛰어내렸다.

김대경은 웅크린 몸을 펴면서 흙이 파일 정도로 발끝에 힘을 주었다. 이상이 없음을 증명하듯이 몸이 스프링처럼 튀어 나갔다. 한 발 한 발 내딛을 때마다 고통이 감소하였고 놀란 듯 눈을 퉁망울만하게 뜨고 있는 놈의 코앞에 왔을 때는 정상을 회복했다.

그는 몹시 화가 나 있었다. 상공에서 망연자실 주저앉아 있는 이연화를 보았다. 주위엔 시커먼 놈들이 그녀를 노리고 이를 드러내고 있었고 지켜줄 사람이 없었다. 이 크기만 한 휑한 저택에 그녀를 혼자 남겨두는 것이 아니었다.

이한성이 살아 있을 때는 일종의 성지 같은 곳이었지만 지금은 너무나 잘 알려진 목표물밖에는 되지 않는다. 그녀를 항상 옆에 두고 보살펴 주었어야 했다.

김대경은 달려가는 기세로 몸을 띄웠다. 다리가 빠르게 교차하며 상체를 보호하는 조철구의 팔을 두드렸다.

빠바바박!

한 번, 두 번, 세 번까지는 막았다. 하나, 팔이 부러지는 듯한 통증에 조철구는 팔이 들리고 말았다. 그는 당황하지 않았다. 허공에서 삼단차기 이상을 한 이를 본 적이 없었다. 몸을 띄우고 난 후 착지하는 순간이 기회다. 고통을 신음으로 흘려보내며 이를 악무는 순간 시커먼 그림자가 얼굴을 덮었다.

퍼억!

뒤로 홀러덩 넘어가면서도 조철구는 아픔보다는 의문이 들었다. 어떻게 세 번 이상을……. 헬기의 서치라이트 빛에 붉은색이 더했는데 입에서 뿜어져 나오는 피였다. 그 속에서 언뜻 반짝이는 하얀 물체를 보았다.

'내 이가 저리 하얗드나?'

"크윽!"

등에 충격이 일자 조철구는 재빨리 상체를 일으켜 세우며 공격 명령을 내렸다.

"주여어! 이 사이드라아!"

아래턱이 움직이지 않아 이상한 소리가 나왔다. 또한 상체를 일으키는 것은 생각뿐이었고 몸은 그대로였다. 하늘을 보고 누워 있는 있는 조철구는 눈이 부시다고 생각했다. 그러자 곧 구름이 밀려들면서 빛을 가려주었다.

휘익!

빠악!

상체가 들렸다. 다리도 들렸다. 배 어림을 중심으로 몸이 V 자 모양으로 접혔다. 그 중심엔 무릎으로 명치를 찍은 한 사내가 있었다.

와드득!

조철상은 뼈가 부서지는 소리를 뒤늦게 들었다. 감기는 눈으로 억지로 사내를 쳐다보았다. 집어삼킬 것 같은 불덩이를 마주하자 후회하며 눈을 감았다.

간만에 헬기 레펠을 한 함예신은 남이섬 때처럼 김대경이 폭주를 할까 봐 그에게 뛰어가려 했으나 곧 발을 멈추었다. 바닥에 깔린 사내를 일별하고 일어선 김대경이 주변을 한 번 훑더니 몸을 돌려 정자로 향했기 때문이었다.

함예신은 대건 마크가 새겨진 헬기를 한 번 쳐다보고는 입맛을 다셨다. 한 대 있으면 좋을 텐데, 더군다나 손에 봉 대신에 K─1 기관총이었으면 금상첨화고 말이다.

헬기를 빌려 타고 온 인원은 김대경까지 이쪽은 다섯 명이었고 상대는 이십여 명이었다. 함예신은 눈을 반짝거리는 부하들을 보자 마음이 편안해졌다. 최고 중에서 최고를 추린 이들이었다.

"야! 새끼들아! 제일 적게 잡는 놈이 한턱 쏘는 거다!"

"옙! 두목!"

함예신이 손목을 돌리며 걸어갈 때 김대경의 목소리가 그를 잡았다.

"함 부장!"

고개를 돌린 함예신이 김대경을 보며 고개를 끄덕거렸다. 믿고 맡기라는 뜻이었다.

김대경은 두 번 묻지도 않고 발걸음을 옮겼다. 피 범벅이 된 경호원들의 어깨에 손을 올렸다.

"수고했다. 쉬어라."

"예… 회장님."

눈에 띄게 떨고 있는 이연화를 보자 김대경은 할 말을 잃었다. 그냥 그녀 옆에 앉아 손을 잡아주었다. 풀린 눈동자가 그를 향했다.

"괜찮아."

"내가 사람을……."

"죽지 않았어."

"정말……?"

"그래."

고개를 끄덕인 김대경이 이연화의 얼굴을 가슴에 묻었다. 더 이상 피를 보지 말라는 듯이.

"흑흑흑, 나쁜 놈. 왜 이제 왔어… 얼마나 무서웠는데…….'

"미안하다."

이 말밖에는 생각이 나질 않았다. 이 말밖에는…….

공성
空城

시장 아주머니들이 고래고래 소리를 지르며 싸우는 모습을 바라보던 마천기는 눈을 껌벅였다. 서울 생활을 너무 오래 했는지 억센 억양에 사투리로 욕을 해대자 잘 알아들을 수가 없었다.

피식 웃음을 흘리면서 탁자로 고개를 돌리자 지글지글 알맞게 익은 곰장어 구이가 반기고 있었다. 소주를 한 잔 들이키고 젓가락을 뻗어가던 그가 멈칫하고는 내려놓았다.

"행님, 와요?"

"아냐, 먹어."

탁자 한편에 놓인 핸드폰을 열자 환하게 웃는 여인이 반겨주었다. 정감 어린 시선으로 사진을 바라보고는 단축 다이얼을 눌렀다. 1번이었다. 두어 번 신호가 가고 반가운 목소리가 흘러나왔다.

[저예요.]

"저가 뭐야?"

[그럼 뭐라고 해요?]

"자기야, 저예요. 해야지."

[호호, 자기야, 밥 먹었어요?]

"지금 먹으려고 자갈치시장에 왔는데, 곰장어를 보니까 당신 생각이 나서."

[곰장어요? 곰장어를 보니까 제가 떠올라요? 내가 곰장어랑 비슷하게 생겼어요?]

"……."

[호호호, 농담이에요. 혼자 먹으려니까 미안한가 보네요?]

"당신한테 미안한 게 아니고 우리 개똥이한테."

[이이는 참, 개똥이가 뭐예요, 개똥이가? 그리고 나는 이제 안중에도 없나 봐요. 산모를 서운하게 하면 태아한테도 안 좋은 거 아시죠? 울 거예요.]

"어이쿠, 마나님, 죄송하외다. 소인이 그만. 방정맞은 이놈의 주둥이를 내 그냥."

마천기와 탁자를 마주한 사내가 멀뚱멀뚱 그를 쳐다보았다. 10년이 넘는 세월을 마천기를 알아왔지만 저런 모습은 처음 보았다. 얼마 전에 형수가 임신을 했다더니 좋긴 엄청 좋은가 보다. 마산에 있을 때만 해도 절대 결혼해서 자신 같은 놈은 만들지 않겠다고 맹세를 한 사람이었는데. 사내는 마천기가 말수도 많아지고 다정다감해졌다고 생각했다.

마천기가 눈을 마주치려 하자 사내가 급히 고개를 숙이고는 불판을 뒤적거렸다.

"출장 곧 끝나니까 너무 서운해하지 말고, 밥 잘 챙겨 먹어. 무슨 일 있으면 막동이한테 연락하고. 그래, 그래. 이만 끊어."

부산으로 내려오기 전날 정명화가 임신 사실을 알려주었다. 책임지지 못할 자식을 만들기 싫다며 결혼도 하지 않겠다던 자신이 애 아버지가 된다니, 묘한 감동이었다. 김대경에게는 알리지 않았다. 가정사로 조직의 일에 방해가 되기 싫어서였다.

전라도에는 그곳 태생인 백한만이 내려가 있었고 경상도는 자신이었다. 연줄도 연줄이지만 타 지역 사람에게는 텃새가 심하기 때문이었다. 임신 사실을 김대경이 안다면 다른 사람이 이 자리에 있었을 것이다.

"행님 한잔 받으이소."

잔이 넘칠 정도로 따르고서는 사내가 물었다.

"뭐라예?"

"응? 아! 아직 안 물어봤어. 물어봐도 알려주지 않는다고 하던데. 근데 너, 왜 이리 말이 짧아?"

"제가예? 안 짧은데요."

"후후후, 내가 서울물을 너무 많이 먹었나? 어색하네. 정부에서 사창가를 없앤다던데, 들었냐?"

사내가 눈을 껌벅거리며 고개를 저었다.

"그래 봤자지예. 먹을 놈은 묵고 할 놈은 다 합니더."

"아마 미국처럼 길거리에서 호객하는 거리의 창녀들이 나타날 거야. 서울엔 이미 있다. 그 무슨 대교더라? 거기 길가에 쭉 서 있어."

"워메, 와 이리 유식해졌는교? 역쉬 서울물이 좋다카이."

"새끼. 임마, 내 동생들 앞에서 그렇게 얘기했으면 벌써 부산 앞바다에 가라앉아 있을 거다. 내 밑에 동생이 뻥 안 까고 한 삼백은 된다. 최소 B급 이상으로. 짜식아!"

"알아 모시겠심더. 고마 한 잔 더 받으이소."

"어제 서울에서 큰일이 있었다. 형님이 헬기까지 동원해 날아가셨다더라."

"헬기예? 파닥파닥 잠자리 말인교?"

짐짓 거드름 피우며 어깨를 편 마천기가 고개를 끄덕였다.

"그래, 그거. 전 회장님 따님이 위기에 처했는데 하늘에서 부웅 하고 뛰어내려서 구했다는 거 아니냐. 그것도 헬기를 타고 말이야. 하하하! 아마 허벌라게 멋있었을 거야. 그 장면을 봤어야 하는데."

마천기가 손짓까지 하며 들은 이야기를 풀어놓았다. 김대경은 차로는 늦는다 판단해 대건그룹 명예회장 이창민에게 도움을 요청했다. 그는 선뜻 본사에 있는 헬기를 빌려주었고, 김대경은 간발의 차이로 이연화를 구할 수 있었다. 아찔한 순간이었다.

"그래서 말인데, 형님이 화가 많이 나셨어. 곧 움직일 것 같으니까 미리 애들한테 연락 넣어."

"해운대아파트로 모이라고 하겠심더."

자갈치시장을 나가 부산타워로 가자는 동생의 제의를 뿌리치고 마천기는 완월동으로 향했다. 절대 여자를 품으러 가는 것이 아니라 적진 답사라는 것을 강조하면서.

어둑한 지하실, 한 사내가 백열등 등불에 시커먼 권총 총신을 비추고 있었다. 총기 번호는 지워져 있었다.

"깨끗하군."

유창한 러시아어로 사내가 말하자 매부리코 백인이 말을 받았다.

"한두 번 장사하나? 그 정도야 기본이지. 이번엔 몇 정이나 구입할 건가?"

"20정만. 단속이 심해져서 말이야."

콧방귀를 뀐 백인이 심드렁하게 말했다.

"이번부터 값을 올려야겠어, 한 정당 다섯 장으로."

"바르첸코, 지금 5백이라 했나? 미쳤군. 3백씩 쳐주는 것도 많이 주는 거야. 원양어선 선원들한테 백에도 살 수 있다고."

"그럼 그렇게 하던가. 빨빨거리고 돌아다녀야 한두 정이나 구할 수 있을 거야. 이봐, 최. 물건도 우리가 들여오고 구입 물량도 적고, 우리더러 어떻게 더 해달라는 건가? 수지가 맞지 않아."

눈을 가늘게 든 최우열이 피식 웃었다.

"직접 일본에 넘기기는 힘들 텐데, 한국을 거치지 않고서는 말이야. 우린 사이가 서먹해지면 서로 피해를 입어. 그걸 원하나?"

암시장에서 한국은 러시아에서 일본으로 넘어가는 일종의 중개 무역 장소였다.

일본은 러·일 전쟁 이후 전쟁 피해 보상으로 차지한 사할린과 북방 4도, 북해도에서 캄차카 반도 사이의 네 개 섬을 2차 세계대전 패전 후 구소련에 반환한 후에도 이 지역의 영유권을 주장하고 있다.

일본은 한국의 독도, 중국의 댜오위다오(釣魚島·일본명 센카쿠 열도), 러시아 북방 4도 등 삼 개 국과 영토 분쟁을 하고 있다. 독도와 북방 4도는 지리적 이점과 수산 자원을, 댜오위다오는 천연가스가 발굴이 되어 지하 자원이 걸린 분쟁이었고, 이와 더불어 해상권을 장악하려는 의도가 깔려 있었다. 러시아가 북방 4도를 일본에 빼앗기면 동북아시아에 미치는 영향력이 대폭 줄어들게 된다.

하지만 일본은 경제 원조를 앞세워 2개 도를 받기로 되어 있었으나 미·일 동맹이 강화되자 러시아 측에서 취소하였다.

이에 러시아에서 일본으로 건너가는 가장 가까운 해로가 지뢰밭처럼 되어 있어 한국을 경유한다. 표면상 러시아는 적국이고 한국은 우방이기에 감시의 강도가 달랐다.

최우열은 이 점을 말한 것이다. 야쿠자와 삼합회, 그리고 신성으로 떠오른 레드 마피아, 즉 러시아 마피아까지 한국은 양지에서 열강들 사이에 끼어 있는 형세가 음지에서도 유지되고 있었다.

바르첸코가 코를 만지작거리며 말했다.

"솔직히 우린 이따위 권총 몇 자루는 팔든 말든 관심도 없어. 한국에서 총을 팔기도 쉽지 않고 말이야. 그런데 얼마 전에 맘이 딱 맞는 고객을 만났지."

"……."

"그분은 구입 물량도 대단하더구만. 자네들처럼 딱총만 사 가는 것이 아니라 저격 총까지 구입을 하시더라고. 자네들하고 비교가 되지 않지."

"하하, 그래서… 거래선을 바꾸겠다는 건가? 이 부산에서? 우리 말고 다른 놈들과? 아마 내일이면 그놈 목을 볼 수 있을 거야."

"그럴까? 내 생각엔 말이야, 자네 목이 먼저 떨어질 것 같은데… 저분한테."

바르첸코의 시선을 따라 고개를 돌리자 최우열은 장신의 사내를 볼 수 있었다. 눈이 찢어질 듯 커진 최우열이 벌떡 일어날 때였다.

"앉아!"

일어나지도 앉지도 못한 엉거주춤 자세가 되었을 때 장신의 사내가 다가왔다. 불빛 아래 들어서자 얼굴 윤곽이 확연히 드러났다. 강인한 인상의 사내, 수백 번 사진을 통해 본 김대경이었다.

최우열은 반항을 포기했다. 이곳은 사할린을 근거지로 한 보보비치 마피아의 소굴이었다. 그들과는 수산물 밀수와 밀입국, 약 등을 5년 넘게 거래하고 있어 김대경이 이 자리에 나타나리라고는 생각지 못했다.

바르첸코가 웃는 낯으로 일어나 김대경을 반갑게 맞았다.

"여기 선물을 마련했습니다, 보스."

어눌하기는 하지만 한국말이었다. 최우열은 허탈한 얼굴이 되었다. 바르첸코가 한국말을 하는 것을 처음 보았기 때문이다.

"저 친구는 자네가 신기한가 보네."

최우열에게 고개를 돌린 바르첸코가 누런 이를 드러냈다.

"우리 할머니가 고려인이시거든. 몰랐나?"

스탈린의 강제 이주 정책으로 사할린에는 많은 고려인들이 살고 있었고, 한국 상품이 큰 인기를 끌고 있는 지역이었다.

김대경을 따라 들어온 나삼식이 최우열을 데리고 나가자 그 자리를 김대경이 대신했다. 그는 탁자에 올려진 베레타를 집어 들고는 익숙한 손놀림으로 분해를 했다.

"뻑뻑하군."

"새 겁니다. 막 창고에서 빼내온 것이죠. 러시아 군수 창고에서요. 저흰 군에도 많은 친구들이 있습니다."

베레타를 내려놓은 김대경이 뜬금없이 말했다.

"국내에 들어오는 모든 물품은 모두 내가 통제한다."

"당연하신 말씀입니다. 저흰 보스 아니면 거래 안 합니다."

"일본에 넘어가는 건 상관하지 않겠어."

"감사합니다."

"러시아 쪽에서 들어오는 인력은 모두 자네 조직에 일임을 하겠네. 그러니 잔조직들은 당신들이 알아서 처리해."

지금의 거래보다 최소 세 배 이상은 확대가 되는 것이다. 바르첸코는 더욱 입이 벌어졌다. 이 탁월한 선택으로 중간 보스급까지 격상될 수도 있을 것이다.

암흑가에서 가장 큰 시장은 마약이다. 그 다음은 인력 시장으로, 러시아에는 선진국으로 나가려는 인력들이 풍부했다. 베트남까지 인력을 공급하는 그들이었기에 태경회와의 독점 계약은 어마어마한 성과였다.

러시아에는 크고 작은 조직이 삼천여 개나 된다. 국내에서는 건달을 사회의 낙오자 집단으로 인식하고 업신여기는 한편 두려워하지만, 러시아 마피아들의 구성원을 보면 그런 생각이 싹 가신다.

러시아에서 마피아는 엘리트 집단이다. 구소련의 붕괴 후 돈을 찾아 고급 인력들이 대거 마피아로 진출을 했기 때문인데, 박사 학위를 가진 이들은 물론 대학교수, 기업가, 군, 경찰 등등 그 구성원의 일면목이 화려하다. 게다가 세계 폭력 조직 중에서 가장 잔인한 보복을 일삼는 집단으로 알려져 있다.

러시아는 마피아로 통한다는 말이 나돌 정도가 되었으며 세계 제일의 치안 국에서 마피아들의 천국이라는 멍에를 뒤집어썼다. 이에 러시아 당국에서는 예전 KGB 부활을 꾀하고 있었으나 순탄치 않았다.

보보비치는 마피아 중 중상 정도의 위치였고 곧 상위로 도약할 발판을 마련한 것이다. 단, 태경회가 전국을 통일해야 한다는 전제가 있어야 했다.

주로 러시아 사정에 대해서 대화를 나누던 김대경은 반 시간 정도가 지난 후에 나삼식의 보고를 받았다.

"알아냈습니다, 형님."

몸을 일으킨 김대경이 바르첸코에게 말했다.

"보보비치 보스께 조만간 찾아뵙는다고 전해주게. 그분이 전직 KGB 요원이라고 들었는데."

"맞습니다. 하지만 보스 앞에서 요원이라고 하면 큰 실례를 하는 겁니다. 국장님이라고 부르십시오. 사할린에 오시면 제가 대접을 하겠습니다. 좀 춥긴 하지만 좋은 곳입니다."

악수를 나눈 김대경이 몸을 돌렸다.

딱! 딱! 딱!

늦은 시각, 환한 조명 아래에서 밤을 잊은 사람들이 경쾌한 동작으로 하얀 공들을 하늘로 날려 보내고 있었다. 시내에서 조금 벗어난 북구의 골프 연습장이었다.

2층 열 한가운데 조금은 비대해 보이는 사내가 잡아먹을 듯 골프공을 노려보았다.

"이번에도 안 맞으면 내 이놈의 골프장을 때려 부숴 버릴 끼다."

머리를 고정한 사내가 팔을 어깨 너머로 젖히고는 있는 힘을 다해 휘둘렀다.

틱!

위 등을 살짝 스쳐 맞은 공이 또르르 굴러가다 아래로 떨어졌다. 사내의 주변에서 박수 자세를 잡고 '사장님, 나이스 샷'을 외치려 준비하던 사람들이 애써 외면했다. 비대한 사내의 성격을 뻔히 알기에 이럴 땐 눈을 마주치지 않는 편이 좋다.

"으으! 이익!"

땅!

골프채를 바닥에 내려친 사내가 씩씩거리고는 옆구리에 손을 얹었다.

"에이! 와 이리 안 맞노."

"험험! 형님, 오늘 컨디션이……."

"시끄럽다!"

사내의 말을 일축한 비대한 사내가 몸을 홱 돌렸다. 그러자 당황한 사내가 물었다.

"어디 가십니꺼?"

"물 빼러 간다, 물!"

두 사내가 따라붙자 손을 홰홰 저은 비대한 사내가 뒤뚱거리며 화장실로 향했다.

소변기에 서서 자크를 내릴 때 뒤쪽 문이 열리는 소리가 들렸다. 곧이어 발자국 소리가 들렸고 일을 보고 나온 사내가 세면대에 섰다. 흘끔 쳐다보자 50대 정도로 보이는 사내가 정성스레 손을 닦았다.

"잘 맞으십니까?"

"그저 그래예. 댁은… 처음 보는 분이시네요?"

"예, 구포동에 이사 온 지 얼마 되지 않습니다. 파견 근무를 나와서요."

물기를 휴지에 닦은 사내가 발을 떼며 말했다.

"좋은 하루 보내십시오, 박 사장님."

"아, 댁도······!!"

비대한 사내의 뒤를 지나치는 순간 갑작스럽게 몸을 돌린 사내가 팔을 뻗어 목을 휘어 감았다. 뒤에서 목을 조르는 자세였는데, 팔을 안으로 당기면서 약간 위로 틀자 비대한 사내가 고개가 꺾여지며 옆 목이 훤히 드러났다.

"돼지새끼, 혈관이 보이지도 않네."

"끄윽!"

비대한 사내는 벽을 손으로 짚고 뒤로 밀려 했으나 무릎 관절이 강타를 당하자 힘을 쓰지 못하고 한쪽 무릎이 꺾이며 주저앉는 동시에 옆 목에서 상황과 어울리지 않은 시원한 감각이 느껴졌다. 순간 몸 내부에서 목을 통해 급속도로 무언가 빠져나가는 느낌이 들었다.

살인 기술 중에서 목을 베는 방법은 군대에서 많이 쓰인다. 소리도 차단할 수 있을뿐더러 빠른 시간 안에 목적을 달성할 수 있었기 때문이다. 보통 목젖 부위에 칼을 쓰지만 전문가들은 목을 살짝 젖히고 동맥을 끊어놓는다.

비대한 사내의 저항이 눈에 띄게 줄어들더니 곧 축 늘어졌다. 사내를 내려놓고는 싸늘한 미소를 지었다.

"지옥에 가서 누가 보냈냐 물어보거든 라일락이라고 전해, 너무 오랜만이라서 잊었을 수도 있겠지만."

생기가 다한 사내를 나왔던 칸에 던져 넣은 최도치는 창을 통해 빠져나갔다.

부산 아시안 게임 당시 제2의 선수촌이라고까지 불린 부산 서구 충무동 2가에 위치한 윤락가인, 속칭 완월동은 한때 공창제도를 허락하지 않는 우리나라에서 불명예스럽게도 동양에서 가장 큰 사창가로 알려져 있었다.

이곳은 일제 강점기 당시 일본인들이 형성한 공창을 그 근원으로 한다. 그 당시에는 공인된 청정(?) 구역이라며 광고를 했으며 입구엔 일장기가 펄럭이고 있었고 일본인 포주에 조선인 윤락녀의 구도였다. 이 구도는 해방 후에 사라졌으나 윤락가는 유지되었다.

집창촌은 호와 열로 구분을 하여 호수를 매기고 구획을 나눈다. 보통 호객 행위를 하기 쉬운 입구 외곽의 가게가 손님이 많고 매출이 높다. 이에 가격표가 붙어 있다고 해도 약간의 가격 차가 난다.

뭐 빠지게 돈을 벌어 비교적 싼값에 한밤의 왕 대접을 받기 원하는 단골들은 억센 언니들의 팔 힘을 뿌리치고 안으로 깊숙이 들어간다.

하룻밤의 일몽(一夢)이 끝나고 허탈한 발걸음을 터벅터벅 옮기는 사내들이 띄엄띄엄 보이는 이른 아침, 모텔 앞으로 한 대, 두 대 고급 차들이 나타났다. 포주들로 수금을 하러 오는 것이다.

길가에 레미콘 트럭 운전석에 앉아 있는 사내가 시계를 내려다보았다. 오전 6시 33분을 가리키고 있었다.

"올 때가 됐는데……."

입맛을 다시며 담배를 꺼내 물고 짙은 연기를 내뿜었다. 필터까지 탈 정도가 되어 사내가 담배 꽁초를 창밖으로 던지려고 할 때 핸드폰이 울렸다.

"여보세요."

[사거리를 통과했다. 흰색 대형 세단, 갈색 경호 차 한 대가 뒤에서 따르고 있다.]

"옙!"

숨을 길게 뱉은 사내가 손가락을 풀고는 시동을 걸었다. 정말 아주 간단하게 종종 있는 교통사고를 일으키면 된다. 좀 격하게 들이받는 점이 다르긴 하지만, 오늘 저녁이면 자신은 일본의 한 술집에서 술을 들고 있을 것이다.

한 2, 3년 있다가 귀국을 하면 번뜻한 사업장이 생긴다. 다시 한 번 숨을 들이킨 사내가 이를 악물고는 가속기를 끝까지 밟았다. 막 코너를 돌아오는 흰색 세단을 향해……

"뭐!"

벌떡 일어선 마천기에게 아무도 이유를 설명하지 못했다. 해운대에 위치한 아파트로 동터오는 태양이 거실을 비춰주고 있었다.

"누구야? 아니, 어떻게 밤새 열 명이나 당했는데 이제야 보고를 하는 거야? 이 새끼들이 정신이 나가가지고!"

"행님, 그게 말입니다……"

"산출이! 내가 그렇게 말을 했건만, 곧 큰형님이……!"

마천기는 번쩍 뇌리를 스치는 생각에 말을 멈추었다. 부산에 주요 보스급 간부들이 하룻밤 사이에 열 명 가까이 습격을 받았다. 이렇게 일사불란하게 움직일 수 있는 조직은 흔치 않았다. 게다가 그런 일을 하려면 많은 인원과 정보를 필요로 한다. 일거에 팔다리를 자르는 수법, 자신이 했던 일이었다.

허탈한 웃음을 흘린 마천기가 털썩 소파에 앉았다.

"산출아."

"예, 행님!"

"곧 큰형님한테 연락이 올 거다. 아니, 이리 오고 계실 거야. 애들

깨워서 대기하고 있어."

눈을 꿈벅거린 안산출이 물었다.

"큰행님이라문… 대회장님요?"

"그래, 형님밖에 없지. 조금 섭섭하네. 나한테 연락도 없이 일을 시작하시고… 원래 형님 스타일이 움직인 다음에 말씀을 해주시기는 하지만."

마천기의 예상대로 10시 정도에 마천기는 서울에서 원정 온 인원들을 맞았다. 이미 근처에 급매로 나온 아파트를 얻어놓았고, 해운대에 수많은 모텔이 있기에 주변에서 의심의 눈초리를 보내지 않을 만큼 분산하기에는 충분했다.

"인사드려라! 회장님이시다."

대낮에 굳게 잠긴 단란주점 홀을 울리는 쩌렁한 음성이었다.

"회장님을 뵙습니다!"

열한 명의 사내들이 무릎을 꿇고는 한목소리로 외쳤다. 고개를 끄덕이는 걸로 인사를 대신한 김대경이 사내들을 일어나게 하였다. 마천기가 나서며 사내들을 소개하려 하자 김대경이 손을 저었다.

"소개는 후에 축배를 나눌 수 있을 때 받겠다. 각자 맡은 구역을 접수하도록. 천기!"

"예, 회장님!"

"네 동생들과 삼식이를 데리고 저들을 지원해라. 3일이다. 그 안에 부산을 끝내고 대구로 올라간다."

사내들이 흠칫 놀라 숨을 들이키자 김대경이 강하게 말했다.

"빈집이야, 이곳은. 너희들, 그 정도도 못하나!"

"아닙니다! 할 수 있습니다!"

"남아 있는 주요 간부 중 반은 사라졌다. 무엇이 두렵나!"

"두렵지 않습니다."

"좋다. 시작해!"

열기에 차 시뻘겋게 달아오른 경상남도 일대 지역 보스들이 뛰어나가고 김대경은 마천기와 자리를 했다.

"형님, 연락이라도 주시지."

"시간이 촉박했어. 하룻밤 사이에 끝내지 않으면 시간이 오래 걸려."

마천기에게 미소를 보여주며 김대경이 말을 이었다.

"결과는 나쁘지 않잖아."

"저, 형님. 청청도 내려왔습니까?"

"왜? 관심있냐?"

"그게 아니라……."

"승호가 눈이 벌게져서 쳐다보는데, 진땀 뺐다. 도치를 데려왔어."

"그 사람 꽤 쓸 만하죠. 근데, 전라도 쪽은 아직입니까?"

"여기서부터 시작해 넘어갈 생각이다. 이쪽이 머릿수가 많잖아. 여기가 깨지면, 생각있는 놈들이라면 어떤 반응을 보이겠지."

고개를 끄덕거린 마천기가 조심스레 물었다.

"그럼 서울은……."

"이 얘기를 막동이랑 지훈이가 들었어야 하는데."

"아, 아닙니다, 그냥 노파심에."

"서울도 시작했다. 안방에 들어온 놈들을 가만히 놓아두면 보기가 좋지 않지."

여유있는 김대경의 말과 모습에 마천기는 마음이 놓였다. 작은 지역에서 시작한 지 얼마 되지도 않은 것 같은데 어느새 전국을 바라보고 있었다.

"배신이냐?"

"배에신? 누가? 누구를? 어이, 여우야, 번지수가 틀린 것 같다. 난 영등포의 대웅이고 여기 서울 땅이야. 그럼 누가 누굴 배신한 거냐?"

부드득 이를 간 여우라고 불린 사내가 빠르게 상황을 파악했다.

안양천변의 창고 안이었다. 재건회가 성남에 이어 강남으로 치고 올라가고 있다는 소식에 신촌 일대를 공격하기 위해 준비를 하고 있던 찰나였다.

대웅 쪽은 삼십여 명, 자신은 오십 명에 가까운 수였다. 게다가 전연에서 지원 온 십여 명의 사내들까지 하면 절대 불리한 상황이 아니었다. 목동 여우가 익산, 전 이리파 두목 윤인식을 쳐다보았다.

윤인식은 그를 마주 보지 않고 한 사내를 유심히 보고 있었다.

"…대웅이란 놈의 별명이 왠지 어울리지 않는다 했더니 더 곰탱이 같은 놈이 있었네. 어이! 네가 탱크란 놈이여?"

대웅 일행의 뒤편에서 딴청을 부리고 있던 신경식이 고개를 들었다.

"뭐야? 아직도 시작 안 했어? 왜 이리 말이 길어. 근디 이 쌉새야, 언제 봤다고 반말이야. 그리고 탱크가 아니라 땅크다, 이눔아!"

"쌔기, 땅크나 탱크나."

신경식의 옆에 있던 사내가 피식 웃으면서 말하자 신경식이 마주 웃었다.

윤인식은 흠칫 놀랐다. 신경식과 반말을 주고받는 사내가 있었다. 태경회의 족보를 빠르게 훑었으나 떠오르는 인물이 없었다.

신경식이 철근을 끌면서 앞으로 나섰다.

"저 새끼 봐라. 눈깔 굴리는 게 이리가 아니라 여우새끼네. 저 친구가 누군지 궁금한가 보지. 길호야, 온길호."

왼손에 장갑을 끼고 있는 온길호도 앞으로 나서 대웅과 신경식, 온길호가 나란히 섰다.

"분위기도 갖추어진 것 같으니까 슬슬 시작해 보자고."

온길호가 말을 하곤 신경식을 보았다. 신경식이 고개를 끄덕였다. 저치 중에서 실력자인 윤인식을 맡긴다는 의미였다.

오른손엔 칼을 들고 왼손은 쇠 주먹을 장착한 온길호가 천천히 윤인식에게 다가섰다. 재기전이었다.

대웅은 머릿수 차이를 신경 쓰지 않았다. 전 같으면 대적할 생각도 하지 못할 텐데, 태경회 사내들의 일면을 보자 안심이 되었다. 자기 자신보다 머리 하나는 더 큰 사내와 힘 싸움을 벌여 상대를 들어 매치는 이는 몇 번인가 이름을 들어본 적이 있는 부천의 악바리 안재영이었다.

한 놈의 무릎을 밟고 뛰어오르면서 머리를 돌려 차는 화려한 동작을 선보이는 이는 미아리의 용오였고, 두 명의 사내 사이를 스치면서 피안개를 만들어내는 사내는 감방 동기이기도 한 나이프 정이었다. 그들보다 자신이 그리 나은 점은 없었다.

전연에서 보내온 사내들도 꽤나 대단한 실력자들이었지만 조금 모자란 감이 있었다. 서울은 복잡하고 사람이 많기에 조직 간의 경쟁이 그만큼 치열하며 필사적이다. 한동네 선후배 사이들로 이루어진 지방 조직과는 차이가 있었다. 그 미묘한 차이와 실전 경험이 서서히 드러나고 있었다.

태경회에서 나온 사내들은 자신의 조직과 비교하면 행동대장급 실력자들이었다. 혀를 내두른 대웅은 못이 박힌 각목을 피하며 놈의 머리를 쇠뭉치로 내려쳤다.

윤인식은 온길호와 부딪치는 회가 거듭될수록 인상이 구겨졌다. 그는 빠른 발 하나로 이름을 얻은 사내였는데, 온길호가 막을 때마다 발을 쇠뭉치로 치는 듯한 고통이 밀려왔다.

땅!

또다시 옆구리를 노리던 발길이 막히며 쇳소리가 났다. 손목을 흔들어 고통을 덜어낸 온길호가 눈을 떼지 않고 말했다.

"미안하다, 내가 손병신이래서. 갈고리를 달까 하다가 마누라가 기겁을 하더구만. 그래서 쇠 손을 박아 넣었거든. 조금 아플 거야."

"씨블! 내 다리가 부러지는지 네놈 팔이 먼저인지 보자고!"

"누구만큼 무식한 새끼네."

힐끔 신경식을 보았는데 어디서 주워들었는지 드럼통 같은 물건을 집어 던지고 있었다.

그 틈을 놓치지 않은 윤인식이 앞발을 축으로 허리를 틀었다. 순간 회초리같이 다리가 휘어지며 매섭게 턱으로 파고들었다. 상체를 낮추어 피하자 허공에서 급선회한 발길이 옆구리로 향했다.

퍽!

고통을 참고 발을 잡으려 했으나 치고 빠진 발이 다시 접혀지며 이번엔 무릎 관절을 노렸다.

눈을 번쩍인 온길호가 땅을 내려치는 식으로 왼 주먹을 날렸고, 곧 딱딱한 물체가 걸리는 느낌이 들었다.

빡!

정강이를 강타당한 상대가 흔들거릴 때 온길호는 발끝을 찼다. 빠르게 스쳐 가며 옆구리에 긴 자상(刺傷)을 만들어주었다.

뼈가 부러진 것 같은 충격을 겨우 참으며 정면으로 달려드는 온길호를 피한 윤인식은 옆구리에 시큰한 충격이 오자 몸을 빙글 돌렸지만 벌어지는 살을 막을 수가 없었다. 급히 뿜어져 나오는 피를 막으며 몸을 웅크리고는 방어 자세를 취하자 가만히 서서 자신을 바라보고 있는 온길호를 볼 수 있었다.

"…왜?"

"그만 하자. 넌 이미 졌어. 이 싸움도 마찬가지고. 보라고."

온길호의 말처럼 수적 우세는 이미 사라졌고 신경식의 철근을 피해 우르르 몰려다니는 꼴사나운 광경이 연출되고 있었다.

"저놈도 무식하다니까, 옆구리에 칼을 박고 저리 뛰어다니니."

언뜻 신경식의 등 쪽에서 덜렁거리는 막대기가 보였다. 신경식이 전혀 신경을 쓰지 않고 씩씩거리며 철근을 풍차처럼 돌리고 있는 모습에 보고 있는 윤인식이 기겁을 할 정도였다.

"끄응!"

갑자기 옆구리가 아파왔다.

온길호가 피에 전 옆구리를 보며 말했다.

"피를 더 흘리면 위험할 거다. 어떻게 할래? 더 할까?"

이 정도 상처 가지고 물러설 윤인식이 아니었지만 막고 있는 상대도 만만치 않고 이미 전세는 눈에 띄게 기울어진 상태였다.

"내려가겠소. 다시는 서울 땅에 발을 들이지 않으리다."

고개를 끄덕인 온길호가 어깨에 언 놈을 메고 빙글빙글 돌리고 있는 대웅에게 소리쳤다.

"물러나!"

"그만!"

"물러나라!"

그의 목소리를 들은 부하들이 좌중을 정리했다. 아직 분이 풀리지 않은 듯 신경식이 콧바람을 뿜어내며 다가왔다.

"뭐야! 아직 몸도 풀지 못했는데."

"새끼, 등판에 칼이나 빼고 얘기해."

"…이거 네가 꽂았지?"

멍하니 신경식을 쳐다보던 온길호가 흰 이를 드러내는가 싶더니 칼을 불쑥 내질렀다.

"헉! 빼."

"…담에 진짜로 먹을 때도 그렇게 얘기하는지 보자."

칼 손잡이로 툭툭 신경식의 배를 친 온길호가 신경식의 등판에 박힌 칼을 건들고는 걸어나갔다.

빙긋 웃고 따라나서는 신경식은 뒤에서 들리는 대웅의 목소리를 들었다.

"호열이는 저 여우새끼 잡아넣고, 진수, 병이는 애들 데리고 가서 남은 놈들 정리해……."

강바람을 맞으며 건너편 강변에 줄지어 서 있는 아파트촌을 바라보던 신경식이 말했다.

"재미없다."

"응?"

"형님이 없어서 그런가? 긴장감이 없어. 몇 달 전에 정말 목숨을 걸고 싸웠었는데… 총탄이 빗발치는 곳에서 쇠뭉치 하나 들고. 재밌겠지?"

"난 너처럼 무식하지 않아. 목숨을 여벌로 가지고 다니는 것도 아니고."

"넌 왜 건달이 됐냐?"

"…그냥, 어느 날 보니까 주먹을 휘두르고 있더라고. 그게 다야. 넌?"

"나? 비슷하네. 무시하길래 패주었더니 잘했다고 칭찬을 하더라. 점점 주변에 사람들이 모이고 날 떠받들어 주더라고. 신나서 부딪치고 다녔더니, 깜방에 가고 나오고 또 주먹질하고… 지금 여기 서 있는 거지 뭐. 쩝!"

입맛을 다신 신경식이 온길호의 어깨에 손을 올렸다.

"그래도 큰형님 만나고서는 아직 한 번도 들어가지 않았다. 한 5년 됐나?"

"들어갈 때가 됐군……. 농담이야, 농담. 원로 중에서도 별 하나 없는 사람도 있는데 뭐, 그리 특이한 일도 아니지. 네가 멍청하게 아무 데나 덤벼드니까 딸려 들어간 거고, 지금은… 네가 거물이 돼서 그래. 너 잡혀 들어가면 변호사가 한 열 명은 붙을걸?"

"아마… 그렇겠지."

"근데 치료 안 해?"

"가면서 빨간 약이나 바르지 뭐."

고개를 절레절레 저은 온길호가 몸을 돌렸다. 전연의 숙소를 치러 간 오지훈을 지원하러 가야 한다. 그쪽도 이미 끝났을지도 모르지만.

온길호의 예상과는 다르게 오지훈은 고전을 면치 못하고 있었다.

"제기랄!"

어깨가 부서지는 충격을 받고 한쪽 무릎을 꿇었던 오지훈이 이를 악물고는 팅기듯이 일어섰다.

퍽!

어깨로 상대의 가슴팍을 들이받고는 팔을 뻗어 재빨리 허리를 휘감았다. 번쩍 들어 올린 채 팔에 굵은 혈관 마크를 새겼다.

"끄응!"

"으윽!"

빡! 빡! 빡!

상대가 다리를 띄운 상태로 얼굴을 향해 난타를 가했지만 바짝 달라붙어 가슴에 얼굴을 묻고 있어서 별반 타격을 주지 못했다. 오히려 단단한 머리뼈에 주먹이 부서질 판이었다.

상대의 저항이 약해지며 눈이 뒤집어질 찰나에 어디선가 날아온 쇠뭉치가 오지훈의 넓은 등판에 긴 줄을 만들었다.

쩍!

"크흑!"

순간 팔의 힘이 풀리자 급속히 생기를 찾은 사내가 오지훈의 팔을 주먹으로 내려쳤다. 짧은 순간 팔에 마비가 오고 느슨해졌다. 재빨리 갈고리 같은 오지훈의 손아귀에서 벗어난 사내가 시뻘게진 얼굴로 헐떡거렸다.

눈가를 찡그린 오지훈은 또다시 날아오는 쇠뭉치를 반원을 그리며 상체를 빙글 돌려 피하고는 환히 보이는 명치에 주먹을 꽂았다. 허리를 반으로 접은 놈이 헛구역질을 하며 쓰러지자 머리를 질끈 밟았다.

"헉헉헉!"

거친 숨을 몰아쉰 오지훈은 예기치 않은 공격에 뒤를 돌아보았는데,

후면을 책임져 주던 부하들의 모습이 보이질 않았다. 그가 있는 복도에는 서 있는 사람보다 바닥을 기고 있는 이들이 더 많아 보였다.

처음 폐공장의 기숙사를 숙소로 삼고 있는 놈들을 공격할 때는 승기를 잡는 듯했으나 갑자기 나타난 관광버스 한 대 때문에 전세가 뒤집어졌다. 재수없게도 지방에서 올라오는 지원 부대가 도착하는 시간에 맞추어 공격을 한 것이었다.

놈들은 아직 부산 소식을 듣지 못했는지 안방에서 더 많은 인원을 빼내왔다. 밑에 내려간 동료들에겐 희소식인지 몰라도 막아야 하는 오지훈에겐 이런 악재가 없었다.

빈집을 털어 적이 당황하는 사이에 빼앗긴 지역을 수복하며 앞뒤로 압박을 가하는 작전이었는데, 이쪽에서 한발 앞서 나간 것이 화근이 되었다.

"씨발! 죽기 아니면 돼지기다!"

이래도 저래도 죽는다는 소리를 내뱉은 오지훈은 떨어진 쇠뭉치를 들었다. 순간적으로 옆으로 누가 다가오는 것 같자 쇠뭉치를 휘둘렀는데, 곧 놀란 사내의 얼굴 앞에서 가까스로 멈추었다. 피 칠을 하고 있는 오함마였다.

"새끼."

"혀, 형님, 후퇴하셔야 합니다. 지금 아니면 기회가 없습니다."

들을 가치도 없다는 듯이 고개를 돌린 오지훈은 대치하고 있는 적에게 시선을 돌렸다. 어느새 두 명이 늘어나 있었다.

"난 여기서 죽을 거야. 개자식들, 어디 끝까지 해보자! 이야압!"

오지훈은 냉철한 지휘관 스타일이 아니었다. 이성을 잃으면 앞뒤를 재지 않는다. 그를 통제해 줄 김대경은 이 자리에 없었다.

오함마가 어쩔 수 없다는 듯이 그를 따랐다. 언제 복도에 늘어서 있는 방에서 적들이 튀어나올지 모르기에 뒤를 맡아주어야 한다.

"우아아악!"

우당탕!

비명 소리와 함께 요란한 소음이 들려왔다. 3층을 오르는 계단에서 두어 명의 사내가 굴러 떨어지고 있었다. 곧 그 자리에 군용 단검을 든 사내가 대신했다. 위층을 치러 올라간 안성태였다. 그도 그리 좋은 상황은 아닌지 여기저기 찢어진 옷차림으로 군데군데 피가 보이고 있었다.

"뭐야? 왜 이래?"

안성태는 당황한 빛이 역력했다. 내려올 때쯤에는 어느 정도 끝났을 거라 생각했는데 정반대였다. 하지만 생각할 겨를이 없었다.

"쓸어!"

지친 부하들에게 공격 명령을 내리고 안성태가 앞서 뛰어갔다.

각목을 팔로 막고 상대의 목에 쇠뭉치를 질러 넣은 오지훈은 왼편에서 발을 질러오는 놈을 향해 어깨부터 밀고 들어갔다.

쿵!

놈이 벽에 닿자 앞발에 힘을 주며 몸을 튕겼다.

우지끈!

윗머리에 묵직한 느낌이 왔다. 안면을 머리 받아버린 오지훈은 숨 쉴 틈도 없었다. 언 놈이 어깨를 뒤로 잔뜩 젖히고 후려칠 자세를 취하고 있었다. 피하기는 이미 늦었다. 두 팔을 올려 얼굴과 가슴을 방어하는 자세를 취했다. 눈은 놈에게서 떼지 않은 상태였다.

휘익!

귓가를 스치고 지나가는 날카로운 바람 소리가 났다. 순간 놈이 뒤로 물러섰는데 어깨에 깊숙이 대검을 박고 있었다.

오지훈이 달려들기 위해 몸을 움찔할 때 또다시 기합 소리와 함께 커다란 그림자가 지나갔다.

"이얍!"

군용 침투복 같은 검은색 일색 옷을 입은 사내로 안성태였다. 오지훈은 그를 보자 마음이 놓여서인지 벽에 등을 기대었다.

얼굴을 차고 멋지게 착지한 안성태는 기절한 놈에게서 대검을 뽑아 들고는 오지훈에게 다가왔다.

"어떻게 된 거야?"

"끄응! 저기 계단 쪽을 봐."

좀 전엔 이쪽이 급하기에 신경 쓰지 않았는데, 이상하게 계단에 부하들이 많이 모여 있었다. 오지훈의 말이 이어졌다.

"1층은 전멸당했어. 버스 한 대가 더 오더라고."

투닥거리는 소리가 들린다 했더니 밑에서 올라오는 적들을 막고 있었다.

"연락은 했어?"

"그럴 겨를이 어디 있어."

"젠장!"

재건회를 방어하기 위한 최소 병력을 남겨두고는 모두 전연 쪽으로 투입했다. 김대경은 직속 병력들을 모두 데리고 원정을 떠났고, 태경회는 한꺼번에 두 세력을 상대할 만큼 여유가 없었다.

그사이 움직일 수 있는 부하들이 하나둘 모여들었다. 오지훈은 그들의 모습을 보고는 한숨을 쉬었다. 모두 지친 기색이 역력했다.

벽에서 몸을 뗀 그는 계단을 향해 앞장서 걸었다. 계단 앞에는 사무용 책상을 쌓아 바리케이드가 쳐진 상태로 대치 중이었다.

"이! 씨발 후레자식들아! 안 내려오면 불을 싸질러 버릴 거야, 씨발!"

"좆까, 이 개새끼야! 올라와 봐! 머리통을 잘게 다져 줄게."

주먹 교환은 잠시 멈추어졌고 욕설이 오가고 있었다. 오지훈이 연락을 하라고 명령을 내린 사이 짙은 휘발유 냄새가 풍겨왔다. 불을 지르려는 태세였다.

오지훈이 안성태를 보았다.

"내려가야 되겠지?"

"아마도."

"그럼 가지."

오지훈이 책상 위로 발을 올릴 때 부하가 재빨리 말했다.

"형님! 10분만 버티랍니다, 지금 오고 있다고!"

"누가?"

"임 실장이 직접 출발했답니다."

잠시 부하의 환한 얼굴을 쳐다본 오지훈이 한숨을 쉬고는 고개를 돌렸다. 10분이면 불타 죽을 시간으로 충분했다. 책상 위로 올라선 오지훈이 두 다리를 굳건히 하고는 버럭 소리쳤다.

"이 개자식들아! 내가 오지훈이다! 니들은 오늘 다 죽었어! 던져!"

그가 재빨리 상체를 수그리자 뒤에서 묵직한 물건들이 반 계단 사이에서 이를 갈고 있던 적들을 향해 날아갔다.

"으아악!"

순간 적들의 대형이 흐트러지면 우왕좌왕하자 오지훈은 발에 힘을 주고는 훌쩍 뛰어내렸다. 연이어 안성태와 오함마가 악을 쓰며 따랐다.

　다급히 문을 박차고 들어선 임승호는 어금니를 깨물었다. 곳곳에 죽은 듯이 엎어져 있는 사람들과 계단 손잡이에 넝마처럼 걸치고 있는 사내들이 그의 눈에 불을 지폈다.

　홀의 중간에는 대여섯 명의 사내들이 서로 등을 마주하고 겹겹으로 포위한 수십 명의 사내들의 공격을 받고 있었다. 빠르게 포위된 사내들을 살피자 그나마 안도의 숨을 내쉴 수 있었다. 비록 불장난이라도 했는지 새까맣게 그슬리고 온몸이 걸레처럼 변해 있어도 오지훈은 오지훈이었고 안성태 역시 안성태였다.

　밖의 소음을 들었는지 뒤편에 물러나 있던 사내와 눈이 마주쳤고, 그 순간 임승호는 땅을 박찼다.

　"적이다!"

　손가락을 세워 주춤 물러나는 놈의 목을 강타하며 연이어 팔꿈치로 턱을 돌린 임승호가 버럭 소리쳤다.

　"형님! 승흡니다! 제가 왔습니다!"

　"그래! 나 여기 있!"

　희미하게 이런 소리를 들은 것 같았다. 임승호는 더욱 힘을 내었다. 언 놈의 목 둘레를 팔로 감싸고 손으로 턱을 잡은 채 밖으로 홱 잡아채면서 두두둑 소리를 들을 새도 없이 발을 수직으로 올려 찼다.

　덜컥!

　턱을 차인 놈의 고개가 홀떡 넘어가자 수도가 파고들었다. 손가락 끝에 물컹하면서도 따뜻한 느낌이 전해졌고 임승호는 간만에 전해져

오는 격렬한 몸놀림과 피 튀기는 긴장감에 전율이 일었다. 뛰어난 머리로 브레인 역할을 하고 있지만 그도 투쟁 본능을 가지고 있는 사내였다.

팔에 차가운 감촉이 느껴지자 그의 충혈된 눈동자가 날카로운 칼날을 좇았고 곧이어 몸이 움직였다. 몸의 회전에 따라 발길이 날았으며, 팔을 베고 지나쳐 가는 언 놈의 뒷목에 모서리처럼 세운 발뒤꿈치가 작렬했다. 특공 무술식의 돌려차기였다.

오지훈은 주저앉고 싶은 약한 마음을 탓하며 후들거리는 두 다리를 원망했다. 일순간 죽을지도 모른다는 공포가 엄습했다. 목숨을 구걸하고 싶다는 비굴한 생각도 떠올렸었다. 그리고 멀리 떨어져 구원을 요청할 수도 없는 김대경에게 책임을 밀었다.

항상 강한 척하고 약자를 업신여기는 마음을 가지고 있었지만 그도 한 명의 사람이었고 이 순간만큼은 약자였다. 죽은 듯 누워 있는 동생들의 안위보다는 자신이 살았다는 안도감이 더 컸다. 오지훈은 입술이 터져라 깨물었다.

"으아아악!"

천근같이 무거운 다리와 약해빠진 정신을 기합으로 일깨우고 앞을 향해 달려갔다.

"이, 이, 이, 미친놈! 뭐라카노!"

평소에 잘 쓰지 않는 사투리까지 써가며 말을 더듬은 하영일은 자신의 귀를 의심했다. 부산이 쑥대밭이 되었다는 헛소리를 들어서였다.

"니 시방 농담하는 기제?"

태양이 지지 않는 듯한 화려한 강남 일대를 잠행하고 돌아오는 길에 연락을 받은 최일 또한 똑같은 반응을 보였다. 그러나 결과는 변하지 않는다.

"행님, 죄송하닙더. 전 내려가 봐야겠심더."

최일의 구역은 부산이었다. 그는 하룻밤 사이에 집 잃은 노숙자 신세가 되어버렸다. 하영일이야 경상도 전역에 영향력을 행사하기에 부산을 잃어도 심한 타격을 잃지 않지만 자신은 달랐다.

만약 이대로 전쟁을 승리해서 서울 일대를 차지한다 해도 기반이 박살난 자신은 큰 목소리를 낼 수 없었다. 전공(戰功)을 나누어 가질 수 있는 것도 남이 무시하지 못할 정도의 힘이 남아 있을 때란 걸 누구보다 잘 알고 있었다.

지금 상태론 아무리 잘해도 사냥이 끝난 후 숯불구이가 되는 개 신세다. 최소한의 힘이라도 남겨 재기를 노려야 하는 게 그로서는 최선의 선택이라 판단했다.

부산이 공격받고 있다는 보고보다 최일의 말에 더 당황한 하영일이 지역 보스들을 둘러보았는데, 안절부절못하는 모습이 역력했다. 부산 다음은 자신들 지역이라는 것을 알고 있는 것이다.

재건회는 똘똘 뭉친 하나의 조직이 아니다. 가장 강력한 힘을 가진 하영일에게 지역 보스들이 충성을 맹세한 형태로 연합체 형식이었다. 이는 태경회의 전신인 한성회나 일도연합도 같은 형태였다.

이런 형태는 일을 시킨 하부 조직에서 말썽이 생겼을 때 연결 고리를 끊어 법망을 피해갈 수 있고 말을 듣지 않는 조직엔 본보기로 응징을 가해 지배력을 강화할 수 있는 이점들이 있다.

하부 조직에서 뛰어난 인재들을 스카우트를 하는 이유도 그들의 힘이 커지는 것을 방지하며 동시에 자신들의 힘을 키우기 위함이었다.

하지만 이는 평상시 때의 모습이었고 지금은 자신들의 터전이 사라질 위기에 처해 있었다. 이래저래 죽는 것은 매한가지였다.

하영일이 잡아먹을 듯 최일을 노려보다가 이마를 짚었다. 당장 이 자리에서 방정맞은 주둥이를 나불거린 최일의 목을 딸 수도 있다. 당분간은 가까운 칼날에 지역 보스들이 석이 죽어 빠릿하게 행동할 것이다. 하나, 최일과 똑같은 상황에 직면하면 쥐도 새도 모르게 사라질 것이다.

밑에 내려가 공격하는 놈들과 싸우면 그나마 다행이고 태경회에게 무릎을 꿇고 목숨을 구걸하는 놈들도 나올 것이다.

잠시 대답을 미룬 하영일이 보스들을 내보내고 측근을 불러 모았다.

"우리가 선택할 길은 두 가지밖에 없다. 이대로 한 번에 밀어붙여 서울의 반이라도 차지해서 기반을 굳히느냐, 아니면 다음을 기약하고 물러나 집을 지키느냐다."

윗머리가 훤히 보일 정도로 머리카락을 짧게 자른 사내가 말했다.

"이미 성남과 서초 일대를 확보했습니다. 게다가 이한성의 저택을 공격하기까지 했습니다. 이대로 물러난다 해도 태경회에서 가만히 있지 않을 겁니다. 제가 태경회를 여기 계신 누구보다 많이 압니다. 김대경, 손을 대서 끝장을 보지 않은 적이 없습니다. 강철민이 운영하던 마약 조직을 안방까지 쳐들어가 박살을 낸 놈입니다."

강북 일대에서 한성회 시절부터 있던 사내로 이번에 재건회와 손을 잡은 자였다. 그는 이대로 물러나면 태경회의 응징을 피할 수 없다.

"이 모든 게… 하나의 각본 같습니다."

귀밑이 희끗희끗한 사내가 입을 열었다. 하영일이 그를 보곤 뒷말을 재촉했다.

"아하! 처음 서울 패권을 놓고 전쟁이 벌어졌을 때부터 우리는 주목하고 있었습니더. 혼란이 기회라 여겼지예. 그리고 태경회가 승자가 되었을 때는 비웃었습니더. 여기서부터 잘못된 깁니더. 부자가 망해도 삼 대는 간다는데, 우린 김대경을 지 애비 재산도 지키지 못하는 썩을 놈이라고 생각했지예. 저 친구를 보라예, 피라미새끼가 정보통이라고 여기 와 있지 않습니꺼? 밑에 것들을 무시하믄서 조이니끼니 저런 것들이 나와서 지금 태경회는 알짜배기만 모여 있습니더."

얼굴이 붉어진 짧은 머리가 반박은 하지 못하고 고개를 숙였다.

"그리고 계속 지키기만 했습니더. 저 빌어먹을 깽깽이새끼들까지 설쳐 우린 당연한 반응이라고 생각했지예. 실질적으로 양쪽을 상대할 힘은 없습니더."

"그런데 뒤를 쳤지 않는가? 자네나 나나 여력이 없다고 판단을 했지."

"저 새끼 같은 것들을 심어놓았던 겁니더. 우린 우리가 한 방법으로 똑같이 당했십니더."

엷은 한숨을 쉰 하영일이 생각을 정리했다. 힘이 약해진 건 사실이었다. 태경회는 그 약점을 보완하려 하부 조직들을 흡수하면서 거대 조직화를 꾀하였다. 이에 반하는 조직들은 이탈을 했고, 자신은 당연하다는 듯이 받아들이며 서울에 진출할 거점으로 삼았다.

그래서 더욱 힘이 쇠퇴했다고 여겼는데 오히려 단단히 뭉치는 계기가 되었고 그 결속력을 다져 준 것이 자신과 전연이었다. 외세의 침입으로 내부를 다진 것이다.

거기에 최소의 병력으로 방어를 하며 밀리는 척 조금씩 살을 내어주면서 안방에 남겨두었던 수비 병력을 불러오게 만들었고, 그 시점에 거의 비우다시피 한 집을 치고 들어갔다.

당연히 서울로 원정 온 지역 보스들은 불안감에 휩싸인다. 앞으로는 강한 벽에 막혀 나가지 못하고 후방은 집이 없어질 위험에 처해 있으니 마음이 떠날 수밖에 없다.

"끄응!"

하영일은 자신도 모르게 신음 소리를 내었다. 철저히 당했다. 처음부터 전부 계획된 일이라면 정말 무서운 놈이다. 이 난국을 타계하려면 이쪽도 길 가다 옥상에서 떨어진 돌덩이에 맞은 꼴이니 똑같은 타격을 주어야 한다.

상체를 세운 하영일이 낮게 말했다.

"최국한한테 연락을 해."

좌중의 사내들이 서로 얼굴을 쳐다보았다. 최국한은 전라도 연합회의 회장이었다.

신화
神話

한 사내가 인(人)의 파도에 맞서 뛰어들고 있었다. 180은 넘어 보이는 훤칠한 키에 떡 벌어진 어깨 하며 사내의 역동적인 움직임에 터질 듯 부풀어 오른 옷 사이로 단단한 근육질의 몸매가 드러났다.

앞을 가로막는 그 무엇도 부숴 버릴 것 같은 거센 파도는 거침없이 달려드는 한 사내에 의해 갈기갈기 찢겨져 붉은 포말로 화(化)해 헛되이 사라져 갔다.

조금이라도 주먹을 쓸 줄 아는 사람이라면 이 황홀한 광경에서 눈을 떼지 못할 것이다. 군더더기 하나 없는 간결하면서도 깔끔한 동작, 조금도 낭비가 없는 힘의 배분과 끊임없이 이어지는 연환 공격, 공격이 방어요, 방어가 공격이란 걸 주먹질 한 번, 발길질 한 번에 보여주고 있었다.

마치 물속을 유영하는 한 마리 인어(人魚)처럼 파도를 타며, 가르며, 헤치며 그렇게 나아가고 있었다.

번쩍이는 빛이 앞을 가리면 휘청이듯 쓰러지는 자리엔 파도가 자신의 의지와는 상관없이 그를 받아주면서 산산이 산화하였고 아무 의미 없이 내지르는 그의 주먹에 거센 소용돌이가 일었다.

적의 몸을 도약대 삼아 뛰어오른 김대경은 허리의 회전과 쭉 뻗은 다리의 원심력을 더해 풍차처럼 핑글 돌았다.

빠바바박!

연속적인 격타음이 들리자 두 사내가 얼굴을 감싸 쥐고는 튕겨져 나갔다. 하나 끝이 아니었다. 발끝이 땅에 닿는 순간엔 흉측한 물체가 사내들의 자리를 대신했다. 뼈가 없는 연체동물처럼 유연하게 몸을 비틀어 흘려보내고 되돌아오는 탄력을 실어 보낸 손날이 여지없이 사혈을 파고들었다.

목을 향해 쓸어오는 칼날을 허리를 젖히며 뒤로 넘자 바닥에서 솟구친 발끝이 칼을 휘두른 사내의 턱을 차올리고는 곧이어 뒤에서 달려들던 언 놈의 정수리에 내리찍었다.

김대경이 바닥에 엎드린 자세가 되자 기다렸다는 듯이 사방에서 적들이 달려들었다.

한 팔을 축으로 삼은 김대경은 팽이처럼 맹렬한 속도로 바닥을 쓸었다. 몸무게를 실었던 다리가 강타당하자 몸이 붕 뜬 사내들이 엉덩방아를 찧었다.

순간의 틈을 이용해 몸을 세운 김대경은 인파에 밀린 듯 겁에 질려 칼날을 내지르는 사내의 손을 손등으로 살짝 건드려 방향을 바꾸고는 팔을 쭉 뻗었다.

덜컥!

턱에 세찬 충격을 받은 사내는 이를 쏟아내며 합죽이가 되어 날아갔고 그를 방패 삼아 따라붙은 김대경은 인파 속으로 다시 뛰어들었다.

빠각! 퍼억! 빠바박!

그의 동작에 맞추어 격타음이 반주라도 하는 것처럼 울렸다.

입을 쩌억 벌리고 멍하니 서 있던 나삼식은 자신을 부르는 소리에 깜짝 놀라 주먹을 움켜쥐었다가 실태를 깨닫고는 얼굴을 붉혔다. 마천기와 함예신이 다가와 있었다.

"이거 제가 할 일이 없는 것 같아서……."

뒷말을 흐리자 함예신이 웃으며 맞장구를 쳐주었다.

"보게나. 자네뿐만이 아니라 동생들도 적들도 모두 마찬가지야."

그의 말처럼 대적을 하는 이들도 최선을 다하지 않고 힐끔거리며 김대경의 모습을 쳐다보았다.

"전에도 한 번 본 적이 있는데도 정말 대단하다는 말밖에는 할 말이 없어. 마치 무아지경(無我之境)에 빠진 사람 같지 않나? 싸움도 저 정도면 거의 예술의 경지고 형님은 끝에 다다른 대가(大家)라고 불러도 되겠어. 같은 남자한테 이런 말을 쓰면 이상하게 들릴지 모르지만… 아름답군."

나삼식은 저도 모르게 고개를 끄덕였다. 강함을 동경해 무도에 매진하는 사람들도 있고 건달의 길에 들어선 이들도 있었다. 그들이 본다면 감동해서 울먹일지도 모른다.

마천기가 혼잣말처럼 음성을 흘렸다.

"강함은 아름답다."

부산을 놓고 벌이는 최후의 싸움이기에 끊임없이 달려들던 적들도 이제 포기한 듯 김대경과 대적하는 수가 급격히 줄어들었다.

마천기가 나삼식의 어깨를 툭 치며 말했다.

"자자! 언제까지 넋 놓고 있을 텐가? 설마 형님이 뒷정리까지 하시기를 바라지는 않겠지? 움직여."

"아! 옙!"

자부심이 가득한 얼굴로 몸에 힘을 잔뜩 준 나삼식이 외쳤다.

"이 새끼들아! 언제까지 놀고 있을 거야! 빨리 끝내!"

목청이 터져라 기합으로 대답을 대신한 태경회원들이 주먹에 힘을 주었다.

반 시간여가 지났을까, 일대 혈풍이 몰아쳤던 부둣가엔 잔잔한 파도 소리와 아련하게 들려오는 뱃고동 소리만이 울렸다. 멀리서 콘테이너 하역 작업이 한창이었고 희미한 가로등불에 의지하는 부두 창고 앞에는 백 명 가까운 사내들이 힘없이 고개를 떨군 채 무릎을 꿇고 있었다.

바닷바람을 맞으며 잠시 동안의 휴식을 취한 김대경이 걸음을 옮기며 나삼식에게 던지듯 말했다.

"내가 혈귀라고 불린다고 들었다. 그 이름을 뇌리에 깊숙이 심어주도록."

싸늘한 김대경의 말에 마른침을 꿀꺽 삼킨 나삼식이 함예신을 쳐다보았다. 그가 시선을 회피하자 다급히 마천기를 찾았는데, 이미 등을 돌린 채 김대경을 따르고 있었다.

"그래, 내가 지옥에 가지 않으면 누가 가리오. 이놈들아, 날 원망해라!"

손에 침을 뱉은 나삼식이 쇠뭉치를 고쳐 잡고는 이미 만신창이가 되어 있는 적들에게 다가갔다.

헐렁한 기지바지를 골반에 걸치고 실크 티에 단화를 신은 사내가 껄렁하게 말했다.

"아따! 쓰불놈이 믿지를 않는구만잉. 정말이랑께."

앞에 길가에 쭈그리고 앉자 침을 찍 뱉은 사내가 그의 말을 받았다.

"염병하네. 문지방에 좆 찡기는 소릴랑 하덜 마러. 우찌 백 대 일이 가능하다냐? 나가 만주벌판에서 모시던 시라소니 성님도 그 정도는 아니었어야."

"이! 된장 바를 자식이, 뭐? 만주벌판? 아주 염병을 스테레오로 떨어. 이 소식은 이 성님만이 가지고 있는 정통한 소식통에 의해 들은 거다, 쌔리야! 큰형님 손짓 한 번에 대여섯 놈씩 픽픽 쓰러졌다는 거 아니냐. 글고 고귀하신 몸을 한 번 띄우시면 머리통 열 개는 따고 내려오셨다아."

"아주 소설을 쓰네."

시큰둥하게 대답하자 열이 받은 사내가 목청을 높였다.

"워메! 환장하것네. 직접 본 사람이 얘기해 줬다니까. 큰형님이 이렇게, 이렇게!"

손짓 발짓까지 하며 설명을 해대자 쭈그리고 앉은 사내가 재빨리 주위를 둘러보며 말했다.

"이 새끼가 돌았나? 계속 큰형님, 큰형님 하네. 시내 성님들한테 걸리면 뒈지게 맞고 한 대 더 맞을라고 누구를 큰형님이라는 거야, 임마."

"그럼 큰형님을 큰형님이라 부르지 뭐라고 혀?"

"넋 빠진 놈, 광주 시내에서 그렇게 떠들고 다녀봐라. 죽여주세요,

죽여주세요, 하는 꼴일 테니.”

“흥! 상관없어. 이제부터 혈귀 큰형님은 나의 우상이여. 내 꼭 서울에 올라가서 큰형님을 모실 테니 두고 봐라. 문딩이 새끼들, 박살을 냈다니까 내가 다 속이 시원하네.”

“흐음! 그건 그려. 근디, 여기로 오는 거 아녀? 잘하면 우리도 불려갈지도 모르는데.”

“어라? 정말 그런디. 큰일났네… 쳇! 큰형님한테 칼을 디미느니, 차라리…….”

“차라리 뭐?”

“…나 오늘부터 성들이 찾으면 해외여행 갔다고 해라.”

“…….”

“광주 바닥에 소문이 쫘악 퍼졌어라.”

들뜬 도상수의 말에 백한만이 거드름을 피웠다.

“이건 아무것도 아녀. 전에 얘기하지 않았나? 큰형님은 코앞에서도 총알을 피했당께.”

“헤이! 사람이 어떻게 총알을…….”

백한만이 눈을 부라리자 도상수가 질겁하고는 입을 닫았다.

“이 새끼, 그대로 있어!”

벌떡 일어선 백한만이 갑자기 바지를 내리자 도상수가 얼른 달라붙어 말렸다.

“망측하게 뭐 하는 짓이여.”

“엉덩이에 그때 맞은 총알 자국을 보여줄라고 그란다.”

“됐슈, 성님 말씀이 다 맞당께로.”

"정말?"

"그라요."

다시 자리에 앉아 썰을 풀기 시작했는데, 도상수는 귀를 막고 싶은 심정이었다. 거짓말 안 하고 딱 세 번만 더 들으면 백 번을 채우는 것이다. 재빨리 물었다.

"…그래서."

"회장님은 어디로 가셨데요?"

"…부산 다음으로 큰 도시가 어디여?"

"대구인가? 울산인가?"

잠시 입을 다물었던 백한만이 말했다.

"둘 중에 하나일 거다."

존재감이 떨어진 것 같은 기분이 든 백한만은 울컥했다. 도상수의 낯짝이 왠지 비웃는 것처럼 보였다. 기분이 그렇다 싶으면 반사적으로 손이 나간다.

빡!

"아이코!"

도상수의 머리통을 후려갈긴 백한만이 버럭 소리쳤다.

"나가서 애들 단속해, 새끼야! 운동 열심히 하고 있는지."

벌떡 일어선 백한만이 걸음을 옮겼다.

"어디 가요?"

"오늘은 대련이다! 주거써!"

살부인 이한성과 같은 하늘을 이고 살 수 없다고 마음을 먹은 김대경은 서울 통일을 계획한다. 이한성이 자신에게 그랬던 것처럼 깊이 숨겨둔 히든카드를 만들기 위해 마천기와 백한만을 서울 입성 전쟁에서 제하면서까지 공을 들였다.

비록 짧은 시간이라 전력에 커다란 보탬은 되지 않았지만 원정길에 앞을 밝히는 역할을 하기에는 충분했고 적정 사정을 파악하는 데 많은 덕을 보았다.

태평성대라 해도 못살겠다고 하늘을 원망하는 이들은 언제나 있다. 부산이 번갯불에 콩 구워 먹듯 태경회의 손아귀에 떨어지자 재건회에 반하여 숨죽이고 있던 인사들이 하나둘 모습을 드러내었다. 힘 싸움에 밀려 쇠퇴한 조직, 쓰고 버려진 사냥개, 원한을 품고 칼을 갈던 이들, 이유도 가지각색이었다.

김대경은 철저하게 부숴놓았던 적대 조직과는 달리 그들은 이유를 불문에 붙이고 받아들였다.

비록 서울에 비하면 반 정도도 되지 않는다고는 하나 부산은 세 손가락 안에 들어가는 대도시다. 게다가 그곳만이 목적이 아니었기에 내부를 수습하고 안정을 찾기까지 기다릴 여유가 없었다.

그런 연유로 철저히 밟아놓았긴 했지만 잡초 같은 그네들은 척박한 대지에서도 싹을 틔운다.

부산에서 합류한 안산출 외 지역 보스들의 협의 하에 잠시 동안 부산을 책임질 이들을 선출하게 하였다.

처음 3일이라고 못 박았던 기간은 일주일이나 더 지났다. 반수 이상의 인원이 서울로 올라가 자리를 비웠어도 자잘한 조직까지 해서 15개 파가 남아 있었다. 이중 반은 손댈 의미도 없었지만.

부산 현지에서 쓸 만한 이들을 새로 받아들인 김대경은 다시 원정길에 올랐다. 이때는 인원이 관광버스 다섯 대에 승용차가 20여 대가 넘는 대인원으로 불어나 있어 약간의 간격을 두고 대구로 향했다.

단순히 조직 수로만 보면 대구도 부산과 거의 차이가 없었다. 서울은 건달인 양 몰려다니는 양아치까지 하면 백 개 정도, 그들을 제하고 이름이 알려진 지역 조직은 오십여 개 파 정도가 된다. 대충 각 구를 한두 파가 분할하고 있는 형태였다. 부산은 그의 반수 정도로 삼십여 개 파가 조금 안 된다. 이는 대구도 마찬가지였다.

현지에 도착한 김대경은 심어놓은 정보원의 보고를 받고는 쉴 틈도 없이 당일 저녁부터 행동에 들어갔다.

대구 중구 동성로 거리 초입에 있는 파출소에 소속된 우 순경은 눈을 동그랗게 떴다. 척 봐도 한 성격할 것 같은 얼굴에 지나가는 행인이 저절로 주춤 물러나게 할 덩치들이 마치 시위를 하듯 뭉쳐서 들어서고 있었다.

"헉! 뭐, 뭐지?"

동성로 일대를 장악한 동성파 건달들과는 안면이 있었다. 명절 때면 선물도 보내오고 가끔 소란을 피워 조직원들이 파출소에 잡혀오면 중간 보스가 인사를 오기도 한다.

하지만 결단코 저 십여 명의 인상들은 본 적이 없었다. 반도 피우지 않은 담배를 집어 던지고 파출소로 뛰어들어 갔다. 아무래도 오늘 동성로에 사단이 생길 것 같다. 단 하루도 조용히 넘어가는 날이 없었다.

순경이 파출소로 후다닥 뛰어가는 모습을 본 안산출은 긴장하기는 커녕 피식 웃었다. 자신을 두 번이나 잡아넣은 거머리 형사가 생각이 나서였다.

사고만 치지 않으면 마음씨 좋은 형과 같아 가끔 술자리에서 속내를 털어놓는 사이까지 되었다. 남자끼리는 부대끼면서 친해진다더니, 쫓고 쫓기는 관계일 것 같은 경찰과도 의외로 통하는 면이 많았다.

"산출아, 이렇게 대놓고 들어가도 되겠나?"

안산출이 대구에서 합류한 송석근을 쳐다보았다.

"뭐가 걱정이고?"

"내는… 기냥."

한심하다는 듯이 송석근의 위아래를 훑어본 안산출이 입술을 비틀었다.

"니, 쫄았나? 문딩이 같은 자슥. 아주 회장님 얼굴에 똥칠을 해라. 까라믄 까는 기고 죽으라믄 죽는 기제, 뭔 말이 그리 많노. 니기(니가) 아직 회장님을 몰라서 기린다."

부산에서 한 번 손발을 맞추어본 경험이 그의 자신감을 배가시켰다. 전이라면 이런 행동은 생각지도 못했을 것이다. 자살을 하려면 모를까.

아니나 다를까, 10여 분 정도가 지나자 골목 곳곳에서 비슷한 부류의 사내들이 우르르 몰려나와 그들을 에워쌌다.

입술 언저리에 칼자국이 선명해 언청이처럼 보이는 사내가 인상을 팍 긁었다.

"니들 뭐꼬?"

안산출이 당당히 어깨를 펴고 나섰다.

"태경회 부산 지부장 안산출이다! 대회장님의 분부로 동성 덕배를 만나러 왔다."

잠깐 동안 말의 진위를 파악하지 못해 눈살을 찌푸리던 언청이사내가 흠칫 놀랐다. 부산 지부장이란 말의 의미를 파악했기 때문이었다.

부산 소식에 촉각을 곤두세우고 있었기에 전후 사정을 알고 있었다.

당연히 간부들 습격에 대비해 경계를 강화하고 집에도 들어가지 못한 채 비상 대기 상태로 있었는데 이리 당당히 나타날 줄이야, 뒤통수를 한 대 얻어맞은 기분이었다.

상당히 고급스러운 업소로 안내된 안산출은 두 시간여가 지나서야 동성파 간부를 마주할 수 있었는데, 보스인 금덕배는 아니었다. 그는 서울로 정예들을 데리고 올라가 있기에 올 입장이 아니었다. 이는 태경회 또한 알고 있는 일이었으나 보스를 찾는 것이 위엄이 서는 것이다. 웬만한 여자 두 명을 세워놓은 듯한 덩치들을 데리고 40대 중반의 사내가 나타났다.

짐짓 거드름 피우며 중년인이 목소리를 깔았다.

"말해 보거라. 하고 싶은 말이 뭐꼬?"

"힘! 우리 회장님께서 선택을 하라 하셨다."

"말이 짧다! 죽고 싶나!"

안산출이라 하면 부산 외곽에서 깨작거리는 정도의 사내로 알고 있었는데, 대구 중심가를 장악한 동성파 중간 보스와 동급인 양 말을 내리자 동성 사내들이 버럭 소리치고는 달려들 듯 움찔거렸다.

안산출은 전혀 기죽지 않고 싸늘히 목소리를 높인 사내를 쳐다보았다.

"니, 상관 기억했다. 새까만 자슥이 어른 얘기하는데 디질라고."

날카롭게 쏘아보다 시선을 중년인에게 시선을 돌린 안산출이 말을 이었다.

"한 번에 뜰래, 하나씩 부숴줄까? 이기 회장님의 말씀이시다. 선택하그라."

더할 수 없을 정도로 인상이 구겨진 중년인이 탁자를 내려쳤다.

쾅!

탁자 위에 올려진 재떨이가 풀쩍 뛰어올라 뒤집어졌다. 그의 속도 뒤집어졌는지 안색이 불그락해졌다.

"이기 정말, 여기가 어딘 줄 아나? 대구다. 어디서 함부로……."

"다시 한 번 말한다. 싹 모아서 한 번에 할래? 쥐새끼마냥 숨어서 기다릴 기가?"

안산출은 중년인의 이글거리는 시선에 지지 않고 마주쳤다. 적지라고 기죽어서는 안 된다. 그의 뒤엔 태경회가 있었다.

중년인이 입술만 달싹거렸다.

"한 번에 결판을 내자고?"

"그라제. 깔끔하게."

원정 온 적이 홈그라운드인 자신들에게 정면 대결을 제의했다. 적들은 수적인 한계가 있었고 자신들은 멋모르는 10대 총알받이들을 얼마든지 동원할 수 있었다. 무모해 보이는 싸움이었다.

하지만 중년인은 혼자서 결정을 내릴 위치가 아니었다.

"며칠만 말미를 도."

"내일 저녁까지 답을 주지 않으믄 발 뻗고 자기 힘들 거다."

엄포를 놓은 안산출이 벌떡 일어나 자리를 떴다. 그는 문을 나서며 엷은 숨을 내뱉었다. 긴장을 하고 있었다, 그것도 상당히.

같은 시각, 태경회원들은 동성로 일대뿐만이 아니라 대구 주요 도심에서 일종의 시위를 벌였다. 마치 내 집 안방인 양 어깨를 펴고 당당히 활보를 하고 다녔으나 작은 다툼을 제외하고는 무력 충돌은 일어나지 않았다.

적의 도발에 분노하고 곳곳에서 싸움판이 벌어져야 정상이었다. 그러나 정예들이 대거 빠져 있는 상태였고 태경회의 의도를 몰랐기에 섣불리 덤벼들지 못했다.

이런 결과는 태경회원들에게 사기를 올려주는 꼴이 되었고 반대로 대구 조직들은 그들의 당당한 위세에 기가 죽었다.

대구 시내를 활보한 태경회원들 중에는 안면이 있는 이들이 섞여 있었다. 그들은 부산 조직원으로 이들과 대면한 대구 조직원들 중에는 서울과 부산이 함께 대구를 치러 왔다고 생각하는 사람도 있었다.

"얘기 좀 하자."

"니도?"

분당의 한 오피스텔이었다. 막 대구에서 걸려온 급한 전화를 받고 나가려던 사내가 문을 열고 들어서는 사내를 볼 수 있었다. 노란 와이셔츠를 즐겨 입고 매너가 좋아 엘로우 젠틀맨이라 불리는 달성동파 보스였다.

"울산으로 갈 줄 알았더니 바로 들어왔어."

방 주인인 신암동파 보스가 말을 받았다.

"어떻게 할 끼고?"

"…니 애들한테 뭐라고 하고 갔어?"

"니넨?"

잠시 서로의 눈치를 보다 잰틀맨이 먼저 대답했다.

"터럭 하나 건들지 않겠대."

"항복하면."

뒷말을 신암동 보스 날제비가 받았다. 당구대회에 나가면 세계 챔피

언도 가능한 실력이기에 만화 주인공 이름이 별명이 된 사내였다.

젠틀맨이 목소리를 낮추었다.

"너한테 오기 전에 덕배 형님을 먼저 만났는데, 그쪽은 달라."

"엉? 뭐가?"

"우리 애들한테 한 말과는 전혀 달라. 항복 얘기는 하지도 않았어. 원빵으로 끝내자고, 아니면 하나씩 부숴준다고 했대. 선택하라고."

"…본보기로 동성로는 쓸어버릴 생각인 기다."

고개를 끄덕인 젠틀맨이 말을 이었다.

"그거야. 부산처럼. 거긴 아예 쑥대밭을 만들어놓았잖아. 알짤없이 개긴 놈들은 다 반병신을 만들어놓았어."

"재건회 기반이 그기니까."

"그렇지. 아! 정말 어린놈이라고 무시했는데, 이 새끼 장난이 아니다. 제일 세력이 센 부산을 아작내고 무력 시위를 벌이면서 대구에서는 협상을 하는 거 봐라. 아, 씨발, 정말 소름이 돋는다. 또 그중에서도 동성로는 철저히 배제하잖아. 혹시 말이야……."

뒷말을 흐린 젠틀맨이 결심이 선 듯 말을 이었다.

"다른 조건을 걸지 않든?"

"어떤 거? 없었는데."

젠틀맨은 속으로 혀를 내둘렀다. 달성동에서는 동성로를 넘긴다는 조건까지 걸었다. 대구를 대표하는 조직은 동성로, 달성동, 그리고 앞에 신암동을 꼽을 수 있다. 자신은 그렇게 생각하지 않지만 동성로는 서울의 명동과 같은 곳이었기에 가장 세가 강했다. 그 다음은 자신의 조직이었다.

그가 앞서 마음을 돌리고 태경회가 동성파를 잡으면 대다수의 조직들이 태경회로 급선회할 것이다. 그럼 대구는 태경회의 수중에 떨어진 것과 진배없다. 하나하나 알아갈수록 공포감이 일었다.

외출을 하고 돌아온 하영일은 보스들을 소집했다. 그들의 일면을 훑어보자 한숨이 절로 나왔다. 부산 지역의 보스들 중 반은 얼굴이 보이지 않았고, 남아 있는 이들은 복수심에 불타 눈이 돌아가 있거나 안색이 시커멓게 죽어 있었다. 대구 지역은 결단을 내려달라는 듯이 애타는 눈으로 쳐다보았다. 그 외 울산, 창원 등지는 눈알을 살살 굴리는 게 자신들이 만족할 만한 결과를 내놓지 않으면 내빼겠다는 듯한 모습이었다.

엷은 한숨을 쉰 하영일이 입을 열었다.

"아래가 조금 소란스러워 신경을 쓰는 눈치인데 지금 우리가 어디 있는지를 생각해 봐라. 여긴 서울이다. 그리고 눈앞엔 적이 도사리고 있다. 집은 믿고 맡긴 부하들에게 일임하는 편이 낫다. 지금은 이를 악물고 최대한 빨리 서울에 기반을 닦는 게 급선무다."

강하게 강조까지 하며 말을 뱉었지만 좌중의 반응은 시큰둥이었다. 그들은 발등에 불이 떨어졌기에 어떤 달콤한 소리도 들리지 않았다. 부산을 빼앗긴 데 걸린 시간이 고작 열흘이었다. 반면에 자신들은 성남을 먹고 강남 언저리에서 한 달 동안을 깨작거리고 있었다.

이 상태대로라면 대구도 열흘이 안 돼 넘어갈 것이고 그 다음 도시는 더욱 탄력을 받아 일주일, 아니, 3일이면 넘어갈지도 모른다. 그들 기반은 모두 아래에 있었다. 아무리 서울 시장이 크기로서니 집을 잃으면서 바꾸고 싶지는 않았다. 자신들이 무리를 하며 서울까지 올라온 것은 서울에 집을 하나 더 장만하려는 것이었다. 어떻게 쌓아 올린 기반인데… 그 과정을 되풀이하고 싶지 않았다. 서울에 자리를 마련한다는 100퍼센트의 보장도 없었고 말이다.

하영일이 헛기침을 해서 시선을 모으고는 말을 이었다.

"좀 전에 최국한이를 만나고 왔다."

폭탄 발언이라 생각했는데, 다소 관심만 보이자 하영일의 눈썹이 꿈틀거렸다. 이번엔

"손을 잡기로 했다."

웅성거리는 소리가 들려오자 다음 말을 빠르게 붙였다.

"서울을 도모할 때까지 만이다. 그 다음은 공존을 하던가 결판을 내야겠지."

날제비가 불만이 담긴 투로 말했다.

"가능할 기라 여깁니꺼? 깽깽이 하고예. 갱상도 남바를 단 차는 기름도 넣어주지 않는 곳입니더, 전라도는."

콧방귀를 뀐 하영일이 자신의 결단을 무시하는 듯하자 눈을 부라렸다.

"언젯적 얘기를 하고 있나? 내 사촌 동생은 광주로 시집가서 잘살고 있다."

"수십 년간을 얼굴 붉히며 산 동네라예. 손발이 맞을 것 같습니까? 결정적인 순간에 뒤통수를 맞을 겁니더. 내는요, 서울 아해들보다 그 놈들 더 걱정입니더. 우린에, 한번에 다 잃을 수도 있는 기라예."

차라리 태경회 밑으로 들어가는 게 낫겠다라는 뒷말이 목구멍까지 올라왔으나 내뱉지는 않았다. 날제비는 전라도 사람에게 당한 것도 없고 피해를 입은 것도 없지만 그들은 이상하게 꺼려졌다. 그건 그쪽도 마찬가지겠지만.

그가 중, 고등학교를 다닐 때 전라도는 빨갱이 소굴이라는 말까지 듣고 자랐다. 전라도 사람들도 경상도 때문에 많은 피해를 보았다는 생각에 원수 대하듯 하고 말이다.

젊은 세대들에겐 해당 사항이 없지만, 완전히 지역 간의 앙금이 사라지려면 더 많은 시간과 노력이 필요하다.

하영일이 날제비를 쏘아보며 말했다.

"내가 하영일이야! 네놈 생각처럼 멍청하게 당할 듯싶나? 절대 그런 일은 없다. 내 목을 걸고 장담한다!"

한번 잃어버린 신뢰와 어긋난 관계는 좀처럼 회복하기 힘들다. 날제비는 방으로 돌아가 내릴 명령을 결정했다. 피해를 최소로 하는 것이 보스로서 조직을 위하는 길이다.

대구 경찰청의 움직임이 예사롭지 않다는 연락을 받은 것은 아무런 기별이 없어 동성파를 치기 위해 준비를 하고 있던 때였다. 기동타격대에 비상이 걸리고 출동 준비를 하고 있다는 소식이었다.

오두칠이 알아본 바로는 범죄 예방 차원에서 태경회원들이 숙소로 잡은 모텔을 포위한다는 것이다. 하영일이 시간을 벌기 위해 지역 유지들을 이용해 경찰을 움직인 것이다.

수십 년을 뒹굴면서 기반을 닦은 하영일이다. 목소리를 높이는 실력자들과의 친분은 당연했다.

오두칠의 보고를 들은 김대경이 나삼식에게 말했다.

"유성일 의원과 연결해."

이한성 대신에 만나 안면을 열었고 장례식에도 참석한 사람이었다.

"안녕하십니까? 김대경입니다."

[어이! 오랜만이오, 김 사장. 하하, 이제는 회장이라고 불러야 되지요, 김 회장님.]

"영전(榮轉)을 축하드립니다. 당의 중요한 직책을 맡으셨다고 들었습니다."

[하하하, 다 고인이 되신 이 회장님 덕분이었지요. 저번에 건네주신 책은 잘 읽고 있습니다. 언제 한번 만나 저녁이라도 대접하고 싶군요.]

정치 자금과 함께 전달한 리베이트를 먹은 공직자 명단을 말함이었다.

"도움이 되셨다니 다행입니다. 지금은 제가 바람을 쐬러 동생들과 대구에 내려와 있습니다. 당분간은 힘들 것 같고 올라가서 연락을 드리겠습니다. 그런데 이곳 인심이 참 척박합니다."

[호오! 김 회장을 불편하게 하는 사람이라도 있습니까? 배포가 큰 인물입니다그려.]

"글쎄, 시내 구경도 못하게 밖으로 나오지도 말랍니다. 불순한 자들이 있다고 호위를 서준다니, 거참, 이거 밖에 나가지도 못하고 그냥 서울로 올라가야 될 것 같습니다."

[허허, 그런 일이 있으셨습니까? 쯧쯧, 사람들, 시대가 뒤숭숭하니 과민 반응을 보이는군요. 원래 생각하신 대로 하십시오. 우리나라는 자유를 보장합니다. 그러면 안 되지요.]

"그렇지요. 제가 괜히 노파심이 들었나 봅니다. 대구 배가 유명하던데 몇 박스 사가지고 올라가겠습니다."

[우리 집사람이 좋아하겠습니다. 너무 많이 사 오지는 마십시오. 공직자가 그런 선물을 받으면 흉흉한 소문이 나돕니다.]

"공사다망하신데 시간을 뺏기시지 않았나 모르겠습니다."

[하하하, 김 회장 전화라면 언제든 환영입니다.]

인사를 건네고 전화를 끊은 김대경이 나삼식에게 말했다.

"강준영이한테도 전하고 몇 군데 연락하라고 해."

무력이면 무력, 권력이면 권력으로 상대해 주면 된다. 지금은 가진 힘이 부족하기에 권력 앞에 고개를 숙이지만 머지않아 그 누구에게도 휘둘리지 않을 것이다.

금덕배에게서 태경회가 움직이지 못할 거라는 연락을 받고 마음을 놓고 있던 동성파는 한순간에 괴멸당했다. 머릿수에서도 개개인의 실력에서도 상대가 되지 않았다. 또한 동성파의 구원 요청에 어느 조직도 도움을 주지 않았다.

태경회는 대구에서 부산처럼 동시 다발적으로 공격을 감행하지도 않았고 주요 보스들을 습격하지도 않았다. 이미 소식을 들었기에 그들도 나름대로 철저히 방어를 하고 있는 면도 있었지만 작전을 변경한 것이다.

각개격파(各個擊破)를 선택한 것이다. 대항하는 적들은 다시는 일어서지 못할 정도로 철저하게 부쉈으며 백기를 들고 투항하는 이들은 아무런 조건도 없이 받아들였다.

절대적인 우위의 힘을 보여주어 공포에 절게 만들고 코앞에 칼을 대고는 살 수 있는 길을 열어준다. 선택은 두 가지다. 죽느냐, 사느냐. 답은 간단했다. 칼을 부러뜨릴 수 없으면 사는 길을 택한다. 죽음에 직면해 본 이라면 그 누구도 비난하지 못한다. 자신들의 정체성이 말살되는 위험이 없는 한 강자를 따른다. 국가 간의, 민족의 존폐(存廢)가 걸린 싸움이 아니었다.

흑도의 지배 수단은 무력이다. 더 강한 상대가 나타나면 구도는 바뀌는 것이다. 강자가 추앙받는 세계에서는 당연한 이치다. 태양이 지면 새로운 태양이 떠오른다. 전날의 화려함을 흠뻑 맛본 이들이 과거를 잊지 못하고 노을의 끝자락을 잡고 있을 뿐이다.

김대경은 대구에 온 지 일주일이 지났을 무렵 젠틀맨과 날제비를 볼 수 있었다.

김대경은 자신이 생각하기에 아무 쓸모도 없을 것 같은 충성 서약을 받고는 대구를 떠났다. 원정이 마무리가 될 때까지 대구는 그 둘이 알아서 할 것이다. 그는 한 가지 숙제만 내주었다. 다시 부를 때에는 통합된 대구를 가져오라는 숙제를.

그 후, 원정길은 울산이었다. 김대경은 경상도에서 이곳이 종착지라고 내심 정하고 있었다. 3대 주요 도시에 깃발을 꽂으며 한지에 먹물이 퍼지듯이 그렇게 흡수가 되어갈 것이다.

대구에서 출발하는 태경회원들은 도착했을 당시보다 더욱 불어 있었다. 역사적인 원정길에 동참하기를 바라는 이들이 있었고 대구의 반수 이상의 조직들이 투항을 해왔기에 젠틀맨이 할 숙제도 많이 줄어 여유가 있었기 때문이다.

울산에 들어선 김대경은 차에서 내리자마자 수십 명의 손님을 맞았다. 울산 일대 십여 개 파를 대표해서 왔다는 이들이었다.

주차장엔 묘한 상황이 벌어졌다. 대치하고 있는 두 무리 중에서 태경회 쪽은 여유가 넘쳐 났고 자신들의 안방인 울산 보스들은 좌불안석(坐不安席)을 하고 있는 판이었다.

지역마다 하나씩은 있는 듯한 역전파 보스라는 사내가 굳은 얼굴로 안주머니에 손을 집어넣을 때였다.

"움직이지 마!"

"손끝이라도 까닥하는 새끼는 이마에 바람구멍을 만들어준다!"

사내를 유심히 쳐다보고 있던 함예신이 먼저 소리치고 권총을 뽑아 들었고 그 뒷말은 오두칠이 뱉은 말이다. 둘 다 총기에 능숙한 군인 출신이었다. 주인의 허락도 받지 않고 찾아온 방문객이, 그것도 적으로 식별한 이들이 안주머니에 갑자기 손을 넣자 총으로 결론을 지은 것이다. 건달들 간에 총을 금기시하는 불문율이 있기에 사용하지 않아서 그렇지 어디에도 빠지지 않는 솜씨들이었다.

안주머니에 손을 넣은 사내는 황당했다. 김대경 뒤에 시립한 수십 명의 사내들이 일사불란하게 권총을 빼 들고 자신을 겨누고 있었다.

"허허, 저, 그게, 저는……."

"뭐 하는 짓들이야! 총 치워, 함 부장!"

김대경이 함예신을 쏘아보았다.

"난 총을 가지고 다니라고 허락한 적이 없다."

"죄송합니다, 형님. 전에 일산에서도 총격을 받은 적이 있고 해서……."

"치워라."

"예! 형님!"

고개를 돌려 역전파 사내를 보자 아주 느릿하게 손을 빼내었는데 봉투 한 장을 집고 있었다.

"이건, 울산 일대 연판장(連判狀)입니다. 김대경 회장님께 충성을 맹세합니다."

입맛을 다신 오종석이 몸을 돌렸다. 아직 열기도 가시지 않은 엔진에 시동을 걸기 위해서였다.

하영일은 썰렁하게 빈 자리를 보며 망연자실 앉아 있었다. 잔여 병력이라도 규합한다고 내려간 부산 보스들에 이어 대구 보스들이 일언반구도 없이 일탈을 하자 그 시점을 계기로 썰물 빠지듯 부하들이 사라졌다.

남아 있는 이들이라곤 자신을 원망하며 같이 죽자는 식으로 악만 남은 최일, 무게감이 한참이나 떨어지는 몇몇 보스들과 운명을 같이할 수밖에 없는 측근이 다였다.

어느 정도 힘의 균형이 맞아야 동맹도 이루어진다. 이 상태로 전연과 손을 잡으면 밑으로 들어가는 꼴밖에는 되지 않는다.

태경회의 폭풍같이 몰아치는 기세를 잠시나마 묶으려 했지만 자신의 돈으로 호의호식하던 놈들이 나 몰라라 하는 식으로 돌변했다. 얼어먹을 게 있을 때엔 쓸개도 빼줄 듯 살랑거리다 뒤도 돌아보지 않고 가는 놈들이었다. 그도 그들의 속성을 모르지는 않았다. 원인은 태경회에게 철저히 밀린 것이지만 경찰을 움직이지 못한 놈들을 탓하고 있었다.

권력에 의지하려 하다니, 건달로서 생명이 다한 것인가 하는 생각이 문득 들었다. 완벽한 패배였다. 이 생각밖에는 들지 않았다.

하지만 이대로 죽을 수는 없다. 서울은 이미 물 건너갔고 지금의 위치만이라도, 아니, 처음 시작한 기반만이라도 남겨야 한다.

하영일은 따가운 최일의 눈초리를 받으며 밖으로 향했다. 태경회가 전국을 집어삼킬 듯 커지는 것을 불편해하는 이들이 아직 있었다. 그들에게 기대는 것이 마지막 남은 방법이었다.

전라도의 혹도는 초긴장 상태에 놓여 있었다. 한자리를 차지하고 있는 조직들은 불안감에, 틀이 깨지기를 바라며 변화를 추구하는 젊은이들은 기대감이란 상반된 감정이었다.

태경회의 반격으로 타격을 입은 전연은 한발 물러나 절치부심(切齒腐心)하고 있었으나 태경회가 한반도의 동쪽을 손아귀에 넣자 안방을 비워놓을 수 없어 회군하기에 이른다.

태경회는 점령한 지역에서 몸을 불렸다. 경상도 전역을 돌며 눈덩이처럼 불어난 원정대는 그들만으로도 전연과 승부를 결하기에 모자람이 없었다.

경상도와 전라도, 두 도의 자체 전력만 비교해도 경상도 쪽이 우위에 있었다. 지역 경제 규모가 다르기 때문이다. 돈이 많이 굴러다녀야 조직도 커진다. 공장이 밀집된 지역과 넓은 평야 지대는 엄연히 다르다.

더군다나 서울엔 아직도 태경회 전력이 남아 있었다. 그들이 위에서 밀고 내려오고 동쪽에서 건너오면 서해나 남해 바다에 빠져 죽는 수밖에 없었다. 특유의 근성으로 악착같이 버티면 땅 끝 마을에서 최후를 맞이할 수도 있고 말이다.

김대경의 다음 행선지가 자신들이란 걸 뻔히 아는 전라도엔 경상도 건달들이 몰려온다는 흉흉한 소문이 나돌았다. 급속도로 내부가 무너져 내리는 것을 보았기에 의도된 면도 있었다. 정확히 말하면 서울 뺀질이들이지만 그들의 수장이 경상도에 있었고 그를 중심으로 벌 떼처럼 몰려다니는 이들은 경상도 사내들이 맞았다.

지역 건달들은 텃세가 굉장히 심하다. 그 반발감을 최소화하기 위해 태경회는 동향 조직을 앞세우는 전술을 썼다. 전라도 사투리를 걸쭉하게 내뱉는 이들이 경상도를 휘젓고 다녔다면 결과는 모르겠지만 과정은 상당히 달랐을 것이다.

울산에 꽈리를 튼 태경회는 열흘이 지났는데도 움직이지 않았다. 대낮의 햇볕이 따가워지는 시기에 폭풍 전야와 같은 평온이 찾아들었다.

■ 제9장

남자(男子)

남자 男子

"**형님은** 무엇을 기다리시는 걸까?"

김막동이 정적을 깨뜨리자 아직 부기가 가지지 않아 팅팅 부은 얼굴의 오지훈 하며 다리에 깁스를 하고 있는 안성태, 무언가 못마땅한 게 있는지 잔뜩 성난 신경식의 시선이 몰렸다.

신경식이 오지훈에게 시선을 옮기며 말했다.

"얼굴 멍 자국이 없어질 때를 기다리시는 거지요. 저 얼굴로 쪽팔려서 어디 나다니기나 하겠어요."

한 성격하는 오지훈도 이때는 쓴웃음만 지은 채 가만히 있었다. 후에 도착한 신경식이 모두 죽여 버리겠다고 철근을 들고 날뛴 광경을 기억하기 때문이었다.

임승호가 자신의 생각을 피력했다.

"모이기를 기다리시는 것 같습니다."

"모이다니?"

"한 번에 끝장을 보시려고요. 경상도에서는 각 도시를 돌며 순회 공연을 하셨습니다. 하나하나는 상대가 되지 않는다는 걸 전연에서도 알겁니다. 뭉치는 수밖에요."

간부들이 그의 의견에 고개를 끄덕였다. 하나씩 잃어가느니 힘을 모아 맞서는 게 낫다는 생각을 할 것이다.

김막동이 말을 받았다.

"그런 면도 있고 위아래에서 압박을 하시려고 하는 게 아닐까? 제풀에 지쳐 쓰러지도록 말이야. 뭐, 형님 성격과는 맞지 않지만. 우린 너무 오랜 전쟁을 치렀어… 피가 마르는 1년이었어."

김막동이 회상하듯 말하자 신경식이 툭 내뱉었다.

"전 재밌었는데요. 다신 그런 경험을 하기는 힘들 겁니다. 그리고 전 흐지부지 끝내시는 형님을 본 적이 없습니다. 아마 승호 말대로 한 방에 끝장을 보시려고 잠시 숨을 고르시는 걸 겁니다. 우리도 누구만 제하면 준비가 끝났습니다. 지금 출발하면 내일 저녁엔 광주에서 저녁을 먹고 있을 겁니다."

계속 신경식이 걸고넘어지자 부어서 잘 보이진 않았지만 오지훈의 인상이 구겨지기 시작했다.

막 한 소리하러 입을 벌리려 할 때 노크 소리와 함께 부하가 들어왔다.

"사장님, 하나회랍니다."

"하나회… 그 늙은이들이 어쩐 일로 나서지 않는다 싶었더니."

원로 주먹들의 친목 단체가 하나회다. 이한성과 강철민도 그곳에 이름을 올리고 있었다.

"태경의 김막동입니다."

[아! 김 사장이군. 여긴 대전이오. 전에 본 적이 있지, 아마.]

"예, 어르신. 고(故) 회장님 장례식 때 인사드렸습니다."

[참으로 가슴 아픈 일이었어. 아직 젊으신 나이였는데⋯⋯.]

용건을 꺼내지 않고 말이 길어지자 김막동이 눈살을 찌푸리고는 말했다.

"죄송하지만 지금 회의 중이라서."

상대방에서 일순 음성이 들리지 않았다. 현역에서 물러났지만 그 힘은 무시 못할 원로였는데, 자신이 한창 전국이 좁다 하고 돌아다닐 때 젖병도 떼지 못한 애송이가 말을 자르니 기분이 상한 것이다.

[⋯김 회장을 만나야겠어. 전국이 너무 시끄러워서 관에서 폭력과의 전쟁이라도 선포할 태세야. 의견을 나누어야겠으니, 대전으로 오라고 해.]

"그건, 제가 다시 연락을 드리겠습니다."

말이 끝나기가 무섭게 상대방이 일방적으로 전화를 끊었다.

"쳇! 아직도 분위기 파악을 못하는 것들이 있어. 어디서 오라가라야."

말은 그렇게 했지만 김막동은 선배의 예우를 확실히 하는 사람이었다, 분수를 모르고 설치지만 않는다면.

통화 내용을 들은 임승호가 올 것이 왔다는 투로 말했다.

"중재입니다. 적당한 선에서 마무리를 짓자는 의도겠지요. 전연에서, 아마 자취를 감춘 하영일도 개입이 되어 있을 겁니다. 이대로 흘러간다면 나머지 지역도 안전하지 않으니 순순히 나섰을 겁니다."

이 의견에 아무도 토를 달지 않았다. 서울과 경상도만으로도 전국의

60퍼센트는 장악한 셈이다. 나머지 지역은 감이 익기만을 기다리면 된다. 그럼 자연히 떨어질 것이기에.

대전 대둔산 중턱에 위치한 호스텔로 검은색 일색의 승용차들이 줄을 이었다. 휴양림의 명소 중 한 곳인 이곳에 대기를 오염시키는 자동차는 유쾌한 손님이 아니다. 차에서 내리는 사람들도 즐거운 산행길이 아닌지 굳어진 얼굴이었다.

각양각색의 사람들이 모였지만 손쉽게 공통점을 찾을 수 있었다. 우선 대부분이 청장년층의 남자라는 것, 또한 몇 무리로 나누어져 서로 경계의 빛을 띠고 있는 점 등이었다.

잔뜩 긴장한 빛이 역력한 사내가 가장 많은 인원이 모여 서로 인사를 나누고 있는 무리를 보며 말했다.

"아따! 쓰불! 때갈부터가 다르구마잉. 서울물이 좋긴 좋은가 벼. 새끼들 훤하네."

태경회로 보이는 사내들은 어두운 색 계통의 말쑥한 양복 차림을 하고 있었으나 칙칙해 보이지는 않고 고급스러웠다. 자신들도 대부분 정장 차림으로 화사한 색을 입은 동료도 간혹 있었는데, 괜스레 촌스러워 보였다. 말을 하는 그 또한 분홍색 양복으로 신세대인 양 바지 아랫단을 줄인 옷이었다. 요즘 한창 건달 사이에서 유행하는 스타일이었는데 문득 사람들이 흉을 보는 것 같다는 생각이 들었다.

태경회원들끼리 나누는 대화를 들어보면 서울 말씨를 쓰지만 억양은 각 지방의 사투리가 포함되어 있었다. 전국적인 조직이란 것이 작은 부분에서도 나타났다.

한순간 한 사내가 목소리를 높이자 자유로웠던 태도는 순식간에 사라지고 일사불란하게 움직였다.

"꿀꺽! 오는갑다."

눈썹이 휘날리게 달려간 태경회원들은 호스텔로 들어오는 길목 양가에 이 열로 쭉 늘어서서 정렬을 하고는 길 아래를 주시했다. 얼마 지나지 않아 지프 차량을 선두로 10여 대의 차량이 줄지어 들어섰다.

정렬한 태경회원 중 가장 선임인 듯한 사내가 구령을 넣었다.

"차렷! 경례!"

"안녕하십니까! 회장님을 뵙습니다!"

90도로 허리를 꺾으면서 산이 울릴 정도로 우렁찬 고함이 터져 나왔다.

중간 대열의 차 안에서 쓴웃음을 지은 김대경이 옆 자리에 앉은 김막동을 쳐다보았다.

"제가 시킨 것 아닙니다. 아마 지훈이나 경식이가……."

위세를 보여야 한다며 대규모의 인원을 끌고 가자고 강력하게 주장했던 그들이었다. 이 정도의 퍼포먼스는 당연히 예상을 했었다. 김막동도 그들의 의견이 타당성있다고 생각해 막지 않았다.

호스텔 3층 창가에서 아래를 내려다보던 인천의 여치 종세윤이 말했다.

"대단한 위세다."

"당연한 것 아닙니까? 당당히 서울을 통일하고 동쪽 지역까지 점령한 태경회입니다. 저 정도는."

종필용이 말을 받았다. 김대경과는 마음이 맞아 가끔 연락을 주고받는 사이였다. 그들과의 관계를 이어준 것이 종세윤이었다. 현재까지는 우호적인 입장이었으나 전국을 통일하려 덤벼든다면 적이 될 수도 있었다.

서울 다음의 대도시인 인천은 지하철을 타고 갈 수 있는 거리였다. 태경회의 팽창이 좋은 일만은 아니었다.

"제가 오늘 여러분들을 한자리에 모은 것은 서로 간의 오해를 풀고 타결책을 마련하기 위함입니다."

회의 석상의 상석에 앉아 있는 주변머리가 썰렁한 노인이 말을 꺼냈다. 그는 하나회의 의장 직을 맡고 있는 노목이란 사내로 이한성, 강철민과 함께 80년대 서울 패권을 놓고 경합을 벌였었다. 지금은 충북 일대를 기반으로 하고 있었다.

"먼저 태경의 김 회장."

회의 석상에 들어올 때부터 무표정을 고수한 김대경이 들릴 듯 말 듯 작은 목소리로 말했다.

"말씀하세요."

"부산을 그리 만든 건 과했습니다. 아무리 오해로 적대적인 관계가 되었다고는 하나."

"잠깐! 좀 전부터 오해란 말을 계속하는데 뭐가 오해란 겁니까?"

손자뻘밖에 되지 않는 김대경이 말을 끊자 노목의 볼이 씰룩거렸다. 그러나 그 상대의 위치가 위치인만큼 꾹 참았다.

"김 회장이 부산에 내려간 건 고(故) 이한성 회장의 저택을 습격받아서라고 들었어요. 그런데 재건회의 하 회장은 그 일과 상관이 없다고 합니다. 또한 총격을 받은 이유로 최 회장과 전쟁을 선포하셨는데, 이도 그렇습니다."

노목이 하영일과 최국한에게 차례로 시선을 주었고 그들은 크게 고개를 끄덕였다. 김대경이 아무 말이 없자 노목이 말을 이었다.

"영등포나 성남은 지역 조직 간의 싸움으로 그분들은 인연이 조금 닿아 도움을 준 것뿐입니다. 이 점은 김 회장도 마찬가지 아닙니까? 태경회도 여러 지방 조직과 형제의 관계를 맺고 있는 것으로 압니다. 그들이 도움을 요청하면 가만히 계시진 않을 테고요. 이번 세 분들의 싸움은 오해로 시작된 겁니다."

"……."

"얼마 전에 외국 조직과 마찰을 벌이셨지요. 내 생각엔 그들이 국내 조직 간의 싸움을 붙이지 않았나 싶습니다. 어떻게 생각하시오?"

"…그렇다 치고, 하고 싶은 말이 뭡니까?"

선배의 예우를 찾아볼 수 없는 건방진 태도에 몇몇 원로들이 움찔거렸다.

"험험! 하나회는 전쟁의 종결을 원합니다. 또한 경상도에서 물러날 것을 권하며 전연과도 화해를 하세요."

"어떤 새끼가 아까부터 개소리를 지껄이는 거야! 쌍!"

노목의 말이 길어질수록 상대적으로 얼굴이 달아오르던 오지훈이 귀를 후비며 말했다. 태경회의 보스 급들은 중소 도시 총보스들과 비슷한 위치였다. 회의 석상에 태경회의 안성태가 가세한 5대 기둥과 임승호, 함예신, 오두칠, 나삼식이 참석하고 있었다.

노목의 좌측에 앉은 초로의 사내가 의자를 박차고 일어서며 오지훈에게 손가락질을 해댔다.

"이 싸가지없는 놈! 여기가 어디라고 감히 함부로 놀려! 네놈은 위아래도 모르느냐!"

대답은 신경식이 했다.

"쑵새! 위아래? 누가 누구 위라는 거야! 글고, 난 오늘 당신을 처음 봐. 웃기지도 않게 꼭 키워준 것처럼 말을 하네, 쑵새가."

"그만!"

김대경이 말을 자르자 태경회 보스들이 입을 다물었다. 그가 노목을 보았다.

"오해는 없었소. 먼저 공격을 받았기에 응징을 한 것이오. 아무것도! 바뀌는 건 없소."

"김 회장은 이 자리가 어디인지 모르시는 것이오? 하나회요. 여기 참석하신 분들은 전국에서 내로라하는 분들이고, 고(故) 회장께서도 원로들의 의견을 존중했소이다. 젊은 혈기로……."

"당신! 상황이 반대가 되었어도 똑같은 말을 할 건가?"

"이노옴! 당신이라니!"

노목의 옆 사내가 또 끼어들자 김대경이 싸늘히 말했다.

"한 번만 더 말을 자르면 네놈 혓바닥이 회 접시에 올라가는 것을 볼 수 있을 거다."

얼굴이 햴쑥해진 사내를 향해 오지훈이 그 보라는 듯이 어깨를 으쓱했다. 김대경의 말이 이어졌다.

"하나회든 뭐든 상관없어. 난 받은 것 이상 돌려준다. 이건 당신들에게도 해당하는 말이야. 날 건들지 마."

하나회 따윈 안중에도 없다는 식으로 말을 하자 노목이 침음성을 삼켰다.

"전쟁이 능사가 아니오. 하 회장도, 최 회장도 오해를 풀기 위해 상당한 대가를 내놓으셨소. 하 회장은 제주에 있는 호텔과 경기 일대의 땅……."

"필요없소. 난 차도 한 대 없는 사람이오. 그 돈 가지고 해외에 나가 숨어 사시오. 물론 그전에 잘 도망쳐야겠지만."

"끄응! 그럼 김 회장이 원하는 것은 무엇이오?"

"몇 번을 말했을 텐데."

"확실히 말해 보시오."

"서울을 치러 올라왔던… 저들을 모두 내놓을 것."

양 도를 달라는 말과 다르지 않았다. 이 협상 테이블의 의미는 아예 없는 것이다.

김대경에게서 한시도 눈을 떼지 않고 있던 최일이 손가락을 꼼지락거렸다. 그의 손이 테이블 바닥으로 향했다. 협상에 한 가닥 희망을 걸고 있었는데 그마저 날아갔다. 불과 몇 달 전까지 부산의 왕자로 군림하던 자신이 한순간에 거지꼴이 되었다. 지금 하영일에게 남아 있는 건 전성기의 자신만도 못했다.

살아도 산 것이 아니다. 재기할 여력도, 기회도 없었다. 손바닥에 차가운 감촉이 전해지자 눈에 살기가 감돌았다. 그때 머리부터 발끝까지 씹어 먹어도 분이 풀이지 않을 원흉과 눈이 마주쳤다. 비웃고 있는 모습이었다.

"으아아압! 같이 죽자, 개자식아!"

벌떡 일어나 쭉 내미는 손에는 권총이 들려 있었다. 그 순간이었다. 그의 손에서 불꽃이 튀었다. 하나회 원로들은 김대경의 죽음을 예상한 비웃음을 흘렸다. 놀란 태경회 보스들은 누구랄 것도 없이 재빨리 김대경에게로 몸을 던졌다. 협상에 참석하며 모두 몸수색을 받았는데 구멍이 있었다. 주최 측의 농간이 아니고서는 불가능한 일이었다.

"크아악!"

비명 소리가 회의 석상에 울렸다. 순간 노목의 뒤편 쪽문이 열리며 사내들이 쏟아져 들어왔다. 그건 태경회 측도 마찬가지였다.

"답답하다. 비켜."

"혀, 형님."

담담한 김대경의 음성에 김막동이 그의 몸을 살폈으나 총탄의 흔적은 발견하지 못했다. 그리고 보니 발사음도 듣지 못했다. 총을 빼 든 사내를 쳐다보자 손을 부여잡고 있었는데, 어깨에서도 피가 흘러나왔다.

김막동이 머리를 스치는 생각이 있어 창으로 시선을 돌렸다. 유리창에 햇빛의 굴절이 이상하게 일어나는 지점에서 작은 구멍을 찾을 수 있었다.

"함 부장?"

함예신이 고개를 끄덕였다. 만반의 대비를 하고 작전에 임하는 것이 군인이다. 적의 후방 침투 시 침투로, 타격 계획, 퇴각로까지 마련을 한다. 임무의 성공 여부를 나누어서도 세밀한 계획을 세우는 것이다. 안이 훤히 들여다보이는 식당을 회의장으로 정하고 사전 답사 후 저격병을 배치시켜 놓았다. 보너스 감이다.

김대경이 피식 웃으며 한마디를 던졌다.

"당신들이 준비한 게 이것이 다인가? 좋은 대접 감사하군. 환대를 받았으니 답례를 준비해야겠지. 이 자리에서 전부 없앨 수도 있지만 선배에 대한 예우를 한 번 해주지."

김대경이 말을 자르며 일어섰다. 당당하게 허리를 펴고 내려보았다.

"기대해도 좋을 거다. 곧 찾아가 인사를 하도록 하지."

몸을 돌려 나가는 김대경에게 노목이 뭐라 말을 하려 입을 빠끔거렸
으나 할 말이 없었다.

김대경이 나가는 길을 열어준 태경회원들이 일제히 당황한 사내들
을 매섭게 쏘아보고는 몸을 돌렸다.

김대경의 말과는 달리 자신이 찾아간 것이 아니라 각 지방 보스들이
그를 찾아 줄을 이었다. 갖가지 방법을 동원해 저울을 달아 보아도 태
경회 쪽으로 기울어졌다. 하나로 뭉친 세력과 이해관계 때문에 일순간
손을 잡은 그들과의 승패는 뻔해 보였다.

장마가 시작될 무렵 경상도에 있는 김대경이 전라도로 온다는 소문
이 나돌자 전연의 보스들이 제일 먼저 속속 투항해 왔다. 이는 전라도
에 내려가 있던 백한만이 김대경처럼 순회를 돌며 물밑 작업을 한 성
과였다.

태경회가 전라도의 심장 근처에 예전에 암세포를 심어놓았던 것을
알자 처음엔 크게 놀랐고 조금 지나 고개를 끄덕였으며 이후에는 은밀
해졌다.

그렇게 손발이 묶인 전연은 최국한이 자취를 감추면서 한 시대의 막
을 내렸다. 또한 최일의 총격이 실패로 돌아간 후부터 하영일을 본 사
람은 아무도 없었다.

2개 도를 평정한 김대경은 상경을 시작했다. 경상도와 전라도의 건
달들을 거느린 그를 막을 조직은 어디에도 없었다.

뜨거운 여름이 끝나고 하늘이 높고 푸르른 계절이 오자 언제 그랬냐
싶게 흑도는 평온(平穩)을 되찾았다. 김대경은 원정을 마치고 서울로
돌아왔다. 짧은 기간인 줄 알았는데 반년이란 시간이 흘렀다.

반가운 사람들과 회포를 풀 시간도 없이 몇몇 친위대들만 대동한 채 길을 나섰다.

연안부두에 배가 들어오는 모습을 보면서 한 사내가 말했다.

"전에도 여기에서 술잔을 기울였었는데……."

"예, 처음 형님을 만나던 날이었죠."

피식 웃은 김대경이 종필용을 쳐다보았다.

"그거 아십니까? 그때 형님이 했던 말 중에서 반은 못 알아들었어요."

"응?"

"어려운 말들만 잔뜩 늘어놓아서 다른 세상에 살고 있는 사람인 줄 알았습니다."

"그랬어?"

뒤가 소란해지자 김대경이 뒤를 돌아보고는 말을 이었다.

"그때도 저 친구가 달려왔었죠."

"하하, 코난이라 놈."

"지금도 모르겠는데 코난이 뭡니까?"

"어릴 때 하던 만화 주인공이야. 본 적 없어?"

"제가 처음 TV를 본 건 아마 열일곱 살 때일 겁니다. 참 신기했었죠. 작은 상자에서 그림도 나오고 목소리가 들리니, 지금은 인터넷 게임도 할 줄 압니다. 유나한테 미니 홈피 만드는 것도 배우고 있죠."

부드러운 미소를 지은 종필용이 잔을 들었다.

"결혼 축하하네."

"감사합니다."

"올 가을이 가기 전에 한다고 들었는데, 날짜는 잡았어?"

"후우! 당했습니다. 집에 오니까 예복이 척 걸려 있더군요. 뭐랄까? 휩쓸렸다고나 할까요."

"큭큭, 원래 결혼이 그래. 결혼식 전날까지도 내가 내일 진짜 결혼하나 하는 생각이 들더군. 아침에 일어나서 못 보던 사람이 옆에 누워 있으면 그때 실감을 하지."

"못 보던? 하하하하."

"화장발과 조명발은 남자들의 최대 적이야. 그때 화장품 회사에 쳐들어가 사장새끼 목을 따버리고 싶었다니까."

웃음소리가 잦아들고 대화가 뜸해지자 종필용이 일어섰다.

"이제 우리 문제도 정리를 해야겠지?"

"그래야겠군요."

"혈귀라고 하던데, 살살하게나. 특히 허리는. 부탁하네. 나나 자네나 마누라가 제일 무섭지 않나? 허리 다치면 자넨 우리 마누라한테 독살을 당할지도 모르네. 지금도 난 가끔 내 마누라지만 샤워를 하고 나오면 무섭거든."

"형님, 사정을 봐주지 않습니다."

"나도 마찬가지야. 자! 시작할까."

"오십시오."

어떻게든 다가가 얼굴 도장을 한 번이라도 더 받으려고 노력하던 코난은 붉은 노을을 배경으로 태양을 향해 뛰어오르는 두 사내를 보며 감동의 눈물을 흘렸다.

"졸라 멋지네. 씨발."

인천을 끝으로 원정길의 종지부를 찍은 김대경은 24세의 나이로 흑도의 하늘로 올라섰다.

"씨발, 뭘 입고 가야 하지?"

"당신! 지금 뭐라고 했어요!"

앙칼진 여인의 목소리에 자라목이 된 마천기가 말을 얼버무렸다.

"아무 말도 안 했어."

주름진 갓난아이를 안고 있는 정명화가 다가와 그의 얼굴을 똑바로 쳐다보았다.

"분명히 들었어요. 아기 앞에서는 쌍스런 소리를 하면 안 된다고 몇 번이나……."

"알았어, 알았어. 다신 안 그럴게. 아이구, 우리 개똥이, 깼어?"

아이를 받아 들며 말하자 옷장을 향해 가던 정명화가 멈칫했다.

"개똥이가 뭐예요, 개똥이가."

"이뻐서 그래. 이놈은 날 닮아서 크게 될 놈이야."

양복에 맞춰 넥타이를 고른 정명화가 침대 위에 올려놓았다.

"아휴! 딸한테 개똥이라고 부르니 원."

"흐음! 조금 이상한가? 마나님, 우리 아기 온 사장한테 말해서 TV에 한번 내보낼까? 이렇게 예쁜 아기를 본 적이 없는데. 얼루루, 까꿍. 봐 봐, 이 웃는 거. 아이구, 이뻐라."

"원래 자기 자식은 다 예뻐 보이는 거예요. 하긴 우리 딸이 특출난 데가 있긴 해요. 그죠? 예쁜 아기 선발대회에 사진 한번 보내볼까요?"

"참, 우리 프로덕션이 곧 있으면 국내에서 최고야. 보내긴 어딜 보내."

"당신, 탤런트 사인 받아오라는 거 어떻게 됐어요?"

등을 돌린 마천기가 윗옷을 벗자 정명화의 안색이 어두워졌다. 등

전체를 덮고 있는 문신을 보았기 때문이다. 순식간에 환한 웃음을 지은 정명화가 마천기의 등을 짝 소리가 날 정도로 치고는 아기를 안고 나갔다.

"빨리 나와요. 식이 한 시간밖에 남지 않았어요."

오백 명은 충분히 들어갈 것 같은 거대한 대형 홀에 줄 맞추어 둥근 탁자가 자리잡았다. 분주히 움직이는 종업원들의 손길을 거치자 홀은 금세 화려한 분위기로 탈바꿈을 하고 손님들을 기다렸다.

굴지의 재벌 그룹 여식과 자수성가한 젊은 사업가와의 결혼식으로 알려져 있었다. 이보다 최정상 가수가 축가를 부르고 사회를 전문 MC가 본다는 것이 주인공보다 더욱 주목을 끌었다.

영세한 기획사들을 무서운 기세로 집어삼키며 연예계의 공룡으로 떠오르고 있는 GT프로덕션의 실질적인 사주라는 것은 공공연한 비밀이었다.

거기에 결혼식장의 곳곳에서 눈을 번뜩이고 있는 경호원들은 신생 경호 업체로 앞에 GT라는 회사명을 쓰고 있었다. 두 기업이 하나로 통한다는 걸 조금만 눈여겨보면 다 알 일이었다.

각층 각계의 화환들이 식장 입구에 줄지어 늘어서고 홀은 빈자리를 찾아볼 수 없을 정도로 축하객들로 가득 찼다.

조촐하게 치르길 바랐던 김대경은 한 번뿐인 결혼식이라며 눈물을 뚝뚝 흘리는 서유나를 이기지 못했다. 박순혜 또한 유명인사들을 대거 초대해 결혼식 주목을 받길 원했다. 김대경의 얼굴이 세상에 알려지면 지금보다는 밝은 곳에서 살 것 같았기 때문이다.

그녀의 바람대로 언론에 주목을 끌었고 장내 사회자의 진행에 따라 김대경이 입장을 하자 수십 방의 플래시가 터졌다.

실내 조명이 어두워지며 스포트라이트가 입구를 비추자 한껏 아름다움을 뽐낸 서유나가 서인석의 팔짱을 끼고는 들어왔다. 이때만큼은 김대경도 그녀들의 뜻에 따른 걸 만족했다. 서유나가 더없이 아름답고 행복하게 보였기 때문이다.

그와는 반대로 구석에서 눈물을 흘리는 여인이 둘 있었다. 이연화와 자신도 모르는 사이에 김대경의 그림자가 가슴속에 들어온 청청이었다. 임승호가 그녀의 마음을 아는지 곁에서 손을 잡아주었고 그의 해바라기는 계속되었다.

총리를 지낸 정치인의 지루한 주례사가 끝나고 하객들에게 인사를 한 한 쌍은 힘차게 행진을 시작했다. 바닥엔 안개가 깔리고 하늘에선 물방울이 휘날렸다. 오색 찬란한 조명과 폭죽이 그들의 앞길을 축복해주었고 곧이어 식장의 끝 열에 있는 사진사와 기자들의 차례가 돌아왔다. 초호화 하객들의 축하를 받은 김대경은 그들에겐 신비한 존재였다. 기자 정신을 발휘해 뒤를 캐려고 해도 번번이 실패했다. 막강한 권력자의 숨겨진 아들이라는 소문이 힘을 얻어가고 있었다.

이렇게 많은 사람들의 축하를 받기는 김대경 또한 처음이었다. 한 걸음 옮기면서 친근한 얼굴들을 하나둘 눈에 담았다. 두 아들과 부인을 데려온 김막동, 한편에 앉아 있는 여자 연예인에게 수작질을 걸고 있는 오지훈과 백한만, 행복한 미소를 달고 사는 마천기 내외, 틈만 나면 청청의 옆에 그림자처럼 붙어 있는 임승호, 쉬지도 못하고 무전기로 상황을 체크하는 함예신과 나삼식, 그리고 각 지역의 보스들. 이런 모습을 형이 봤어야 하는데…….

김대경은 고개를 돌려 눈시울을 붉히고 있던 어머니의 모습을 보았다. 아직까지도 그의 뒷모습을 좇고 있었다. 마음이 한없이 따뜻해지고 팔에 서유나의 무게감을 느끼자 가슴에 행복감이 충만했다.

살포시 입가에 미소가 드리울 때였다. 김대경은 멈칫하고는 급격히 안색을 굳혔다. 끈끈한 시선이 느껴졌으며 곧 피부에 따끔한 느낌이 들었다.

결혼식 내내 울었던 서유나가 퉁퉁 부은 눈으로 김대경을 의아하게 쳐다보았다.

"왜?"

"미안하다."

서유나를 옆으로 밀친 김대경이 급히 반대 방향으로 몸을 틀었다. 경악한 얼굴이 된 하객이 앉아 있는 테이블을 박차고 훌쩍 뛰어올랐다.

"놈!"

그의 손엔 식 중에 나오는 식사를 하기 위한 포크가 들려 있었고 손목을 튕기자 카메라가 있는 사이로 빗살과 같이 날아갔다. 하지만 목적을 달성하지 못하고 헛되이 벽에 맞았다.

바닥에 착지한 김대경은 미사일처럼 기자들 무리로 돌진해 들어갔다. 갑작스런 광경에 놀란 하객들은 김대경만을 보았고 카메라를 내버리고 도망치는 사내를 보지 못했다.

"도대체!"

"뭐야?!"

"무슨 일이야?"

신랑이 신부를 버리고 도망가는 이 황당한 장면에 하객들이 소리를 높였다. 벌떡 일어선 태경회원들은 급히 김대경을 좇아 식장을 빠져나갔다.

빵! 빵! 빵!

"이 미친 새끼야, 죽으려고 환장했어!"

대로를 무단 횡단하는 사내 때문에 급정거를 한 운전사가 악을 쓸 때 보닛 위를 휘익 하고 넘어가는 그림자가 있었다.

"허허허. 미친 세상이야. 윽!"

갑자기 충격과 함께 고개가 뒤로 홀떡 넘어갔다.

"아이고, 목이야."

급정거를 하자 뒤에서 따라오던 차량이 들이받은 것이다. 목을 부여잡고 낑낑거리던 사내는 이 꼴을 만들어놓은 미친놈들을 찾았는데 쉽게 그들의 모습을 볼 수 있었다. 역시 미친놈들이었다. 중앙선에서 양쪽 1차로를 점령한 채 마주 보고 있었다.

빵빵! 빵빵빵!

"야! 이 미친 새끼들아!"

교통 소통이 막히자 여기저기서 클랙슨 소리와 함께 욕설이 터져 나왔다. 하지만 그놈들은 석상이라도 된 듯 움직이지 않았다. 열이 받아 차에서 나올 때쯤에 사내들의 음성이 들렸다. 영어를 쓰는 것이 외국놈들 같았다.

"호오! 정말 대단해, 그 상황에서도 알아채다니."

"탕하이둥!"

"역시 너라면 아무리 변장을 해도 날 알아볼 줄 알았지."

"네놈에게선 악취가 나거든, 지독한. 잊고 싶어도 못 잊어."

김대경은 영어가 익숙하지 않아 더듬거리며 대답했다. 시끄러워진 주변을 탕하이둥이 둘러보았다.

"관객들의 호응이 뜨거운데, 여기서 할 텐가? 그냥 나를 보내주는 게 어떤가? 다음에 기회를 만들어보자고."

"넌 이 자리에서 죽는다."

"쯧쯧, 난 별로 가진 게 없는 놈이야. 세상에 미련이 없다는 말이지. 너는 방금 맞이한 신부도 있고 수많은 부하들도 있지 않나? 네가 죽든 내가 죽든, 여기서 나를 상대하면 다 잃을 텐데. 물러나면 교통법칙금만으로 끝낼 수도 있어."

김대경은 생각할 가치도 없다는 듯이 바로 말했다.

"남자는 남자는……! 하고자 하는 일엔 목숨을 거는 거야. 다음이란 없어."

"훗! 정말 맘에 드는 친구야. 문책을 받으면서까지 남아 있던 보람이 있어. 뒷일은 후에 생각해 보자고. 그거 아나? 난 널 여기서 죽여도 본국으로 소환되면 그만이야."

"넌! 죽어."

"맘에 들어 조언을 해주는 건데……."

뒷말을 흐린 탕하이둥이 우렁찬 기합 소리를 내질렀다.

"타하얍!"

순간 믿을 수 없을 만큼 빠른 속도로 짓쳐 들어왔다. 대여섯 발자국의 간격이 탕하이둥의 두 발걸음으로 사라졌다. 인간의 도약이라고는 보기 힘들 정도였다. 세찬 바람과 함께 명치를 찔러오는 것은 주먹이었다. 진각을 동반한 정권 찌르기, 그가 자신있어 하는 공격이었다.

김대경은 이미 지겨울 만큼 그렸던 상대였기에 머리보다 몸이 먼저 대응해 갔다. 팔이 부드러운 호선을 그리며 원을 만들었다. 집채만한 바위라도 부숴 버릴 것 같은 주먹에 언뜻 손바닥이 닿는가 싶더니 둘의 방향이 어긋나 있었다.

주먹을 흘린 것인지 상대가 피한건지 잠시 어리둥절해 있던 탕하이둥은 급히 어깨를 털었다. 손 그림자가 어깨를 덮어오고 있었다. 미끄러지듯 옆으로 돌아가 손을 뻗는 과정은 눈이 좇기 힘들 정도로 찰나의 시간에 이루어진 것이었다.

김대경은 반동에 의해 어깨를 잡을 수 없을 것 같자 손날을 세웠다. 어깨의 혈을 잡아 한쪽 팔을 무력화시키려던 생각을 버렸다.

하지만 이도 여의치 않았다. 탕하이둥은 사정거리 밖으로 피하는 것이 아니라 오히려 품으로 던져 왔다. 몸 기술을 쓸 요량이었다. 발이 빠르게 나가 탕하이둥의 발등을 밟았고 주먹을 흘린 팔이 부웅 소리를 내며 낫과 같이 변해 목을 쳐갔다.

손에는 물컹한 느낌 대신 차돌에 부딪친 충격이 왔다. 목이 아니라 머리였다. 순간의 임기응변으로 피해를 최소한 한 것이다. 하나, 공격은 끝나지 않았다. 그대로 힘을 더해 밀쳤다.

홀쩍 날아가 엉덩방아를 찧은 탕하이둥은 1미터여를 더 밀려 나갔다. 벌떡 일어난 탕하이둥은 환히 웃었다. 엉덩이를 털고는 흘러내린 앞머리를 쓸었다.

"역시, 재밌어."

이번에 김대경이 바람과 같이 다가갔다. 마주쳐 오는 주먹을 고개를 숙여 피하고 뻗은 앞발에 힘을 주자 몸이 숫구쳐 올랐다. 수직으로 치켜 올라가는 무릎이 정확히 턱에 꽂혔으나 기대하던 충격은 오지 않았다. 어느새 팔이 턱과 무릎 사이에서 충격을 줄여주었다.

반보 밀려나며 상체를 크게 휘청인 탕하이둥은 오뚝이처럼 뒤로 넘어간 반동을 이용해 급속히 쏘아져 왔다.

휘릭!

가슴 아래에 있던 팔이 휘어져 가드를 뚫고 들어와 얼굴을 스치고 지나갔다. 따끔거리는 느낌이 찢어진 듯싶었다. 이후 속사포 같은 연타가 작렬했다. 허리를 축으로 원을 그리며 상체를 흔들었지만 전부를 피하지는 못했다.

김대경은 방어를 하면서도 탕하이둥의 숨소리를 재고 있었다. 점점 거칠어지고 소리가 커져 갔다. 일순 멈추는 순간이 기회다. 심장이란 엔진은 한계가 있었다.

갑자기 공격이 맹렬해지다 한순간 뚝 멈추었다. 김대경은 볼 것도 없다는 식을 껑충 뛰어올라 발을 올려 찼다. 털컥 소리가 들리는 듯도 했지만 전해지는 느낌이 약했다. 허공에서 몸을 돌리고는 뒷발을 창처럼 찔렀으나 벽에 막혔다. 이어 발끝이 땅에 닿는 순간 몸무게를 앞으로 실으면서 몸을 쭉 폈다. 머리가 탕하이둥의 가슴팍을 들이받았다.

"커억!"

기회를 잡았지만 김대경은 후속 공격을 하지 못했다. 배에 창자가 끊어지는 고통을 받았는데, 어느새 발끝이 박혔다가 떨어진 것이다.

그들은 세네 발의 간격을 두고 서로 마주 보며 숨을 골랐다.

"후웁! 후후! 후우우!"

들썩이던 어깨가 눈에 띄게 안정을 찾고 흥분했던 마음이 가라앉았다. 이 정도로 탐색전은 끝났다. 이제는 일격필살을 노리고 필살기를 준비하는 것이다. 얽히는 눈빛들 속에서 서로가 공감을 했다.

"후우우웁!"

숨을 길게 들이마신 김대경은 기를 끌어 모았다. 순간 전신에 믿을 수 없을 정도로 힘이 충만해지자 거센 기합을 토했다.

"차아아압!"

"타아핫!"

마음이 통했는지 붕 몸을 날린 그들은 허공의 한 점에서 만났다. 그 사이 수번의 주먹과 발길이 오갔고 김대경은 옆구리와 어깨에 짜릿한 충격을 받았다. 하지만 그도 손발에 묵직한 느낌을 받았다.

"히야! 대단하다. 손발이 보이질 않네. 액션 배우들인가 보다."

길가를 걸어가던 한 소년이 핸드폰으로 차로 한가운데에서 벌어지는 활극을 동영상에 담으며 감탄을 했다. 비슷한 광경이 곳곳에서 벌어졌는데 캠코더를 들고 찍는 이들도 있었다.

"어이쿠, 예복 아저씨가 한 대 맞았네. 아닌가? 움직임을 따라갈 수가 없으니… 근데 와이어 선은 어디 있는 거야? 설마, 사람이 저렇게 뛰어다니지는 않겠지. 어라? 카메라도 안 보이네. 깜짝 이벤트 행사인가?"

넋 놓고 있기는 운전자들도 마찬가지였다. 욕설을 내뱉던 이들도 박진감 넘치는 대결에 편까지 나누어가며 응원을 보냈다. 행인들도 차로로 나와 둥글게 두르고는 구경하기에 여념이 없었다.

뒤늦게 쫓아온 태경회원들은 어쩔 줄을 몰라 했다. 짐작으로 상대가 탕하이둥이란 걸 알았지만 이렇게 많은 행인들이 있는 곳에서는 아니다. 곧 경찰들도 들이닥칠 텐데…….

"비켜! 죽고 싶어! 비키란 말이야!"

함예신이 악을 쓰며 행인들을 헤쳐 나왔다. 김대경의 모습을 보고는 잠시 굳었다가 버럭 소리쳤다.

"뭐 해! 형님을 막아!"

"다가갈 수가 없……."

"병신새끼, 한꺼번에 덤벼들면······."

팡팡팡! 퍼엉!

그 순간 굉음이 말을 멈추게 했다. 둘 다 급격히 떨어져 몸을 휘청거리고 있었다.

"어, 어! 지금이다! 달려들어!"

하지만 곧 주춤거렸다. 또다시 눈부신 격돌이 일어나고 있었다.

허리를 비틀어 발길을 피한 김대경은 손바닥으로 탕하이둥의 턱을 쳐올렸다. 피익 소리와 함께 붉은 피가 튀었다. 피부가 찢어지면서 뿌려진 것이다.

아래에서 솟아올라 온 발길이 허벅지를 스치고 지나갔다. 김대경은 잠깐 비틀거렸으나 곧 중심을 잡았다. 바로 그 순간, 용의 쫙 벌린 입이 가슴으로 뛰어들었다. 김대경은 다리를 벌리면서 굳건히 버티고 허리를 낮추면서 온 힘을 양팔에 모았다.

김대경은 어깨 높이로 올린 팔을 용이 자신을 삼키려 하자 목구멍을 향해 내질렀다.

"으아압!"

끝을 모아 창날처럼 찔러가는 손이 용의 주둥이를 찢어발겼고 그 뒤편에 숨어 있던 탕하이둥과 대면하게 만들었다. 이제는 모아 있던 김대경의 손이 좌우로 벌어졌다.

"지겨운 인연이었다. 잘 가라!"

탕하이둥의 가슴이 김대경의 손바닥과 닿을 듯 말 듯한 순간, 온몸을 휘감고 돌던 강맹한 기운이 터져 나왔다.

퍼엉!

"크어어어헉!"

탕하이둥이 피분수를 뿌리며 끈 끊어진 연처럼 날아갔다. 털퍼덕, 내동댕이 쳐진 탕하이둥이 아스팔트 위를 튕겨저 나가다 행인들과 부딪히며 멈추었다.

"꺄아아아악!"

옷에 피가 튄 한 여인이 목이 터져라 비명을 질렀다. 곧이어 탕하이둥은 머리를 들기 위해 꿈틀대다 축 늘어졌다.

"헉헉헉!"

그 광경을 보고는 거친 숨을 몰아쉬며 김대경이 한쪽 무릎을 꿇었다.

"흐흑! 형님!"

그의 주위엔 눈물을 흘린 것 같은 얼굴의 태경회원들이 둘러싸고 있었다.

"일어나십시오. 시간이 없습니다."

김막동이 그를 일으키며 말했다. 웅성거리는 소리가 커지더니 고함 소리가 들렸다.

"움직이지 마! 살인범으로 체포한다!"

경찰들이었다. 김막동이 어금니를 물었다. 한 발 나서 김대경의 앞을 가렸다.

"천기야! 어서 형님을 모셔!"

"내가 왜 갑니까? 승호야!"

당황한 경찰들이 총을 겨누었다.

"반항하는 이는 발포한다! 비켜라."

아무도 말을 듣는 이들이 없자 다시 한 번 경고를 했으나 상황은 변하지 않았다.

뒤에서 총으로 지원을 받으며 경찰봉을 빼든 경찰들이 나섰다.

"됐다. 비켜라."

김대경이 김막동의 어깨를 잡으며 앞으로 나서려 했다. 오지훈이 그를 막아섰다.

"안 됩니다. 여긴 저희들이 막을 테니 피하십시오. 저흰 몇 년이면 되지만 형님은……."

"됐어. 내가 벌인 일이다."

오지훈이 김대경을 뒤에서 와락 껴안으며 소리쳤다.

"이 새끼들아, 뭐 해! 내가 잡고 있을 테니까 어서 차를 가져와!"

김대경이 그의 깍지 낀 손에 손을 올렸다.

"이놈아, 생각 좀 하고 말해라."

울먹이며 들썩이는 느낌이 전해져 왔다.

"풀어, 숨 막힌다."

느슨해진 손을 푼 김대경이 김막동에게 말했다.

"어머니한테 잘 말씀드리고 유나한테 미안하다고 전해줘."

태경회원들의 얼굴을 하나하나 가슴에 담으며 말했다.

"너희들이 있어 행복했다."

어깨를 들썩이던 오지훈은 눈이 돌았다. 이대로 잡혀가게 할 수는 없었다.

"으아아악!"

불도저처럼 밀어버릴 태세로 경찰들에게 달려들었다. 김대경의 옆을 스쳐 갈 때 뒷목에 격렬한 충격을 받고는 쓰러졌다.

"쓸 데 없는 짓들 하지 마. 나 말고 경찰 신세를 지는 놈은 내 손에 죽어. 자, 경찰 나으리들, 어서 갑시다. 동물원 원숭이가 된 기분이라서. 하하하."

한낮의 도심 대로변에서 벌어진 활극은 그렇게 막을 내렸다. 삼삼오오 모여 구경을 하던 행인들도 자신들의 발걸음을 서둘렀고 데스크 마감 시간이 임박한 기자들은 1면을 비워놓으라는 연락을 취하고 있었다.

연일 비상회의가 벌어지는 태경회에서는 아예 경찰서를 습격해서 빼오자는 의견부터 시작해 탈옥 모의, 법원을 노리자는 의견 등등 수많은 작전들을 내놓았다. 어떤 계획들은 채택이 되어 구체적인 작전을 세우기도 했고 예행 연습까지 진행했다.

무죄 석방이란 생각은 애초부터 하지 않았다. 매스컴과 인터넷을 통해 퍼진 동영상이 최고의 히트를 쳤으니 아마 전 국민이 증인일 것이다.

기회를 살린 공두열은 조사해 온 사건들을 덧붙였다. 김대경은 암흑가의 최대 보스로 뉴스에 단골손님이 되었고 조직 또한 주목을 끌었으나 증거 불충분들의 사유로 이 부분은 기각되었다.

하지만 살인은 벗어날 수 없는 올가미였다.

실신을 한 후에 정신을 차린 박순혜는 곧 기운을 차리고 일어섰다. 모든 연줄과 힘을 동원해 다방면에 손을 썼으나 명쾌한 해답을 얻지 못했다.

박순혜는 모든 것을 버릴 각오를 하였다. 그까짓 돈은 그녀에게 중요하지 않았다. 전 재산을 내걸고 아들을 살릴 방법을 모색하기 시작했다.

재판은 빠르게 진행되었다. 김대경을 우상화하는 이들이 팬클럽까지 조직해 활동을 할 만큼 주목을 받는 사건이었기에 합당한 결과를 내놓아야 했다.

벌건 대낮에 백주 대로에서의 살인이었다. 게다가 김대경은 재판정에서도 당당히 말했다. 죽이려 했고 그 목적을 달성했고, 후회 전혀 없다고 말이다.

뉘우침이 없는 살인자에게 법정은 법정 최고형을 언도했다.

사형!

청송감호소로 이송된 김대경은 극진한 대우를 받았다. 모든 수감자들이 우러러보는 존재였다. 그는 모든 면회를 거절하고 책만 보며 지냈다. 순순히 죄의 대가를 기다리는 모습으로……

이상하리만치 형 집행도 빨리 이루어졌다. 또한 태경회에서는 아무런 행동도 취하지 않았다. 아니, 몇 번을 시도하려 했으나 김대경이 거절했다. 자신이 탈주를 하면 그 피해는 고스란히 태경회에 떠넘기게 되기 때문이었다.

계절이 두 번 바뀌어 서유나가 신혼 예정지였던 이탈리아로 유학을 떠나던 그날, 김대경이 교수(絞首)당하는 날이었다.

707특수임무 대대장 오영준이 안타까운 시선으로 절도있게 경례를 부친 사내를 쳐다보았다. 그리고는 엷은 한숨을 쉬며 머리를 끄덕였다.

대대장실 안에 잠시 정적이 감돌자 멀리서 희미한 구령 소리가 들려왔다. 건장한 체격에 상당한 미남인 사내를 가만히 응시하다 입을 열었다.

"최 중사, 군에 남아 있을 생각은 없나?"

가슴에 최대호란 이름이 새겨진 구릿빛 피부의 사내가 흔들림없이
말했다.

"사회에서 할 일이 많습니다."

"자넨 군인으로 타고난 전사인데 말이야."

고개를 돌린 오영준이 벽에 걸린 상패를 쳐다보았다. 미군의 델타포
스와의 합동 훈련에서 최고의 팀에게 주어지는 상패였다. 그 훈련을
끝으로 실질적으로 팀을 이끌었던 최대호가 제대를 하는 것이다.

군 복무를 하는 동안에도 몇 번이나 장교 선발 시험을 보도록 귀가
닳도록 종용했으나 요지부동이었다.

오영준은 자신의 기대에 충족한 부하는 최대호가 처음이었다. 상관
에게 충실하며 부대원들 사이에서도 신뢰를 받았다. 게다가 무술 실력
도 출중해 그를 따르는 제자들이 생겨날 정도였다.

"휴우! 자네의 결심이 그러니 어쩔 수 없겠구만. 훌륭히 군 복무를
해준 점 국가를 대신해 감사하네."

"당연히 해야 할 일입니다."

"그런데… 내 딸아이가……."

"죄송합니다. 전 약혼녀가 있습니다."

오영준은 입맛을 다셨다. 정말 마음에 드는 청년이었다. 미국 시민
권까지 가지고 있던 최대호는 미국 국적을 포기하면서 부사관으로 자
원 입대를 했다. 거기에 펜실베니아주의 어떤 대학에서 경영학 석사
학위를 취득했다. 면회를 오는 아가씨도 없고 해서 내심 사위로까지
점찍었었다.

"허허, 그런가? 자네 복무하는 동안 면회 오는 걸 한 번도 보지 못했
는데?"

"이탈리아로 유학을 가 있습니다. 제대하면 바로 결혼식을 올릴 생각입니다."

입맛을 다신 오영준이 말했다.

"어머님께 안부 전해 드리게. 제주도 목장에서 여기까지 면회를 오시느라 고생을 많이 하셨어. 그만 나가 보게. 혹시 어려운 일 있으면 연락하고. 내 취직 자리도 알아봐 줄 수 있으니까."

"말씀은 감사히 받겠습니다."

대대장실을 나온 최대호는 가방을 둘러메고 현관에 섰다. 옆에 설치된 대형 거울을 통해 얼굴이 보이자 쓴웃음을 지었다. 4년이나 지났건만 여전히 타인을 보는 듯했다. 몸을 돌린 그는 연병장을 가로질렀다.

정문에 서서 그동안 몸담았던 부대를 둘러보았다. 감회가 밀려들었다. 그의 눈에 커다랗게 새겨진 '하나로, 세계로, 미래로'란 글자가 들어왔다.

최대호는 그 글자를 가슴에 새기고 부대 정문을 당당히 걸어나갔다. 새로운 시작이었다.

〈END〉

*1부 암중암(暗中暗)*을 마치며…

이 글의 주인공 김대경은 선인도 아니며, 당연히 영웅으로 만들 수도 없습니다.

우리의 잣대에 그를 맞추면 악인입니다. 그저 조금 특별한 삶을 살아가는 한 남자입니다. 철저한 음모와 배신을 동반한 폭력성, 결코 목적을 위해 수단과 방법을 가리지 않는 그를 정당화할 수는 없습니다.

글 속의 배경이 어둠이기에 어두운 부분을 부각시켰습니다. 권력과 돈, 욕망 등등 우리들의 추악한 단면입니다. 그는 모든 것을 바르게 세우려는 정생활남아(正生活男兒)는 아닙니다.

단지, 인간으로서의 기본만을 지키고자 할 뿐입니다.

이 남자는 필사적으로 살고 있습니다. 우리네 인생도 목표를 향해 열심히 달리고 있습니다. 그 끝에 무엇이 놓여 있는지는 아무도 모릅니다.

어이없게 뛰어가다 심장 마비로 쓰러질 수도 있고 뚜껑이 없는 맨홀에 빠질 수도 있습니다. 그렇다고 달리지 않을 사람은 없습니다.

달리는 목적이 살아가는 이유입니다. 남들이 부러워하는 만큼 이룬 사람도 뒤만 돌아보고 있지는 않습니다. 더욱 맹렬히 목말라 하고 갈증 난 사람처럼 뛰어다닙니다.

하나를 얻으면 또 다른 목표를 세웁니다. 더 높고 더 멀리 있는 것을 찾습니다. 단지 욕심 때문만이 아닐 것입니다. 어쩌면 사람의 본능일지도 모릅니다. 걸음을 멈추는 순간이 영원한 휴식일지도……

어느덧 이 남자의 짧으면서도 긴 여정이 막을 내렸습니다. 언제나 한 인생이 세상에 나가면 아쉬움이 많이 남습니다.

하지만 다른 미래가 기다리고 있기에 뒤만 보고 있을 수는 없겠지요.

이젠 최대호가 바라보는 세상을 훔쳐볼 생각입니다.

그동안 이 남자를 따뜻하게 바라봐 주신 독자제현(讀者諸賢)님들께 감사드립니다.

2005. 4. 28. 엽태호 올립니다.

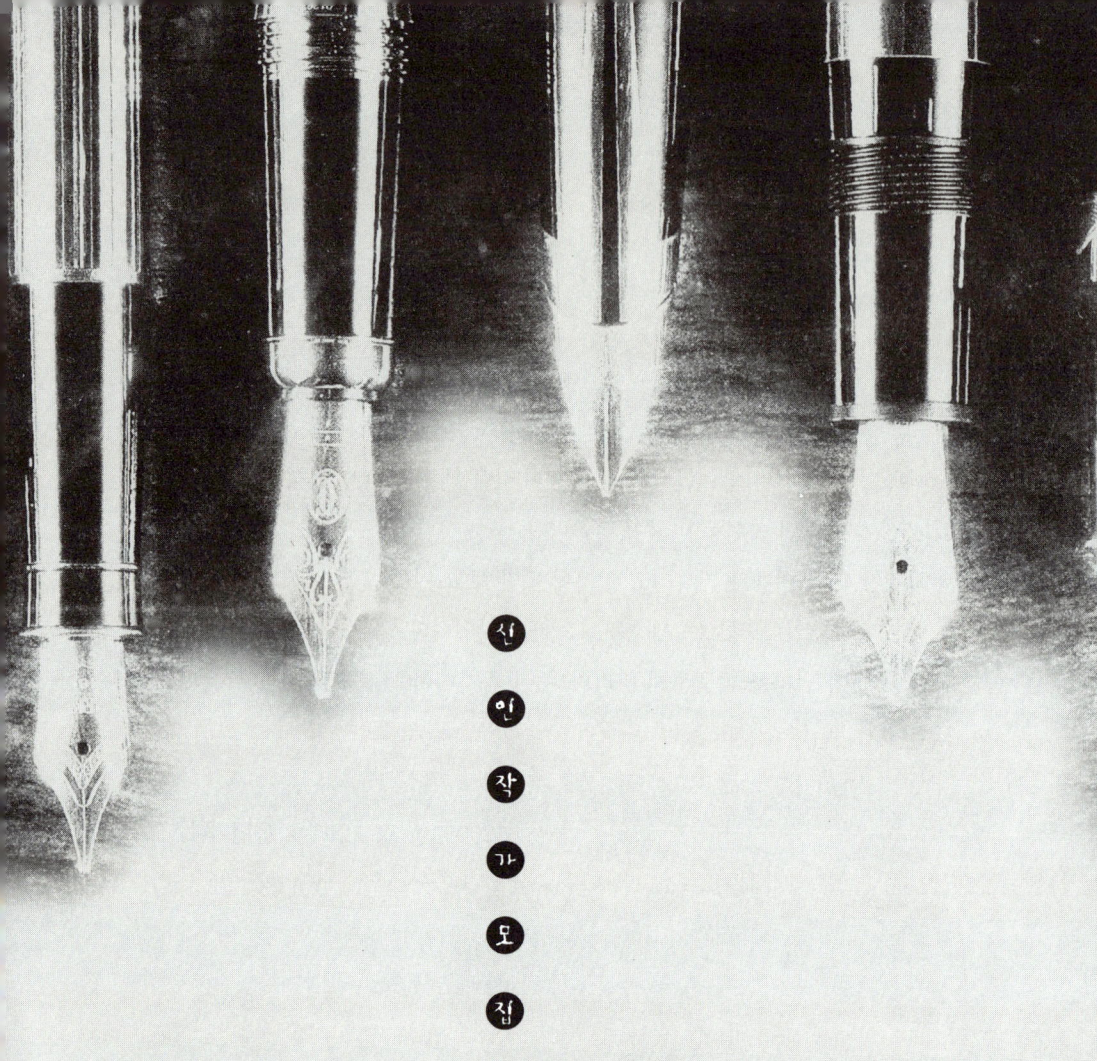

신
인
작
가
모
집

시작이 반이라고 했습니다.
작가의 길에 대한 보이지 않는 벽을 과감히 깨뜨리십시오!
청어람은 작가 지망생 여러분들의
멋진 방향타가 되어드리겠습니다.

저희 도서출판 청어람에서는
소설 신인 작가분들을 모집합니다.
판타지와 무협을 사랑하시는 분들의 많은 참여를 바랍니다.
소정의 원고(A4용지 150매)를 메일이나 우편으로 보내주시면
검토 후 출판 여부를 알려드리겠습니다.

주소:경기도 부천시 원미구 심곡1동 350-1 남성B/D 3F 우편번호420-011
TEL:032-656-4452 · **FAX:**032-656-4453
http://www.chungeoram.com
e-mail:chungeoram@chungeoram.com